UN CHEVAL ENTRE DANS UN BAR

DAVID GROSSMAN

UN CHEVAL
ENTRE DANS UN BAR

roman

TRADUIT DE L'HÉBREU
PAR NICOLAS WEILL

ÉDITIONS DU SEUIL
25, bd Romain-Rolland, Paris XIVe

Ce livre est édité par Anne Freyer-Mauthner

Titre original : Souss ehad nikhnass le-bar
(A Horse Walks Into a bar)
Éditeur original : Hoza'at HaKibbutz HaMeuchad,
Siman Kr'ia (Tel-Aviv)
© original : 2014, David Grossman

ISBN 978-2-02-122480-1

Ce titre est également disponible en e-book
sous l'e-pub 978-2-02-122482-5

© août 2015, Éditions du Seuil,
pour la traduction française

www.seuil.com

DAVID GROSSMAN

UN CHEVAL
ENTRE DANS UN BAR

roman

TRADUIT DE L'HÉBREU
PAR NICOLAS WEILL

ÉDITIONS DU SEUIL
25, bd Romain-Rolland, Paris XIVe

Ce livre est édité par Anne Freyer-Mauthner

Titre original : Souss ehad nikhnass le-bar
(A Horse Walks Into a bar)
Éditeur original : Hoza'at HaKibbutz HaMeuchad,
Siman Kr'ia (Tel-Aviv)
© original : 2014, David Grossman

ISBN 978-2-02-122480-1

Ce titre est également disponible en e-book
sous l'e-pub 978-2-02-122482-5

© août 2015, Éditions du Seuil,
pour la traduction française

www.seuil.com

Césarée, bonsoir, bonsoir, bonsssoir !!!

La scène est encore vide. Le cri a retenti depuis les coulisses. Dans la salle, les spectateurs assis se taisent peu à peu et sourient, dans l'attente de la suite. Un binoclard maigrichon et court sur pattes déboule d'une porte latérale sur la scène comme propulsé ou éjecté à coups de pied. Il fait quelques pas en titubant sur les planches, est à deux doigts de tomber, freine des mains son propre atterrissage sur le plancher, puis, d'un mouvement vif, il pousse les fesses en l'air. Un rire se diffuse dans le public, suivi d'applaudissements. Dans le hall d'entrée, des gens continuent d'arriver en papotant. Mesdames, messieurs, clame d'une voix étouffée un homme faisant office d'éclairagiste, assis près de la console de contrôle, applaudissez Dovalé G. !

Sur scène, l'homme est encore penché dans une pose simiesque, ses grandes bésicles posées de guingois sur son nez. Lentement, il tourne son visage vers la salle, promène un long regard, sans cligner des yeux.

Ah, grommelle-t-il, on est pas à Césarée ? Rires. Il se redresse sans se presser et nettoie la poussière de ses mains. Mon agent m'a encore baisé ? Des cris fusent dans le public. L'homme jette un regard effaré : Quoi ? Qu'est-ce que vous

7

avez dit ? Vous, madame, table sept, oui, vous, félicitations pour le rouge à lèvres, vous êtes sublime ! La dame se force à rire et met sa main devant sa bouche. L'homme se balance légèrement à l'avant de la scène. Sérieux, ma belle, vous avez vraiment dit Netanya ? Ses yeux s'écarquillent jusqu'à remplir les verres de ses lunettes : Attendez, que je comprenne, vous avez le culot de me dire ici, au débotté, que je me trouve à Netanya, sans gilet pare-balles en plus ? Il croise les mains, comme effaré par sa vulnérabilité. L'assemblée frémit de plaisir. Ici et là on entend des sifflets vriller l'espace. Quelques couples arrivent encore, et derrière eux, un groupe de jeunes braillards, apparemment des permissionnaires en goguette. Le lieu se remplit. Des connaissances se hèlent d'un bout à l'autre de la salle. Trois serveuses en short vêtues de débardeurs en strass violets leur découvrant le ventre sortent de la cuisine circulent à travers les tables.

Hé, par ici, les lèvres, dit-il en souriant à la dame de la sept, j'en ai pas encore fini avec toi, viens, il faut qu'on cause... Non, c'est vrai que tu m'as l'air d'une jeune fille de bonne famille et même assez classe, si j'en juge par la coupe de cheveux que t'a concoctée... laisse-moi deviner, l'architecte des mosquées du mont du Temple et du réacteur de Dimona ? Rires du public. Et si je ne m'abuse, je sens des masses de fric derrière... J'ai raison, n'est-ce pas ? Hein ? Le gratin ? Non ? Pas vraiment ? Pourquoi je dis ça, parce que je distingue des traces de botox et des seins réduits à leur plus simple expression. Croyez-moi, je lui couperais les mains à ce chirurgien.

La dame presse ses bras sur son corps, couvre son visage et laisse échapper entre ses doigts des piaillements, comme si on la chatouillait. Tout en parlant, l'homme arpente la scène à pas saccadés, se frotte les mains et scrute l'assistance. Les talons hauts de ses bottes texanes scandent chacun de ses mouvements d'un claquement sec. Explique-moi seulement, ma chérie, braille-t-il sans la regarder, comment une fille intelligente comme toi ignore le tact, la subtilité, la réflexion nécessaires dans ce cas particulier ; on se ramène pas avec un « Et toc, tu es à Netanya ! ». Qu'est-ce que tu as dans la caboche ? On prépare le terrain, surtout avec une demi-portion comme moi. En un clin d'œil, il soulève son tricot décoloré et un soupir parcourt spontanément l'assemblée. J'ai pas raison ? Il exhibe son torse dénudé aux yeux des spectateurs, aussi bien à droite qu'à gauche, gratifiant la salle d'un large sourire. Vous avez vu ? Rien que la peau et les os, du cartilage pour l'essentiel, je vous promets. Si j'étais un cheval, on m'aurait déjà transformé en colle alimentaire, pas vrai ? Ricanements gênés dans le public, soupirs réservés. Tu vois, mon trésor – il rempile sur la dame de la sept –, pour la prochaine fois : une information comme celle-là, on s'y prend à deux fois avant de la balancer, on l'endort un peu au préalable. De l'anesthésiant, bon Dieu ! On lui anésthésie avec précaution le lobe de l'oreille, « Félicitations, Dovalé, la perle des hommes, tu as décroché le gros lot, tu as été choisi pour participer à une expérience pilote dans la région du littoral, oh, pas quelque chose de long, une heure et demie à tout casser, le maximum du temps d'exposition aux gens du coin pour tout être humain normalement constitué »…

Le public se tord, et l'artiste s'étonne : Pourquoi vous riez, bande de demeurés ? C'est de vous que je parle ! Les spectateurs rient de plus belle, et lui : Minute, qu'on s'entende, on vous a prévenus que vous, vous êtes juste là pour chauffer la salle, avant l'arrivée du vrai public ? Sifflets, éclats de rire.

Des « hou-hou-hou ! » prolongés et des coups sur les tables retentissent en divers points de la pièce. Mais la majorité des spectateurs joue le jeu. Un nouveau duo fait son entrée, tous deux longilignes, les cheveux dorés et soyeux avec une frange : un jeune homme et une jeune fille, ou peut-être deux jeunes hommes tout de cuir vêtus, avec des casques de moto sous le bras. L'homme qui s'agite sur scène leur lance un regard, et une légère ride se profile sur son front.

Dovalé ne tient pas en place. De temps à autre, il ponctue ses propos d'un rapide uppercut en mimant les gestes d'un boxeur qui esquive son adversaire par une feinte. Le public s'amuse. Et lui se protégeant les yeux de la main scrute la salle, désormais presque complètement plongée dans l'obscurité.

Il me cherche.

Entre nous, mes frères, maintenant je devrais mettre la main sur le cœur pour vous dire, à quel point je suis raide dingue de Netanya, pas vrai ? Oui, oui, clament quelques jeunes dans le public. Et combien je suis fou de joie d'être parmi vous, en ce jeudi soir, dans votre zone industrielle enchanteresse, et dans une cave encore, bétonnée sur de délicieux gisements de radon radioactifs, pour vous débiter une série de blagues cochonnes ? Dingue, je vous dis ! Vrai de vrai ? Vrai de vrai, répond le public à pleine voix. Eh bien non, c'est faux, tranche l'homme en se frottant les mains de plaisir, tout est du pipeau, le cul excepté. Parce que la vérité, je vais vous la dire : votre ville, je peux pas la blairer. Ce Netanya de mes deux, il me fait flipper à mort. Sur trois passants que je croise, le premier a l'air d'un criminel, le second d'appartenir à un programme de protection des témoins et le troisième d'un cadavre dans un sac de nylon noir tassé dans le coffre de voiture du premier. Croyez-moi, si j'avais pas à payer des pensions alimentaires à trois charmantes ex-épouses, et un-deux-trois-quatre-cinq, cinq enfants, cinq comme les doigts de la main de fatma – il exhibe à la face du public ses cinq doigts tendus… Juré, vous avez devant vous le premier homme dans l'histoire à avoir écopé d'une dépression post-partum au moins à cinq reprises, plutôt quatre vu qu'il y a des jumeaux, non cinq si on compte ma propre dépression post-partum *après avoir été accouché*. Et malgré tout, on peut tirer quelque chose de positif de tout ce bordel, Netanya, ville de contrastes, parce que, sans mes petits vampires aux dents de lait, non, il y aurait pas eu moyen de m'attirer pour un cacheton de sept cent cinquante shekels que Yoav me paie au noir sans facture ni bonjour ni merde. Allez, mes frères, mes mignons, on va quand même profiter de la soirée, on va grimper aux rideaux, *applaudissez des deux mains Sa Majesté Netanya !*

Les spectateurs applaudissent, quelque peu désorientés par la volte-face, mais emportés par l'exhortation affectueuse et le sourire charmeur qui éclaire subitement le visage de l'homme et le métamorphose. Disparue, la physionomie crispée, amère et caustique. Le temps d'un flash photographique, Dovalé arbore la physionomie presque plaisante d'un intellectuel policé, dont le lien avec ce qu'il a débité jusqu'à présent devient des plus improbables.

Et lui jouit sans doute du désarroi qu'il provoque. Il tourne autour de l'axe de sa jambe dans un mouvement de compas, et quand le cercle se referme, il affiche à nouveau une expression grimaçante et amère.

Oyez, oyez, gens de Netanya, vous imaginez pas à quel point vous êtes chanceux, vous tous, parce que aujourd'hui, le 20 août pile, il se trouve que c'est mon anniversaire. Merci, merci du fond du cœur. Il penche la tête avec modestie. Oui, parce que, en ce jour, il y a cinquante-sept ans de cela, le monde

11

est devenu un peu plus inhabitable, merci, mes mignons. Il fait vibrer toute la largeur de la scène de son pas et secoue devant lui un éventail imaginaire. C'est beau de votre part, il fallait pas, c'est trop, déposez vos chèques à la sortie, les billets, vous pouvez me les coller sur la poitrine à la fin de la représentation, et les bons pour une nuit d'amour gratuite, présentez-vous tout de suite et vous pouvez me les refiler, de la main à la main…

Ici et là des gens lèvent leur verre à sa santé. Un groupe formé de plusieurs couples pénètre dans la salle à grand fracas. Les messieurs applaudissent au passage – et la compagnie s'installe aux tables proches du bar désaffecté. Ils lèvent la main pour saluer Dovalé, tandis que les femmes l'interpellent par son nom. Il plisse le front comme un myope et leur renvoie, hésitant, un salut collectif. Il tourne sans arrêt son visage du côté de ma table, à l'extrémité de la salle. Depuis son entrée en scène, il s'efforce de croiser mon regard. Moi je suis incapable de l'affronter droit dans les yeux. L'ambiance ici ne me fait pas de bien. L'air qu'il respire ne me fait pas de bien.

Qui parmi vous a déjà cinquante-sept printemps ? Levez la main ! Certaines se lèvent. Il les suppute et acquiesce avec surprise : Impressionnant, Netanya ! Compliments pour la longévité ! C'est pas évident d'arriver à cet âge chez vous, non ? Yoav, un projecteur sur le public, qu'on voie un peu… J'ai dit cinquante-sept, madame, pas soixante-quinze… Minute, pas tous en même temps, les amis, un à la fois, il y aura du Dovalé pour tout le monde. Oui, la quatre, qu'est-ce que vous avez dit ? Vous aussi, cinquante-sept ? Même huit ? Impressionnant ! Bravo ! En avance sur votre temps ! Et quand est-ce que ça a lieu, vous dites ? Demain ? Tous mes vœux, et comment vous vous appelez ? Comment ? Répétez ? Yor… Yoraï ? Tu te fous de moi ? C'est ton nom, ça, ou celui d'une formation

12

spéciale de l'armée ? Waouh, mon frère, ils t'en ont fait, une
sacrée blague, tes parents, pas vrai ?

Le dénommé Yoraï rit de bon cœur. Sa femme s'appuie
sur lui de tout son poids, caresse sa calvitie d'un mouvement
circulaire.

Et celle-là qui est à côté de toi, mon frère, qui marque son
territoire, cette Mme Yoraïa ? Tiens bon, mon frère… Non,
car tu espérais que ce « Yoraï » serait le dernier coup du sort,
ou quoi ? Tu n'avais que trois ans quand tu as fini par comprendre la sale blague que tes parents t'avaient faite. Dovalé
marche précautionneusement sur la scène, joue d'un violon
imaginaire. Tu étais assis seul, abandonné dans un coin de
la garderie, tu grignotais l'oignon que ta maman t'avait mis
dans ton cartable, tu regardais les autres enfants qui jouaient
ensemble en te disant : « Bouge-toi, Yoraï, on se baigne
jamais deux fois dans le même fleuve. » Surprise ! Il s'y est
bien baigné deux fois ! Bonsoir à toi, Yoraïa ! Dis-moi, ma
belle, est-ce que tu as l'intention de te joindre à nous comme
ça, entre amis, pour nous raconter la petite gâterie que tu as
concoctée pour l'anniversaire de ton mari ? Non, parce que
je te regarde et je devine ce qui te traverse l'esprit : « Pour
ton anniversaire, mon Yoraï à moi, je t'accorde la nuit, mais
oublie les trucs que tu as essayés de me faire le 10 juillet
1986 ! » Le public glousse et même la dame arbore un sourire
qui irradie son visage. Maintenant, dis-moi, Yoraïa – il baisse
la voix jusqu'à chuchoter –, entre nous, tu crois vraiment que
toute ta ferraille de colliers et de bracelets suffira à camoufler
ton triple menton ? Non, soyons sérieux, dans une période
de vaches maigres comme aujourd'hui, alors qu'Israël est
peuplé de jeunes couples qui doivent se contenter d'un seul,
ça te paraît convenable ? – L'artiste lisse son propre menton

13

fuyant, presque inexistant, qui par moments le fait ressembler à un rongeur effarouché. Et toi tu t'en offres deux, attends : trois ! Madame, rien qu'avec la peau de ce jabot, on pourrait faire toute une rangée de tentes d'Indignés sur le boulevard Rothschild !

Rires clairsemés dans le public.

Sous les lèvres de la dame, le sourire trahit une certaine tension.

Au fait, Netanya, puisqu'on en est arrivés à parler de théorie économique, je veux le souligner pour éviter tout malentendu : je suis un fervent partisan d'une réforme globale des marchés financiers ! Il s'interrompt, reprend sa respiration, pose les mains sur ses hanches, se met à ricaner : Je suis un vrai génie, c'est sérieux, ma bouche profère des mots incompréhensibles ! Écoutez bien, depuis une dizaine de minutes au moins, j'ai acquis la conviction qu'il faut imposer les contribuables en fonction de leur poids, la livre de chair ! Il lance encore un regard dans ma direction, un regard effrayé, presque interdit, recherchant en moi l'adolescent rachitique d'autrefois. Qu'est-ce qu'il y a de plus légitime que ça, dites-moi ? Qu'est-ce qu'il y a de plus impartial dans un monde comme le nôtre ! Et une fois de plus il lève sa chemise jusqu'à son menton, et cette fois il enroule dans un geste langoureux en dénudant un ventre creux zébré d'une cicatrice sur toute sa longueur, une poitrine étroite et des côtes saillantes à faire peur, le tout recouvert d'une peau tendue, desséchée et parsemée de furoncles. Le niveau de la taxe pourrait être évalué en fonction des doubles mentons, disions-nous, mais dans mon système, l'impôt progressif aussi est possible. Sa chemise reste retroussée. Certains le regardent dégoûtés, d'autres détournent les yeux, quelques sifflets résonnent. Dovalé observe les réactions, un enthousiasme

14

manifeste, avec avidité, arrogance. Une taxe progressive sur la chair, c'est ce que j'exige ! Une imposition fixée en fonction des poignées d'amour, du bide, du cul, des bourrelets, de la cellulite, des tétons flasques pour les hommes, de la culotte de cheval pour les femmes ! Et ce qu'il y a de chouette avec mon idée, c'est qu'on peut ni tricher ni finasser : tu as grossi ? Tu paies ! Il laisse enfin retomber sa chemise. Sur la tête de ma mère, mais concrètement je vois pas quel sens ça a d'imposer quelqu'un qui gagne du fric. Quel rapport ? Écoute, Netanya, écoute. Ne doit être imposé que celui que l'État a de bonnes raisons de suspecter de se la couler douce, jeune, en bonne santé, optimiste, de niquer la nuit et siffloter le jour. C'est seulement ces monstres qu'il faut écornifler et taxer sans pitié !

Le gros de la salle applaudit en signe d'approbation, mais la minorité, composée des plus jeunes, fait la moue comme les singes et proteste à grands cris. Il essuie la sueur de son front et de ses joues avec un mouchoir rouge, un mouchoir géant de clown, et laisse un peu les deux groupes s'invectiver pour leur plus grand plaisir. Entre-temps il récupère, couvre ses yeux de la main et cherche encore mon regard, s'obstine à le rencontrer. Voilà, maintenant – la lueur partagée de nos yeux que personne excepté nous deux, je l'espère, ne peut surprendre. Tu es donc venu, dit ce regard, vois ce que le temps a fait de nous, je suis là, en face de toi, pas de quartier.

Aussitôt, il détourne les yeux, lève la main, calme l'assemblée. Quoi ? J'ai pas entendu... Plus fort, table neuf, oui, expliquez-moi comment vous faites, parce que moi j'ai peur de rien comprendre... Comprendre quoi ? Votre taroupe ! Non, sur ma vie, avouez, vous les cousez l'un à l'autre, vos sourcils ? C'est un secret de la tribu ? Soudain, il se dresse, se met au garde à vous, tendu, puis entonne à plein gosier :

« Il y a deux sourcils sur le Jourdain et les deux sont à nous aussi bien[1] ! » Mon père, messieurs, était un fervent partisan de Jabotinsky, gaaarde-à-vous ! De plusieurs tables montent des applaudissements frénétiques, des protestations aussi. Il arrête le tout d'un geste vif de la main. Parle, table neuf, parle sans t'émouvoir, je paie pour la conversation. Qu'est-ce que vous avez dit ? Désolé, ceci est pas une blague, Gargamel, c'est vraiment mon anniversaire, juste maintenant, à cet instant précis ou presque, à l'ancien hôpital Hadassah de Jérusalem où ma maman, Sarah Grinstein, a accouché de votre serviteur ! Incroyable mais vrai ! Cette femme prétendait vouloir mon bien, et pourtant elle m'a mis au monde ! Pensez au nombre de séries policières, d'enquêtes, d'arrestations, de procès pour homicide ! Mais j'ai jamais entendu parler d'un procès pour naissance ! Ni pour naissance avec préméditation, ni pour naissance sans intention de la donner ou par accident, pas même une action pour incitation à la naissance ! Et n'oublions pas que, circonstance aggravante, la victime est mineure ! Il ouvre grande la bouche et se sert de ses mains comme d'un éventail, comme s'il étouffait. Y a-t-il un magistrat dans la salle ? Un avocat ?

Je me recroqueville dans mon fauteuil, pour ne pas me laisser empoigner par son regard. Par chance, trois jeunes couples assis non loin de moi lui font signe de la main. Apparemment des étudiants en droit venus de je ne sais quelle fac. Dehors ! leur crie-t-il d'une voix menaçante en agitant les mains et

---

1. Jeu de mots intraduisible formé à partir de l'assonance entre *gadot* (rives) et *gavot* (sourcils). Allusion à l'hymne du Betar, composé par le leader de la droite sioniste « révisionniste » Zeev Jabotinsky, qui évoque la revendication de la souveraineté sur les deux rives du Jourdain. (*Toutes les notes sont du traducteur.*)

les pieds, et le public déverse sur eux des sifflets hostiles. L'ange de la mort, reprend-il avec un rire étouffé, se présente devant un avocat et lui dit qu'il vient le chercher. L'avocat pleure, gémit : « Mais je n'ai que quarante ans ! » C'est pas au compteur, comme les heures que tu factures à tes clients !

Geste bref du poing, tour complet sur l'axe du corps, les étudiants rient plus fort que les autres.

Maintenant, à propos de ma mère. Son expression devient sérieuse. Je vous demande un peu d'attention, mesdames et messieurs les jurés, c'est une affaire d'une importance capitale. Les mauvaises langues ont prétendu, je ne fais que citer, que quand on m'a déposé dans ses bras juste après l'accouchement, elle a eu l'air de sourire, peut-être même de joie. Mais non je plaisante c'est juste des rumeurs malveillantes, pure calomnie ! Le public rit. Brusquement, l'acteur tombe à genoux au bord de la scène, tête baissée comme s'il battait sa coulpe : Pardon, maman, je t'ai dénigrée, je t'ai trahie, encore une fois je t'ai vendue pour la frime. Je suis la pute du public, irrécupérable... Il se redresse d'un bond. Ce mouvement rapide lui donne le vertige, semble-t-il, car il chancelle. Maintenant soyons sérieux, blague à part, elle était la plus belle femme au monde, je vous le jure, on en fabrique plus, des classieuses comme ça, avec des yeux bleus immenses – il écarte les doigts le plus largement possible devant le public, et je me souviens de ses yeux bleus, lumineux, pénétrants, lorsqu'il était enfant. Elle était aussi la plus détraquée et la plus triste du monde – il mime une larme coulant de ses yeux tandis que sa bouche s'arrondit pour sourire. C'est ainsi, c'est la loterie de la vie et je me plains pas. Et mon père, au fond, c'était un brave homme. Il s'interrompt, tripote énergiquement les mèches de cheveux qui pendouillent des deux côtés de son crâne. Ah...

17

Donnez-moi un instant et je vous trouve quelque chose... Ah oui ! C'était un coiffeur hors pair, et jamais il m'a demandé un sou, même si cela heurtait ses principes...

Et derechef il me regarde à la dérobée. Vérifie si je ris. Mais je n'essaie même pas de faire semblant. Je commande une bière et une vodka. Comme il l'a dit lui-même, un anesthésiant est requis pour passer la soirée.

Plutôt une anesthésie générale.

Dovalé se remet à courir en tous sens. Comme s'il se propulsait en avant, toujours plus en avant ! Un rai de lumière l'éclaire en plongée et des ombres grouillantes de vie accompagnent ses mouvements. Sa pantomime se reflète avec un décalage insolite sur les courbes d'une cruche de cuivre posée derrière lui, près du mur, probablement le rebut d'un ancien spectacle.

À propos de ma naissance, amis de Netanya, veillons à dédier trente secondes à cet événement cosmique, me regardez pas comme je suis aujourd'hui, au top du top, un sex-symbol des planches. Dovalé s'interrompt, hoche la tête en signe d'approbation la bouche toujours ouverte, laisse aux gens le temps de finir de rire. Moi, à mon époque, à l'aurore de mon autobiographie, autrement dit dans ma petite enfance, quel barjo j'étais. Toutes mes connexions cérébrales, ils me les avaient branchées de travers, vous pouvez pas imaginer quel drôle de bébé j'étais... Non, vraiment – il sourit –, vous voulez vous éclater, Netanya ? Mais vous éclater pour de vrai ? Ça aussi, c'est une question stupide, se tance-t-il tout seul lui-même. Ohé ! On est à la soirée stand-up, t'as pas encore intégré ? *Pauvre crétin !* Et d'un coup de sa main grande ouverte il se frappe le front avec une force incroyable :

18

Ils sont venus ici pour ça ! Pour se foutre de toi. C'est pas ça, mes frères ?

Le coup a été terrible, le choc contre son front, une soudaine éruption de violence qui révèle la part obscure, inattendue, de son être. Le silence s'installe. Quelqu'un mâchonne des bonbons et le bruit résonne d'un bout à l'autre de la salle. Pourquoi a-t-il insisté pour que je vienne ? À quoi ça sert d'embaucher un tueur à gages ? À mon avis, il se débrouille plutôt bien tout seul.

Je vais vous raconter une histoire. Il pontifie comme si le coup qu'il vient de s'infliger n'avait pas existé. Comme s'il n'avait pas sur le front une tache blanche en train de virer au rouge, et comme si ses lunettes n'étaient pas de traviole sur son nez. Il était une fois… j'avais peut-être douze ans, je me suis mis en tête d'aller inspecter ce qui s'était passé neuf mois avant ma naissance, savoir ce qui avait tellement allumé mon père pour qu'il se déchaîne comme ça sur ma mère. Et croyez-moi, les signes d'activité volcanique s'accumulaient guère dans son pantalon, moi mis à part. C'est pas qu'il l'aimait pas, ma mère, non, tout ce que le bonhomme fait dans la vie, depuis le moment où il ouvre les yeux, le matin, jusqu'à ce qu'il aille se coucher, toutes les combines, trafics de mobylettes, pièces de rechange, frusques, fermetures éclair et inventions brevetées – c'est ça, faites comme si vous compreniez quelque chose à ce que je raconte, bravo, Netanya –, donc pour lui, toutes ces conneries, tous ces à-côtés, c'était pour l'impressionner, pour qu'elle finisse par lui sourire, pour qu'elle lui caresse le crâne : bon chien, bon chien. Y a des gens qui écrivent des poèmes à leur fiancée, pas vrai ? Oui, répondent quelques voix dans la salle encore un peu secouée. Et y en a qui lui chantent des sérénades, non ? Oui ! Quelques voix se joignent

19

mollement au chœur. Et y en a, faut le dire, qui lui achètent un diamant, un penthouse, un 4×4, un lavement de grande marque, pas vrai ? Ouais, vvvrai ! s'écrient maintenant des voix nombreuses, avec complaisance et empressement. Et y a les autres, comme mon paternel : lui, il rachète deux cents jeans de contrefaçon à une vieille Roumaine sur la rue Allenby – le Roumain voleur, le plombier polonais – et les revend dans l'arrière-boutique de son salon de coiffure comme d'authentiques Levis, tout ça pour quoi ? Pour pouvoir montrer à ma mère dans son petit livre de comptes, le soir, les quelques picaillons qu'il a ramassés...

Il fait une pause. Ses yeux restent suspendus dans le vide, et sans raison apparente, le temps d'un instant, le public retient sa respiration, comme s'il venait d'apercevoir quelque chose en même temps que lui.

Mais pour ce qui est de la toucher au sens propre, comme un homme touche une femme, même une petite caresse sur le cul, vite fait dans le couloir, comme on tremperait sa pita dans l'houmous – ça, je vous jure que je l'ai jamais vu de ma vie. Alors dites-moi, mes frères, vous qui êtes des personnes intelligentes puisque vous habitez Netanya, expliquez-moi ici et maintenant pourquoi il ne la touchait pas. Les voies du Seigneur sont impénétrables. Minute... Il se met sur la pointe des pieds et échange avec le public un coup d'œil ému et plein de gratitude. Vous voulez vraiment entendre ça, les exploits mirifiques de ma famille royale ? Là, le public se divise. Les uns exultent et poussent des cris d'encouragement, les autres exigent qu'il commence enfin à débiter ses blagues. Les deux motards au visage pâle, dans leur combinaison de cuir noir, tambourinent à quatre mains sur leur table et leurs chopes de bière entrent dans la danse. Difficile de deviner

20

qui ils soutiennent. Peut-être prennent-ils seulement plaisir à attiser le tumulte. Je ne suis pas encore parvenu à établir s'il s'agit de deux jeunes hommes, d'un jeune homme et d'une jeune fille, voire de deux filles.

C'est bon, non ? Vous avez vraiment, vraiment envie de vous taper maintenant la série télé sur la dynastie Grinstein ? Attendez, Netanya, ça serait pas que vous chercheriez à percer le mystère de ma personnalité magnétique ? En un éclair, il me décoche une œillade amusée, piquante. Vraiment, vous pensez que vous allez réussir là où tous les chercheurs et les biographes ont brillamment échoué ? Applaudissements presque unanimes. Alors vous êtes vraiment mes frères ! Nous sommes tous frères, citoyens de Netanya ! La fédération des villes jumelées ! Il s'attendrit et ouvre grand ses yeux qui reflètent maintenant une innocence infinie. Rires nourris du public. Les spectateurs se sourient les uns aux autres. Quelques regards se fourvoient dans ma direction.

Dovalé se tient sur la rampe. Le bout pointu de ses bottes en dépasse. Il énumère des hypothèses sur les doigts de la main : Un ! Peut-être qu'il l'admirait trop, mon papa, au point de pas oser l'effleurer ? Deux ! Ou bien de le voir déambuler à la maison avec un filet à cheveux noir après s'être lavé la tête, ça faisait partir toute sa libido à elle ? Trois ! Peut-être bien que c'était à cause de sa Shoah à elle, et parce que lui, il en avait pas été, même en tant que figurant ? Pensez donc, non seulement il avait pas été exterminé, mais il s'en était tiré sans la moindre *égratignure* ! Quatre ! Vous et moi, on est pas assez mûrs pour assumer nos parents ? Rires dans la salle, et lui – le comique, le clown – trottine sur la scène, le genoux béant sur son jean déchiré maintenu par une paire de bretelles rouges à clips dorés, et deux étoiles de shérif argentées plaquées sur ses bottes de cow-boy miniatures. Maintenant seulement je remarque que sa nuque est prolongée par un catogan maigrichon.

En somme, pour terminer cette histoire et commencer la soirée laquelle est bientôt terminée, votre serviteur est allé inspecter le calendrier, est remonté neuf mois en arrière à partir de l'accouchement, a trouvé la bonne date et s'est précipité sur un tas d'exemplaires du *Herout,* le canard du révisionniste Jabotinsky que mon papa collectionnait et qui remplissait la moitié d'une pièce de notre appartement, l'autre moitié étant consacrée à ses stocks de fringues, de hula-hoops, de traitements ultraviolets anti-cafards, je rigole…

« Vous comprenez de quoi je parle »… Dans la zone du bar, des voix accompagnent allègrement les moulinets qu'il fait avec ses mains.

Bravo, bravo, Netanya. Son regard reste très concentré et sans joie, même quand il rit. Il déballe ses plaisanteries mécaniquement.

Nous trois, le matériau biologique de la famille, nous nous entassions dans la pièce et demie qui restait libre. On avait pas le droit de jeter une seule page de ce journal, « la Bible des générations futures ! » proclamait mon père, l'index pointé en l'air, sa petite moustache toute hérissée comme s'il avait reçu une décharge électrique dans les couilles. Et là, à cette date précise, neuf mois avant que je fasse une percée, avant que je modifie l'équilibre écologique de Charybde en Scylla, sur quoi votre ami met-il son doigt, d'après vous ? Pile sur le début de la campagne du Sinaï. Vous vous rendez compte ? C'est pas dingue, dites ? Gamal Abdel Nasser annonce la nationalisation du canal de Suez et nous le ferme à la gueule, et mon père, Hezkel Grinstein, de Jérusalem, un mètre cinquante-neuf, velu

22

comme un singe et avec des lèvres de fille, sans hésiter une seconde, part le rouvrir et se tape ma mère ! Alors à bien y réfléchir, je suis comme des représailles vivantes ! Pigé ? Le premier « prix à payer »[1], c'est moi ! Vous m'avez compris ? Après la campagne de Suez, la bataille de Karameh, le raid d'Entebbe, et l'opération je-sais-pas-quoi, il y a une offensive Grinstein, dont il est encore trop tôt pour dévoiler les détails mais dont nous avons un rare enregistrement de qualité exceptionnelle : *Mme Grinstein écarte les jambes. Et prends ça, dictateur égyptien !* Badaboum ! Pardon, maman ! Pardon, papa ! Mes propos ont été sortis de leur contexte ! Je vous ai encore trahis !

À ces mots, il se gifle à nouveau avec une incroyable sauvagerie, à pleine main. Une fois, deux fois.

Pendant plusieurs secondes je sens dans ma bouche un goût de métal rouillé. À côté de moi, des gens s'agrippent à leurs chaises en battant des paupières. À la table jouxtant la mienne, une femme murmure vivement quelque chose à son mari et attrape son sac. Il lui pose la main sur la cuisse, pour la retenir.

Maintenant, Netanya *mon amour**, le sel de la terre, à propos, c'est vrai qu'à chaque fois qu'un passant demande l'heure, ici, y a de très fortes chances que l'autre soit un indic ? Je rigole ! Il se ratatine entièrement, fronce les sourcils et roule les yeux en tous sens. Il n'y aurait pas par hasard un Al Capone dans la salle, qui nous honorerait de sa présence ? Ou Aboutboul ? Le pote de Dédé machin ? Bébert Amar, il est pas là ? Un proche de Boris Elkosh ? Peut-être aurions-nous le privilège

---

1. Actes de violence et de vandalisme de la part de colons israéliens contre des objectifs palestiniens en représailles à des dommages subis. (N.d.E.)

* Les mots en italique suivis d'un astérisque sont en français dans le texte.

d'avoir Tiran Shirazi parmi nous ? Ben Southi ? La famille de Haninah Elbaz ? Eliahou Roustachvili ? Shimon Bouzatov ?

De timides applaudissements accompagnent graduellement cette litanie. J'ai l'impression qu'ils aident le public à s'extraire de la paralysie qui l'a saisi il y a un moment.

Non, beugle-t-il, vous saisissez pas bien. J'effectue simplement une patrouille de reconnaissance, Netanya ! Moi, à chaque tournée quelque part, je consulte systématiquement le site des destinations à risques sur Google...

Et là, subitement, il se fatigue. Comme s'il s'était vidé de lui-même, d'un seul coup. Il pose ses mains sur ses hanches et halète. Ses yeux sont écarquillés, figés dans le vide, enfoncés dans leur orbite comme ceux d'un vieillard.

Dovalé m'avait téléphoné à peu près deux semaines auparavant. Un soir, à onze heures et demie. Je revenais tout juste d'une promenade avec ma chienne. Il s'est présenté. Sa voix était tendu, solennelle, en attente. Je n'étais pas sur la même longueur d'onde. Il s'est emmêlé les pinceaux et m'a demandé si c'était bien moi et si son nom ne me rappelait rien. Je lui ai répondu que non. J'ai attendu. Je déteste les gens qui me posent ce genre de devinette. Justement son nom éveillait en moi un écho familier, vague et familier. Ce n'était pas quelqu'un que j'avais rencontré dans le cadre professionnel, de cela j'étais sûr. La réticence que j'éprouvais était d'un tout autre ordre. Il s'agissait de quelqu'un qui faisait partie d'un cercle plus intime, ai-je pensé. Avec une capacité de nuire bien supérieure.

Salut, ça me fait de la peine, a-t-il dit en ricanant, j'étais persuadé que tu te souviendrais... Son rire était lent et forcé, et sa voix légèrement rauque, j'ai d'abord cru qu'il était ivre. Ne t'inquiète pas, a-t-il dit, je serai bref. Là, il a pouffé. Je suis toujours bref,

24

un mètre soixante à peine, quand je mourrai on m'enterrera dans le carré des petits hommes – la patrie reconnaissante.

Dis-moi, qu'est-ce que tu me veux ?

Il s'est tu, surpris. Il s'est de nouveau assuré que c'était bien moi. J'ai un service à te demander, a-t-il continué sur un ton direct et prosaïque. Écoute-moi et décide. Si tu dis non, pas de problème. Sans rancune. Cela ne te prendra pas beaucoup de temps, seulement une soirée. En plus, c'est moi qui paie, sûr, tout ce que tu voudras, pas question de mégoter avec toi.

Je me suis assis à la cuisine, la laisse de ma chienne encore à la main. Elle, droite, faible, la respiration sifflante, me regardait avec toute l'humanité de ses yeux, comme surprise que je n'aie pas déjà mis fin à l'entretien.

Une impuissance bizarre m'a gagné. J'avais l'impression que cet homme et moi avions une sous-conversation, obscure et parallèle, que j'étais trop lent à saisir. Apparemment, il sollicitait une réponse de ma part, mais je ne savais pas quelle était sa demande. Peut-être l'avait-il déjà formulée et m'avait-elle échappé. Je me souviens d'avoir regardé mes souliers. Quelque chose en eux, dans leur façon de converger l'un vers l'autre, m'a soudain saisi à la gorge.

Dovalé traverse lentement la scène en direction d'un fauteuil situé à l'extrémité. Un grand fauteuil rouge, élimé. Cela aussi, sans doute, comme la grande cruche de cuivre, c'est un accessoire rescapé d'un précédent spectacle. Il s'y affale en poussant un soupir de soulagement, s'y enfonce de plus en plus, on dirait qu'il va bientôt être complètement englouti.

Les gens se concentrent sur leurs verres, font tournoyer le vin, picorent nonchalamment des amuse-gueules dans leurs coupelles.

Silence.

Soudain, ricanements étouffés. Il a l'air d'un enfant enfoui dans un fauteuil pour géants. Je distingue des spectateurs qui se retiennent de rire et même évitent de croiser son regard, comme s'ils redoutaient de s'empêtrer dans je ne sais quel examen de conscience tortueux que l'homme se fait à lui-même. Tout comme moi, ils sentent peut-être que, d'une manière ou d'une autre, ils sont d'ores et déjà englués, qu'ils sont happés par le personnage plus qu'ils ne le souhaiteraient. Précautionneusement Dovalé relève ses bottes, découvrant à nos yeux ses talons, presque féminins. Les ricanements enflent, se répandent, submergent la salle.

Il trépigne, gigote comme un noyé, crie à s'étouffer, et finalement s'arrache des profondeurs du fauteuil, bondit, s'éloigne de quelques mètres, respire avec peine et contemple l'objet avec crainte. Les spectateurs rient de soulagement – le bon vieux burlesque, ça marche toujours –, il prend un air horrifié, et les rires redoublent. À la fin, lui aussi se rallie à l'hilarité générale et daigne sourire. À nouveau, une expression de tendresse inattendue adoucit ses traits et le public se met à l'unisson, mollit inconsciemment devant lui. Lui, le comique, le blagueur, le bouffon, s'abandonne aux reflets de son sourire sur les visages des spectateurs. L'espace d'un instant, on penserait qu'il croit à ce qu'il voit.

Une fois encore, comme s'il ne pouvait plus supporter un instant de plus cette démonstration de sympathie, sa bouche se contracte, se réduit à un trait étroit, dégoûté. Cette grimace, je l'avais déjà vue avant : celle d'un rat de laboratoire électrocuté qui se mord lui-même.

Mille excuses pour mon intrusion dans ton existence, m'a-t-il dit lors de cette même conversation téléphonique nocturne, j'espérais, en souvenir du bon vieux temps… de notre jeunesse, un nouveau ricanement. En fin de compte, je pourrais dire qu'on a fait nos débuts ensemble, et toi, sans en avoir l'air, tu as suivi ton petit bonhomme de chemin, mes compliments, respect. Là il a laissé passer un moment, attendu que la mémoire produise son effet, que je finisse par sortir de ma torpeur. Il ne soupçonnait pas dans quel abîme de conjectures celle-ci me précipitait et quelle agressivité pouvait déchaîner en moi celui qui s'avisait de m'en extirper.

L'explication va prendre une minute, pas plus, a-t-il assuré. Une minute de ta vie consacrée à moi, ça marche ?

Un homme plus ou moins de mon âge à en juger par sa voix qui me parlait dans l'argot des jeunes : rien de bon à l'horizon. J'ai fermé les yeux pour fouiller dans mon passé. « En souvenir du bon vieux temps. » À quelle partie de ma jeunesse se référait-il ? À mon enfance, à Guedera ? Aux années d'errance avec mes parents, à cause des affaires de mon père, ballotées entre Paris, New York, Rio de Janeiro et Mexico City ? Ou plutôt à l'époque de notre retour en Israël, quand j'étais lycéen à Jérusalem ? J'ai essayé de réagir, de me creuser la cervelle, de faire défiler mes pensées à toute allure, de sortir de l'impasse. Il y avait de la détresse dans cette voix, un soupçon de déprime.

Dis-moi, a-t-il soudain explosé, tu le fais exprès ou tu te prends trop au sérieux pour… Comment peux-tu ne pas te souvenir ?

Cela faisait une éternité qu'on ne m'avait pas parlé sur ce ton. C'était comme si un souffle d'air frais se déversait sur moi, purifiant la saleté accumulée par la déférence factice qui m'entourait ordinairement, même trois ans après mon départ à la retraite. Comment peut-on ne pas se souvenir de

27

trucs comme ça ? a-t-il continué à écumer. On a étudié chez ce Klatzinsky une année entière à Bayit VeGan, et après on repartait ensemble à pied jusqu'à l'autobus…

Petit à petit, les choses se sont remises en place. Je me suis souvenu de l'appartement exigu, sombre même en plein midi, puis je me suis rappelé le professeur morne, immense, maigre et voûté, qui semblait parfois porter le plafond sur ses épaules. Nous étions un groupe de cinq ou six sous-doués en maths, venus de plusieurs lycées, prendre des cours particuliers chez lui.

Il a continué sur sa lancée, éclairant frénétiquement ma lanterne et faisant l'offensé. J'entendais sans écouter. Ce déferlement d'énergie et de passion me laissait sans voix. Dans la cuisine, mes yeux passaient en revue ce qu'il y avait à réparer, à badigeonner, à graisser, à obturer. Tamara aurait appelé cela, dans son langage, « la prison du quotidien ».

Tu m'as intégralement gommé de ta mémoire, a-t-il dit avec stupeur.

Je suis désolé, ai-je répondu dans un murmure, et c'est seulement en m'entendant parler que j'ai pensé que j'avais de bonnes raisons de l'être. La chaleur de sa voix s'est imposée à moi, et cette chaleur a fait revivre dans des contours de plus en plus nets, l'enfant au teint clair, aux deux joues littéralement criblées de taches de rousseur. Un garçon court sur pattes, maigrelet, à lunettes, avec des lèvres charnues, protestataires, impatientes. Un enfant à la voix éraillée, au débit précipité. Et aussitôt je me suis souvenu qu'en dépit de sa peau de blondinet et de ses taches rose pâle, ses cheveux bouclés étaient fournis et très foncés, noirs comme jais. Ce contraste avait fait en moi une impression particulière. Je me souviens de toi, ai-je dit soudain. Bien sûr, on allait ensemble… Incroyable que, comme ça…

28

Bon Dieu, a-t-il soupiré, soulagé, j'en étais déjà venu à croire que tu étais une fiction, comme mes personnages.

Bonsssoir, beautés exceptionnelles de Netanya. Il retourne se trémousser sur scène en claquant des talons. Je vous connais, les filles, je vous connais de l'intérieur... Table treize, vous voulez savoir quoi ? Vous êtes culottés, on vous l'a pas déjà dit ? Un voile passe sur son visage et, l'espace d'un instant, on dirait qu'il est vraiment vexé. Non, parce que s'amener vers quelqu'un de timide et d'introverti comme moi avec une question si indiscrète... Évidemment que je m'en suis tapé, des filles de Netanya ! Il aggrave son cas par un sourire éclatant. Eh bien j'ai pas détesté ! J'ai connu des périodes difficiles où je devais me contenter de peu... Les spectateurs, hommes et femmes confondus, tapent du poing sur la table, vocifèrent : Hou !, sifflent, rient. Et en même temps il met un genou à terre sur scène devant trois vieilles dames bronzées en train de glousser. Leurs cheveux sont bleutés et gonflés. Waouh ! La huit, qu'est-ce que vous fêtez, mes belles ? L'une d'entre vous est-elle veuve pour de bon ? Y a-t-il un mâle en phase terminale en train de rendre l'âme à l'hôpital Laniado ? *Au pas, camarade, au pas, au pas, au pas !* Il encourage à distance le moribond potentiel. *Encore un effort si vous voulez avoir un pied dehors !* Les dames éclatent de rire et applaudissent en cadence. Il improvise une danse seul sur la scène et échappe de peu à la chute. L'hilarité augmente. Trois hommes ! Un Italien, un Français et un Juif sont assis dans un bar. Ils se racontent comment ils font pour satisfaire au lit leurs femmes respectives. « Moi, dit le Français, j'enduis ma petite *madame* de beurre de Normandie, de la tête aux pieds, et quand elle a joui, elle couine encore pendant cinq minutes. » L'Italien dit :

« Moi, quand je siphonne ma *signora*, j'étale au préalable de haut en bas sur tout son corps de l'huile d'olive que je rapporte de Sicile, et quand elle a joui, elle couine pendant dix minutes. » Le Juif, lui, se tait. Silence radio. Le Français et l'Italien se tournent vers lui. « Et toi, alors ? » « Moi, répond le Juif, j'enduis ma *faïguélé* de *shmaltz*, c'est-à-dire de graisse d'oie, elle râle pendant une heure. » « *Une heure ?* » Le Français et l'Italien n'en croient pas leurs oreilles. « Mais qu'est-ce que tu lui fais, précisément ? » « Ah, dit le Juif, quand j'ai fini je m'essuie les mains aux rideaux. »

Rires gras. Autour de moi, les couples échangent des regards complices, langoureux. Je commande une fougasse et des aubergines grillées avec de la *téhina*. Maintenant, j'ai une faim de loup.

Où j'en étais ? Il jubile et se replace dans mon angle de vue, après mon échange avec la serveuse, apparemment satisfait que j'aie commandé à manger. Le *shmaltz*, le Juif, sa femme, oui, mes frères, nous sommes un peuple, de fait, non ? Un peuple comme nous les Juifs, y en a pas deux ! Le peuple élu ! L'élite de l'élite. Applaudissements de l'assemblée. Si vous me permettez une petite digression, je dois dire que le nouvel antisémitisme, ça m'énerve énormément. Sérieusement, je m'étais habitué à l'ancien, cahin-caha j'avais même commencé à l'apprécier, avec ses légendes à l'eau de rose, comme celle des Sages de Sion, un groupe de gnomes barbichus au nez crochu qui se réunissent pour goûter un mezzé à base de coriandre, de lèpre, de peste, et échanger des recettes de quinoa empoisonné. De temps à autre, ils égorgent un enfant chrétien pour la Pâque : « *Eh, les gars, vous avez remarqué combien les enfants ont un goût amer, cette année ?* » Cet antisémitisme-là, on avait appris à vivre avec, on avait pris le pli, ça faisait partie des meubles à vrai dire. Mais voilà qu'ils débarquent avec leur nouvel antisémitisme, ou je sais pas quoi encore. Ça, j'arrive pas à m'y faire, j'ai des réticences... Il se tord les mains et contracte les épaules pour exprimer un malaise d'ingénu. Je sais pas trop comment le dire sans offenser les nouveaux antisémites, à Dieu ne plaise, mais avouez-le, les gars, vous déraillez un peu, non ? Je me dis : si un quelconque scientifique israélien, juste pour donner un exemple, découvrait un remède contre le cancer, hein ? Un remède qui pourrait éradiquer une fois pour toutes la maladie, eh bien je vous garantis à mille pour cent que des voix s'élèveraient aussitôt dans le monde entier, qu'il y aurait des protestations et des manifestations et des votes à l'ONU et des articles dans la presse européenne : pourquoi s'en prend-on comme ça au cancer ? Et pourquoi aussitôt l'« éradiquer » ? Pourquoi ne pas tenter la voie du compromis ? Pourquoi le recours immédiat à la force ? Et si nous restions droits dans nos bottes d'abord, juste pour voir, et que nous acceptions le cancer dans sa différence, que nous acceptions de nous mettre à sa place pour voir comment il vit, lui, la maladie ? N'oublions pas qu'il a aussi des aspects positifs. C'est un fait, beaucoup de gens vous diront que le cancer les a rendus meilleurs ! Sans oublier que la recherche sur le cancer a eu des effets collatéraux sur le développement de médicaments pour d'autres pathologies, et maintenant tout ça va s'arrêter, et être « éradiqué » en plus ! Donc, aucune leçon n'a été tirée du passé ? Aucun souvenir des « années de tourmente » ? Justement, poursuit-il avec un air pensif, qu'y a-t-il au fond chez l'homme de supérieur au cancer qui lui donne le droit de l'« éradiquer » ?

Maigres applaudissements. Il passe à la vitesse supérieure...

Et excellente… soirée à vous aussi, messieurs. Peu importe que vous soyez venus. Pourvu que vous restiez assis dans le calme, on vous permettra de suivre le spectacle dans le carré des observateurs, et si vous vous comportez pas correctement, on vous expédiera tous dans le sas de castration chimique, d'accord ? Donc, *ladies* sans *gentlemen*, permettez-moi enfin de me montrer sous mon jour officiel. Et assez de conjectures effrénées sur l'être mystérieux et charmant que vous avez en face de vous ! Dovalé G., tel est le nom, le titre, le label gagnant du monde civilisé au sud de Tamanrasset, et facile à retenir avec ça, *Do*-valé le do, il a bon dos, D-*ovalé*, comme avaler, et *G*. comme le point du même nom, celui de nos compagnes de baise. Je suis tout à vous, les filles, l'objet de vos fantasmes les plus fous de maintenant jusqu'à minuit. Pourquoi seulement jusqu'à minuit, vous vous demandez, déçues ? Parce qu'à minuit je rentre chez moi et qu'une seule minette du coin aura l'honneur de me raccompagner et de s'amalgamer à mon corps velouté pour une nuit d'attouchements verticaux et horizontaux et surtout viraux. Cela bien entendu tant que la pilule de Viagra fera effet, ce qui me garantit plusieurs heures et me rend ce que le cancer de la prostate m'a ôté. Ouvrez la parenthèse : quel idiot, ce cancer, si vous voulez savoir. Soyons sérieux, pensez que j'ai un paquet du genre beau et attirant. Y a des gens qui rappliquent d'Ashkelon rien que pour les admirer, mes valseuses à moi. Ce cancer, il aurait pu s'en prendre au talon par exemple – il se tourne, montre son dos au public et agite sa botte avec grâce –, ou à mes cuisses galbées, ou à mon torse soyeux, ou à mes cheveux ondulés. Eh bien non, il a choisi ma prostate, ce salaud de cancer, il veut jouer à touche-pipi. C'est décevant de sa part, fermez la parenthèse. Mais jusqu'à minuit, les filles, on va s'éclater avec

32

mes blagues et mes imitations. Je vous offrirai un pot-pourri de mes vingt dernières années de carrière, comme c'était pas écrit dans l'annonce. D'ailleurs, qui jetterait un shekel par les fenêtres pour promouvoir mon spectacle, autrement que par une note de la taille d'un timbre-poste insérée dans le canard gratuit de Netanya ? Pas même un putain de post-it sur un arbre. Tu fais des économies sur mon dos, Yoav. À ta santé, mon chéri. Picasso, le rottweiler perdu, a eu droit à plus d'affichettes que moi sur les poteaux électriques du coin, j'ai vérifié, j'ai inspecté tous les pylônes de la zone industrielle. Bravo, Picasso, bien joué, l'artiste, te dépêche pas de rentrer à la niche, crois-moi, fais-moi confiance, la meilleure façon de se faire respecter partout, c'est de pas être là, pas vrai ? C'était pas la stratégie médiatique de Dieu pendant la Shoah ? C'est pas sur ce principe que repose l'idée de la mort ?

L'assemblée s'emporte.

Dites, Netanya, c'est pas tordu, ces annonces d'animaux errant sans collier ? « Perdu hamster doré, boite d'une patte, souffre de la cataracte, intolérant au gluten et allergique au lait d'amandes. » Oh ! C'est quoi, votre problème ? Moi, sans chercher, je peux vous dire où il est, votre hamster : aux soins intensifs.

Le public rit de bon cœur et se calme un peu, comme s'il devinait qu'une dangereuse erreur de pilotage venait d'être rectifiée.

Je voudrais que tu viennes à mon spectacle, m'a-t-il dit au téléphone, après avoir réussi à se frayer un chemin dans ma mémoire rétive et avoir évoqué quelques souvenirs, plaisants d'ailleurs, remontant à l'époque où nous nous faisions ensemble, deux fois par semaine, le trajet de Bayit VeGan à l'autobus

33

qui me ramenait à Talpiot[1]. Il parlait de ce trajet avec un enthousiasme débordant : Oui, c'est là qu'a commencé notre amitié, a-t-il répété par deux fois, et encore une troisième, avec une sorte de joie naïve, on marchait en causant sans arrêt, une amitié de talkie-walkie. Et de continuer, et de faire remonter la moindre bribe de réminiscence, comme si ce bref épisode de camaraderie avait été ce qu'il y avait eu de plus beau dans sa vie. Et moi je l'écoutais sans broncher, attendant tout aussi patiemment d'entendre ce qu'il voulait exactement afin de pouvoir décliner son offre, sans l'offenser plus que nécessaire et l'expulser de mon existence.

À un spectacle de quoi veux-tu que je vienne ? J'avais attendu qu'il reprenne sa respiration.

Il a ricané. Comment dire, je suis un humoriste, ma spécialité, c'est le stand-up. Ah, ai-je répliqué avec soulagement, ce n'est pas ma tasse de thé.

Tu sais ce que c'est, un stand-up ? a-t-il ironisé. J'imaginais pas de toute façon que... Est-ce que tu as déjà vu un one man show ?

Quelquefois, à la télévision, ai-je dit. Ne le prends pas personnellement, mais ça ne me dit vraiment rien.

En même temps je me libérais de l'impression de paralysie qui m'avait envahi dès que j'avais décroché le téléphone. Sa requête vague et insolite de renouer une vieille amitié se fissurait maintenant, se dissipait. Il s'agissait d'assister à un stand-up.

Écoute, ai-je dit, je ne suis pas ton client. Je n'ai aucun goût pour toutes ces blagues et ces plaisanteries, et surtout pas à mon âge, désolé.

---

1. Quartiers de Jérusalem.

OK, a-t-il murmuré, ta réponse a le mérite d'être claire, tu y vas pas par quatre chemins.

Comprends-moi bien, ai-je dit, et j'ai vu que ma chienne dressait ses oreilles et me regardait avec inquiétude. Je suis sûr qu'il y a beaucoup de gens qui apprécient ce genre de distraction, je ne juge pas, chacun ses goûts…

J'ai dû ajouter encore quelques mots dans le même registre. Je ne me souviens pas de tout, fort heureusement. Je n'ai rien à avancer pour ma défense, sinon que dès le premier instant j'avais senti, confusément, que cet individu avait un certain talent de pot de colle – tout à coup cette expression enfantine m'était revenue – et que la plus grande méfiance était de rigueur.

Mais même cette considération, bien sûr, ne justifiait pas ma réaction soudaine. Car brusquement, sans crier gare, je l'ai agressé comme s'il était à lui seul le représentant de la bêtise humaine, sous toutes ses formes. Pour vous, me suis-je énervé, tout n'est que matière à railleries, chose ou homme, tout est bon. Pourquoi pas, après tout, il suffit d'un peu de talent d'improvisation et d'un sens de la réplique du tac au tac, et l'on peut rire de tout, tout parodier, tout caricaturer – depuis les maladies et la mort jusqu'aux guerres, chaque chose devient un sujet de moquerie.

Un long silence s'est abattu sur nous. Le sang se drainait lentement de ma tête, laissant derrière lui une impression de froid dans la cervelle et de stupeur à propos de moi-même, de ce que j'étais devenu.

J'ai entendu sa respiration. J'ai senti Tamara se contracter en moi. Tu es rempli de colère, disait-elle. Je suis rempli de regrets, ai-je pensé, tu ne le vois pas ? Je suis intoxiqué par la nostalgie.

35

À l'autre bout du fil, il a reconnu, d'une voix éteinte et triste à me fendre le cœur : La vérité, c'est que les shows, ça me fait plus vibrer comme autrefois. Avant, oui, j'avais l'impression d'être un funambule sur son fil. À chaque instant tu risques de te fracasser sous les yeux de tous, tu loupes le coche d'un millimètre, tu places un mot au mauvais endroit, tu élèves la voix d'un chouïa au lieu de la baisser, et le public se refroidit sur-le-champ. Mais l'instant d'après tu fais mouche, et il écarte les jambes.

Ma chienne lapait son eau. Ses grandes oreilles touchaient le parquet de part et d'autre de la gamelle. Elle perdait ses poils sur tout le corps et était devenue presque aveugle. Le vétérinaire, un jeune de trente et un ans, insistait pour que je la fasse piquer. Je me prenais à penser qu'à ses yeux moi aussi je ferais un bon candidat à la piqûre. J'ai posé les pieds sur le siège d'en face. J'ai fait un effort pour me calmer. Il y a trois ans, à force de ce genre d'éclats, j'avais perdu mon travail, et là j'ai pensé : Qui sait ce que j'ai à perdre, maintenant ?

D'un autre côté, a-t-il continué – et alors seulement j'ai pris conscience de la longueur du silence qui s'était instauré entre nous deux, chacun plongé dans ses pensées –, dans un stand-up tu peux parfois faire rire les gens, et c'est quand même quelque chose.

Il avait prononcé ces derniers mots posément, comme s'il les destinait à lui seul, et je me suis dit : Oui, c'est tout de même quelque chose, une grande chose. Moi, par exemple, c'est à peine si je me rappelle la sonorité de mon propre rire. J'étais presque sur le point de lui demander d'arrêter là et de reprendre la conversation depuis le début, cette fois comme deux êtres humains, pour que je puisse lui expliquer au moins combien ma réticence à me remémorer le moindre événement

36

était forte et combien la douleur du passé en effaçait peu à peu des pans entiers.

La raison pour laquelle je suis venu te chercher ? Il a pris une profonde inspiration. Bon, en vérité, maintenant je ne suis plus sûr...

Apparemment, tu veux que j'assiste à ton spectacle.

Oui.

Mais dans quel but ? Pourquoi as-tu besoin que je vienne ?

Là, tu me prends au débotté... Je saurais même pas dire... Demander un truc comme ça à quelqu'un, ça a l'air bizarre. Il a ricané : En gros, j'ai pas mal gambergé, ça fait déjà quelque temps que ça me trotte dans la tête... sans savoir... sans être sûr, et puis à la fin j'ai pensé que tu étais le seul à pouvoir m'aider.

Soudain sa voix s'est faite presque suppliante. Le désespoir, la dernière demande du condamné. J'ai retiré mes pieds du siège.

Je t'écoute, ai-je dit.

Je voudrais, a-t-il laissé échapper, que tu viennes me voir. Que tu me regardes bien, et qu'après tu me racontes.

Que je te raconte quoi ?

Ce que tu as vu.

Pour faire court, Netantchik, ce soir vous allez vous éclater avec la mère de tous les spectacles : votre fidèle serviteur face à des centaines d'admiratrices qui arrachent leur soutien-gorge, ouais, déboutonne ton corsage, table dix, déboutonne, olé ! Vous avez entendu le « boum », c'est quoi ?

La salle rit, mais d'un rire bref et discret, celui des jeunes a plus d'allant, et l'homme sur la scène est mécontent. Sa main plane au-dessus de son visage comme si elle guettait le point le plus douloureux. Fascinés, les gens contemplent cette

37

main, dont les doigts s'ouvrent et se referment à la cadence ralentie des vagues. Illogique, pensé-je, je rêve, un homme ne s'assène pas ainsi des coups à lui-même.

Imbécile, lâche-t-il d'une voix rauque, et c'est comme si la main, les doigts marmonnaient. Encore une fois ils ont pas ri au bon moment ! Comment va-t-elle finir, la soirée ? Par-delà la main qui étreint son visage, il balance un sourire figé à l'assemblée, comme derrière un grillage. Où sont tes rires d'antan ? dit-il dans une sombre méditation – en un dialogue à la fois intérieur et public. Peut-être n'as-tu pas choisi le bon métier, Dovalé, peut-être le moment des adieux est-il venu. Il continue son monologue avec calme et sang-froid. Des adieux, oui, raccrocher les gants et toi-même par la même occasion. Mais à ton avis, on tente quand même la blague du perro-quet, l'ultime bouée de sauvetage ? Il éloigne sa main de son visage, mais la laisse en suspens. Un type avait un perroquet qui arrêtait pas de dire des gros mots. Dès qu'il ouvrait les yeux et jusqu'à ce qu'il s'endorme, il débitait les insultes les plus grossières et les plus obscènes qui soient. Le quidam, lui, était tout ce qu'il y a de plus raffiné, éduqué, courtois…

Le public suit, écartelé entre la blague et celui qui la raconte. Il est captivé par les deux.

À la fin, il n'y a plus d'autre choix, l'homme se met à menacer le perroquet. « Si tu n'arrêtes pas, je t'enferme dans le placard ! » L'animal se sent injurié plus encore et commence même à proférer des jurons en yiddish…

Dovalé s'interrompt, rit de lui-même à haute voix, se donne une légère tape sur la cuisse. Non, Netanya, vous allez adorer, impossible de pas aimer. La salle reste perplexe. Ici et là des yeux se plissent, se focalisent sur le mouvement accéléré de la main sur le visage.

Bref, le type attrape l'oiseau, le jette dans le placard et ferme la porte à double tour. Le perroquet profère alors depuis l'intérieur un juron tellement salé que l'homme est prêt à sauter du toit, tant il a honte devant les voisins. À bout de nerfs, il ouvre le placard et empoigne le perroquet des deux mains. La bête crie, injurie, mord, gueule, et en langue étrangère en plus. L'homme l'amène dans la cuisine, ouvre la porte du frigo, le précipite dedans et referme la porte.

Silence dans la salle. Quelques rares sourires. Il me semble que la majeure partie du public se focalise surtout sur les mains de l'homme qui tournoient l'une au-dessus de l'autre dans un mouvement circulaire au ralenti, comme celui d'un serpent qui déploie ses anneaux.

Le quidam pose un écouteur sur le frigo, entend des insultes à l'intérieur, des coups de bec dans la porte, des battements d'ailes... Après quoi, calme plat. Une minute, encore une minute, silence de mort. Le volatile n'émet plus le moindre gazouillis. Alors l'homme commence à s'inquiéter. Après tout, lui aussi a une conscience. Peut-être le perroquet a-t-il gelé, et peut-être a-t-il crevé là d'hypothermie, allez savoir ? Il ouvre le réfrigérateur, se préparant au pire, et voilà que le perroquet sort, les pattes flageolantes, grimpe sur son épaule et lui dit : « Monsieur, je n'ai pas de mots assez forts pour vous présenter mes excuses. Désormais, monsieur, plus un seul nom d'oiseau ne sortira de mon gosier. » L'homme regarde le perroquet et n'en croit pas ses oreilles. Alors l'animal lui demande tout de go : « À propos, monsieur, comment appelle-t-on la chose à laquelle on amarre les bateaux ? »

Rires. Le public, qui retenait son souffle, se libère par le rire. Vraisemblablement aussi pour éviter à l'homme sur la scène la claque punitive que menace de lui infliger sa propre main. Quel pacte avec le diable se conclut-il ici et quel rôle suis-je censé y jouer ? Le couple de jeunes gens au teint pâle se penche en avant sur sa table. La tension, la passion presque, contracte leurs lèvres. Peut-être espèrent-ils qu'il va à nouveau se frapper ? L'homme, la tête inclinée et le front plissé, écoute le rire qui s'empare de la salle. Donc, ainsi soit-il, soupire-t-il après avoir évalué la puissance du rire et sa durée, mieux que ça, on fera pas. Mon petit Dovaniou, tu as des spectateurs exigeants. Il se peut même qu'il y ait parmi eux une poignée de gauchistes, ce qui me contraint à être plus intello, avec des pointes d'hypocrisie. *Où en étions-nous ?* s'excite-t-il en criant. Ah oui, à mon anniversaire, qui, comme chacun sait, est aussi le moment du bilan, pour quiconque est pourvu d'une conscience, car moi, franchement, dans la situation actuelle, c'est vraiment au-dessus de mes moyens d'en avoir une. Soyons sérieux, la conscience, l'âme, elles exigent une manutention, une attention non-stop, non ? Des soins intensifs à toute heure du jour et de la nuit ! Non, dites-le vous-mêmes, j'ai pas raison ?

Les chopes de bière s'élèvent à l'appui de ses dires. Maintenant je suis le seul, semble-t-il, à être fasciné par la menace de la main planant au-dessus du visage. Moi, et aussi peut-être une toute petite dame, assise non loin de moi, qui le regarde avec des yeux consternés depuis son entrée en scène, comme si elle ne parvenait pas à imaginer qu'une créature de cette espèce puisse exister. Il pousse encore un cri, et cette fois l'assemblée lui répond par des mugissements d'approbation. J'ai pas raison ? gronde-t-il de toutes ses forces, et les gens hurlent : Ouais, ouais ! Vous avez raison. Quelques spectateurs ont les yeux vitreux à cause de l'effort, à croire que plus le tumulte grandit, plus Dovalé est content. Il jouit d'exciter son public, de titiller en lui je ne sais quelle glande vulgaire, ou pourrie jusqu'à la moelle, et, tout à coup, le fait que je n'aie rien à faire ici s'impose à moi.

Parce que cette putain de conscience – maudite soit-elle ! – se retourne contre nous à chaque seconde, vous avez remarqué ? Vous avez constaté le phénomène, Netanya ? Un rugissement répond, oui, ils l'ont remarqué. Un jour elle veut ceci, un autre cela, tantôt l'euphorie t'explose à la gueule comme un feu d'artifice, et une minute plus tard sur ton crâne elle plante son drapeau noir, tantôt elle est percluse de vices et tantôt elle fait sa crise, et ses caprices et tout le toutim ! Et qui peut la cadrer, dites-moi, et qui en a besoin ? Sa véhémence s'accroît. Je jette un regard circulaire et, à nouveau, il semble qu'à part moi et cette femme, modèle réduit d'un type particulier, presque une naine, tout le monde paraît décidément satisfait. Qu'est-ce que je suis venu faire là, bon Dieu, et quelle obligation ai-je contractée envers quelqu'un qui prenait des cours particuliers avec moi il y a quarante ans et des poussières ? Je lui donne encore cinq minutes, cinq minutes chrono, et après, s'il n'y a pas, disons, un coup de théâtre, je me lève et je file.

Au téléphone, sa proposition avait quelque chose d'alléchant et même encore maintenant, je ne le nie pas, au passage, il y a des sketches qui... Les coups qu'il se donne, par exemple, c'est comme s'ils reflétaient une sorte d'attirance vers l'abîme. Et le bonhomme est loin d'être un débile. Ça, il ne l'a jamais été et avec lui je perds sûrement quelque chose, un signal qu'il m'est difficile de repérer, un appel qui provient de son moi profond. Mais tant pis, que faire quand on est confronté à un genre de spectacle aussi limité ?

Non, non, pensé-je, m'apprêtant à un départ rapide, il ne peut pas m'en vouloir. J'ai fait l'effort, je suis venu exprès de

Jérusalem, j'ai tenu une bonne demi-heure. Je ne lui ai trouvé ni charme ni fraîcheur, et maintenant je m'en vais.

Dovalé continue à pérorer contre « l'idée tarée de la survie de cette putain d'âme après la mort », rien de moins. Apparemment, s'il avait le choix, il prendrait l'option survie du corps sans un poil d'hésitation. Imaginez, un corps, net d'impôt, se met-il à brailler, sans pensée, sans souvenir, juste un corps brut de décoffrage, qui saute sur son prochain comme un zombie et mange, et boit, et baise du matin au soir, la démonstration pratique nous est gracieusement fournie : il sautille, tortille du bassin en envoyant des sourires vagues. Je fais signe à la serveuse de m'apporter l'addition. Je renonce même à l'honneur d'être son invité. Je ne veux lui être redevable de rien. Déjà tel quel, le monde ressemble à une pelote d'épingles. C'était une erreur de venir ici… Dovalé intercepte au vol mon appel à la serveuse et son visage s'altère, s'affaisse au sens propre du terme.

Non mais, soyons sérieux ! s'écrie-t-il en accélérant encore d'un cran son débit. Vous savez ce que ça représente aujourd'hui d'entretenir une âme, une conscience ? Attention, article de luxe ! Faites le compte et vous verrez que cela revient plus cher qu'un SUV ! Et je vous parle d'une âme, d'une conscience normale, pas de celle de Shakespeare, Tchekhov ou Kafka. À propos, c'était de la bonne qualité, du moins c'est ce qu'on m'en a dit, parce que moi, personnellement, je n'ai rien lu de ce qu'ils ont écrit. Veuillez recevoir ma bouleversante confession, j'ai une dyslexie carabinée, je vous jure. Ils l'ont diagnostiquée quand j'étais à l'état d'embryon. Et l'interne de service a proposé à mes parents d'envisager l'avortement…

L'assemblée rit. Moi, non. Je me souviens confusément qu'il mentionnait des livres que je connaissais par leurs titres et dont je savais que, deux ans plus tard, ils seraient au programme du bac. Il en parlait comme s'il les avait vraiment lus. Il y avait *Crime et Châtiment* et, si je ne m'abuse, *Le Procès* ou *Le Château*. Maintenant, sur scène, il continue en bonimenteur à faire étalage de titres ou de noms d'écrivains, et jure ses grands dieux qu'il n'a jamais ouvert leurs livres. Je commence à ressentir une démangeaison dans le haut du dos et je me demande s'il fait le démagogue, en vendant à la salle son style « simple », « anti-intello », ou s'il manigance quelque chose qui finira par m'atteindre. Je presse la serveuse des yeux.

Car qui suis-je, braille-t-il, un être inférieur, pas vrai ? Et à ce moment, il se tourne complètement vers moi et me décoche un sourire amer. Parce que c'est quoi, un stand-up, vous y avez pensé parfois ? Je vais vous le dire, Netanya : en toute sincérité, c'est un divertissement du genre pathétique, et vous savez pourquoi ? Parce que ça sent la sueur ! L'effort pour faire marrer à tout prix ! Voilà pourquoi ! Il renifle ses aisselles et grimace. Léger rire de confusion dans la salle. Je me penche sur ma chaise en croisant les mains sur ma poitrine, convaincu qu'à ce point la guerre est déclarée.

La pression, elle est palpable sur notre visage ! Il élève encore la voix d'un cran. Le désir effréné. La pression de faire rire à tout prix, et comment on vous supplie littéralement de nous aimer (tout cela, je le devine, sont des perles de moi selectionnées dans notre conversation téléphonique). Et précisément à cause de tout ça, mesdames et messieurs, j'accueille avec émotion et un profond respect le tribunal, le juge de la Cour suprême, Avishaï Lazar, qui nous fait la merveilleuse surprise de se trouver parmi nous ce soir afin de soutenir publiquement par sa présence notre art minable et pathétique. *La Cour !*

Et ce bouffon pervers de se mettre brusquement au garde-à-vous en claquant les talons avant de s'incliner profondément.

Les gens se tournent les uns après les autres pour me regarder, une partie du public applaudit, par réflexe de soumission, tandis que moi, insensible, j'en suis encore à marmonner : Du tribunal de district, pas de la Cour suprême, et qui plus est à la retraite. Lui, sur la scène, me bombarde d'un rire éclatant en m'obligeant à feindre de me réjouir avec lui.

En mon for intérieur, je savais bien qu'il ne me laisserait pas facilement sortir d'ici. Toute cette histoire d'invitation à assister à son spectacle et la proposition insensée qui l'accompagnait, tout ça, c'était un traquenard, une vengeance privée. Et je m'étais fait avoir comme un idiot. Dès le moment où il avait annoncé haut et fort que c'était son anniversaire – détail qu'il avait soigneusement omis de mentionner au téléphone –, j'avais commencé à éprouver une sensation d'étouffement. La serveuse, faisant des miracles pour arriver au moment le plus inopportun, m'apporte l'addition. Le public tout entier a les yeux braqués sur moi. J'essaie d'adopter une contenance, mais tout va un peu trop vite à mon goût, vraiment. Depuis le début de la soirée, je remarque à quel point la vie en solitaire m'a ralenti, m'a rendu apathique. Je plie la note, la pose sous le cendrier et le regarde, droit dans les yeux.

Je vous parle d'une âme simple – il ravale un petit sourire et fait signe au gérant de me servir encore une bière sur son ardoise –, une âme sortie du rang, sans accessoires ni fioritures, une âme standard, une âme ordinaire qui veut juste manger à sa faim, boire à sa soif, se bourrer la gueule avec joie, lire sa page de Talmud quotidienne, baiser une fois par semaine, et souhaite qu'on lui foute la paix. Et puis sans crier gare, voilà que cette putain de *neshomè*, l'âme, maudite soit-elle, a plus d'exigences qu'un conseil municipal tout entier et vous crée un tas de problèmes ! Et il lève encore sa main devant

44

le public et compte sur ses doigts. La salle reprend avec lui à voix haute : *Un*, peines de cœur ! *Deux*, cas de conscience ! *Trois*, essaim d'anges malfaisants ! Quatre, cauchemars et insomnies par peur du lendemain[1] !

De tous côtés un murmure d'approbation s'élève. Je vous le jure, la dernière fois de ma vie que j'ai eu aucun souci à me faire était l'époque où j'avais encore mon prépuce[2]. Le public se tord de rire. Je pousse devant moi des quantités d'amuse-gueules et les broie comme si c'étaient ses os. Il se tient au centre de la scène, sous les feux des projecteurs, les paumes de main réunies en un triangle magique, et approuve, les yeux fermés. Comme s'il méditait sur une quelconque doctrine philosophique. Des applaudissements fusent par intermittence, accompagnés d'une sorte de bruit parasite, « bzz zzz... », émanant de la gent féminine. Cet homme qui n'est ni beau, ni séduisant, ni fascinant réussit à viser le point précis où les êtres humains se muent en racailles.

Et lui, comme s'il avait lu dans mes pensées, interrompt les réactions du public d'un geste bref. Son visage est livide, et je perçois chez lui tout le contraire de ce que j'avais imaginé jusqu'alors : le fait même que quelqu'un, n'importe qui, soit d'accord avec lui suscite apparemment une retenue, une répugnance – cette contorsion des lèvres, ce frémissement des narines –, comme si tous les spectateurs se voyaient interdire la moindre connivence, la moindre proximité.

Et c'est le moment, mesdames, de féliciter celui que j'ai fait venir jusqu'ici. Celui qui était prêt à rester toujours à mes côtés inconditionnellement, et même après que femmes, enfants,

---

1. Parodie de la Haggadah qu'on lit à Pessah, où sont énumérées les plaies subies par les Égyptiens.
2. Le nourrisson juif est circoncis huit jours après la naissance.

collègues et camarades m'eurent collectivement abandonné, rejeté, et laissé pour compte. Il me lance un regard assassin et éclate aussitôt de rire. Et même le directeur de mon école, M. Pinchas Bar-Adon, comme ça, pour l'exemple – paix à son âme, du reste il a encore bon pied bon œil –, m'a viré de notre école quand j'avais quinze ans pour me jeter dans la fac des sciences de la rue. Et il a écrit dans son rapport, écoutez bien, Netanya : « De toute ma carrière, je n'ai encore jamais rencontré un vieux cynique comme cet élève. » C'est fort, non ? Après cet épisode, le seul être qui soit resté avec moi, qui ne m'ait jamais abandonné, lâché, c'est moi et moi seul, oui – et à nouveau il se déhanche et se passe les mains tout le long du corps dans un geste sensuel –, et maintenant, mes frères, regardez attentivement et dites-moi ce que vous voyez. Non, soyons sérieux, qu'est-ce que vous voyez ? Un atome de matière, pas vrai ? Une particule élémentaire. Pour faire un clin d'œil aux sciences exactes, je dirais même plus : de l'antimatière. Et il est déjà évident pour vous qu'on parle d'un individu juste avant la mise à la casse, hein ? Il ricane et me jette aussi un clin d'œil, cherche à me flatter, demande peut-être que, malgré la rage que j'ai accumulée, je tienne la promesse que je lui ai faite.

Et voyez un peu quelle loyauté et quel dévouement, dans ces cinquante-sept années de merde ? Voyez quelle constance, quelle obstination dans le projet foireux d'être Dovalé ! Ou même d'être, tout simplement ! Il bondit sur la scène avec des mouvements d'automate et coasse d'une voix discordante : Être ! Être ! Être ! Il stoppe, se retourne lentement vers la salle en arborant l'expression retorse d'un escroc ou d'un pickpocket qui vient de réussir son coup. Vous captez à quel point *être* est une idée stupéfiante et subversive ?

Et il gonfle un peu les joues et émet un léger « pac », comme une bulle qui éclate.

Dovalé G., mesdames et messieurs, également appelé Dovček, ou encore Dov Grinstein, principalement dans le procès intenté contre lui par l'État d'Israël pour des infractions dans le secteur alimentaire. Grand Dieu... Il se tord les mains et me fixe avec le regard torturé de l'innocent accusé à tort. Qui sait comment ces enfants mangent, Votre Honneur. Je me demande combien un père paie sa nourriture au Darfour... Monsieur G., mesdames, messieurs, est le seul et unique, dans un monde hostile, prêt à passer une nuit entière avec moi sans prendre de fric, ce qui est à mes yeux le signe le plus honnête et objectif de l'amitié. C'est comme ça, ô assemblée, c'est ainsi que j'ai mené ma vie. L'homme propose et Dieu le nique...

Deux fois par semaine, le dimanche et le mercredi, à trois heures et demie se terminait notre cours particulier chez le professeur, un orthodoxe sinistre qui parlait d'une voix nasillarde, incompréhensible, sans jamais nous regarder. Étourdis par l'atmosphère confinée de son appartement, abrutis par les odeurs des repas que sa femme préparait pour lui dans sa cuisine de l'autre côté du mur , nous repartions tous ensemble et aussitôt faisions bande à part, lui et moi. Nous marchions en plein milieu de la chaussée, dans la paisible rue principale du quartier, empruntée par de rares automobiles, et quand nous arrivions à l'arrêt du 12, à côté de la boutique Tenouvah[1] de Lehrman, nous échangions un regard et disions de concert : « On continue jusqu'à la prochaine. » Nous parcourions comme ça cinq ou six stations à pied, jusqu'à la gare routière cen-

1. Coopérative israélienne spécialisée dans les produits laitiers.

trale, proche de Romema, son quartier, et là nous attendions l'autobus qui m'amènerait à Talpiot. Nous nous asseyions sur un muret de pierre lézardé et parsemé de touffes d'herbe à côté de la gare, et nous parlions. Ou, plus exactement, j'étais assis ; lui était incapable de conserver la même position plus de quelques minutes.

Il m'assaillait presque toujours de questions et moi je racontais. Ainsi s'opérait entre nous la répartition des tâches. Il fixait le cadre et je m'y pliais docilement. Je n'étais guère bavard, au contraire, j'étais un garçon introverti, avec un halo un peu ridicule de raideur et de mélancolie dont je n'aurais pas su me départir, même si je l'avais voulu.

Peut-être par ma faute, peut-être à cause du nomadisme familial dû aux affaires de mon père, je n'avais jamais eu de « meilleur copain ». J'avais noué de temps à autre des liens amicaux avec des enfants de diplomates et d'hommes d'affaires étrangers qui fréquentaient mon école. Mais depuis notre retour en Israël, à Jérusalem, dans un quartier et une école où je ne connaissais personne, et où personne ne cherchait à me connaître, j'étais devenu encore plus solitaire et revêche.

Et soudain avait surgi ce petit bonhomme espiègle, élève d'un autre établissement ignorant qu'il était censé avoir peur de moi et de mes rebuffades, que ni ma carapace ni ma morosité n'avaient rebuté.

« Comment s'appelle ta mère ? » a été la première question qu'il m'a posée en sortant du cours, et je me souviens qu'une sorte de ricanement étonné m'a échappé. Quelle audace de la part de ce nabot à taches de rousseur de faire ne serait-ce qu'allusion à l'existence de ma mère !

« Ma mère à moi, s'est-il exclamé, se nomme Sarah ! », et tout à coup il m'a contourné, a fait demi-tour pour se placer face à moi. « Comment tu as dit que ta mère s'appelait ? Elle est née en Israël ? Où tes parents se sont-ils rencontrés ? Eux aussi, ont été victimes de la Shoah ? »

Les autobus pour Talpiot se succédaient, et nous parlions. Et voici notre situation : moi, assis sur le muret, un adolescent long et mince (oui, oui) avec un visage étroit, sévère, une bouche ronde, évitant scrupuleusement de sourire ; et, sautillant sur lui-même, un enfant petit, plus jeune d'une année au moins, à la chevelure de jais qui avait l'art de m'extraire de ma coquille par son entêtement et aussi son astuce, et qui éveillait peu à peu en moi le désir de me remémorer, de parler, de raconter Guedera, Paris et New York, le carnaval de Rio, le jour des Morts à Mexico, la fête du Soleil au Pérou, et un vol en montgolfière au-dessus des troupeaux de gnous dans le Parc national du Serengeti…

À partir de ses questions, j'ai commencé à prendre conscience du trésor exceptionnel que je détenais : l'expérience de la vie. Mon existence, que j'avais vécue jusqu'alors comme un tourbillon déprimant d'allées et venues, de déménagements incessants, de changements d'école, de langue et de visages, avait été en fait une grande aventure. Il faisait bon accueil même à mes exagérations, me suis-je vite aperçu : non, aucune flèche n'était venue se planter dans mes aérostats. Au contraire, il était apparemment possible et même souhaitable de raconter l'histoire encore et encore, et à chaque nouvelle version de rajouter des détails et des péripéties. Quand j'étais en sa compagnie, je ne me reconnaissais pas moi-même. Je ne reconnaissais pas l'adolescent enthousiaste et tapageur qu'il suscitait en moi. Je ne reconnaissais pas l'éclair d'excitation qui traversait subitement mes pensées et mon imagination. Et je reconnaissais encore moins le plaisir de la rétribution immédiate de mon talent tout neuf : ces yeux luisant de stupeur et de ravissement devant moi. L'heure bleue. Une ivresse d'écrivain, je suppose.

Ainsi avons-nous passé une année entière, au rythme de deux rencontres par semaine. J'avais les mathématiques en horreur, mais à cause de lui je m'efforçais de ne pas manquer un seul cours. Les autobus passaient et repassaient, et nous, nous restions immergés dans notre univers jusqu'à ce que sonne l'heure inévitable du départ. Je savais qu'il devait récupérer sa mère quelque part à cinq heures et demie tapantes. Il prétendait qu'elle était un « haut fonctionnaire » dans un ministère quelconque, et je ne comprenais pas pourquoi il devait la « récupérer ». Je me souviens : il portait une montre d'adulte de la marque Doxa couvrant la fine articulation de son poignet, et plus l'heure approchait, plus il la regardait subrepticement avec une anxiété croissante.

Et toujours, au moment de la séparation, planaient au-dessus de nous des possibilités qu'aucun de nous n'aurait osé exprimer à haute voix, comme si nous ne croyions pas encore que notre amitié fragile aurait pu résister à la réalité. Des demandes du genre : « On pourrait peut-être se rencontrer une fois comme ça, en dehors du cours ? On pourrait peut-être aller au cinéma ? Je pourrais peut-être venir chez toi ? »

Vu que nous avons mentionné le grand baiseur, crie Dovalé en levant les bras, permettez-moi, messieurs, en ce début de soirée, eu égard à la vérité historique, d'exprimer en votre nom ma reconnaissance envers les femmes. Toutes les femmes de ce monde. Soyons généreux, mes frères. Pourquoi n'avouerions-nous pas pour une fois où se trouve vraiment notre délicieux objet du désir, but de notre existence et notre vrai moteur de

50

recherche ? Pourquoi, en signe d'action de grâces, ne nous prosternerions-nous pas pour remercier comme il se doit le condiment, épicé et doux à la fois, qui nous a été livré au jardin d'Éden ? Et de fait il se prosterne, incline une fois, deux fois la tête et la partie supérieure du corps devant telle ou telle femme de l'assistance. Toutes, me semble-t-il, même celles qui sont assises auprès de leur mari, lui retournent une œillade furtive, presque involontairement. D'un geste de la main, il encourage les hommes à l'imiter. La plupart d'entre eux rient sans se lever. Certains semblent pétrifiés comme leurs épouses, mais quatre ou cinq individus répondent à son invitation, se lèvent embarrassés et gratifient leur compagne d'une révérence guindée.

C'est pour moi l'exemple même de l'acte imbécile, un hommage sentimental bon marché, et pourtant, à mon immense étonnement, j'esquisse moi aussi une révérence, presque sans bouger, en regardant la chaise vide qui me fait face. Voilà qui me confirme, s'il en était besoin, à quel point je suis diminué et combien je manque d'assurance, ici, ce soir. À dire vrai, seuls un hochement de tête et un petit clin d'œil m'ont échappé, ce clin d'œil que Tamara et moi échangions souvent, même au milieu d'une dispute. Deux étincelles qui crépitaient d'un œil à l'autre, l'étincelle de moi qui était en elle, l'étincelle d'elle qui était en moi.

Je commande un *shot* de tequila et enlève mon pull-over. Jusqu'ici, je ne m'étais pas rendu compte de la chaleur (j'ai l'impression d'entendre la femme à la table d'à côté susurrer enfin à l'oreille de son conjoint). Je croise mes deux mains sur ma poitrine, observe le personnage en scène et, à travers ses yeux décolorés, me remémore le sentiment de *nous deux*, de lui et de moi. La sensation d'excitation permanente et de malaise que je ressentais en sa présence : à cette époque, les garçons ne parlaient pas comme nous le faisions. Ils n'abordaient pas certains sujets, et pas sur ce mode. Toutes mes amitiés de passage avaient été empreintes d'un détachement réciproque, reposant et viril. Tandis qu'avec lui...

Je fouille dans mes poches. Celles de mon pantalon, de ma chemise. Dans mon portefeuille. Voici encore quelques années, jamais je ne sortais de chez moi sans un carnet. Des petits carnets orange dormaient avec nous dans le lit que je partageais avec Tamara au cas où jaillirait dans les brumes du sommeil ou en rêve un argument choc que je pourrais insérer dans mon arrêt, ou même une image qui ferait mouche, ou une citation lumineuse (j'avais un peu construit ma réputation autour de quelques-unes d'entre elles). J'ai un stylo, même trois, mais pas le moindre bout de papier. Je fais un signe à la serveuse, elle m'apporte un paquet de serviettes en papier vertes, elle les agite de loin, la main levée, en m'adressant un sourire bête.

En réalité un sourire plutôt gentil.

Et le clou du spectacle, mes frères et sœurs, rugit Dovalé – il pleure presque de joie à la vue des serviettes et de mes stylos –, après notre hommage collectif à toutes les femmes de ce monde, je veux en rendre un particulier à toutes les belles qui ont privatisé pour moi l'entreprise globale du sexe, à toutes celles qui depuis l'âge de seize ans se sont mises sur ou sous moi, à quatre pattes, m'ont branlé, pompé, sucé...

L'assemblée est majoritairement satisfaite, mais certains font encore la grimace. Non loin de moi, choquée, une femme retire son soulier étroit et frotte son pied sur l'autre, contre le mollet de l'autre jambe ; quant à moi, j'ai l'estomac noué pour la troisième ou la quatrième fois de la soirée : je sens les jambes puissantes et massives de Tamara. Un gémissement m'échappe. De ceux que j'avais oubliés depuis longtemps.

Et clac ! Sur la scène face à moi son vieux sourire revient, enjôleur et enthousiaste. À nouveau il m'est possible de respirer normalement, comme si toute la tension accumulée depuis le début du spectacle se dissipait un peu, comme si j'acceptais d'être séduit et de lui sourire. C'est un beau moment d'intimité entre nous seuls. Je me rappelle comment il sautillait d'allégresse autour de moi, criait et riait, comme si l'air l'aiguillonnait, et ce soir dans ses yeux je saisis la même lumière, un petit faisceau de lumière déversé sur moi, plein de confiance en moi, comme si tout pouvait encore se réparer, même pour nous, pour moi et pour lui.

Et cette fois encore le sourire disparaît d'un coup, comme si l'homme l'avait retiré brusquement de dessous nos pieds. Et j'éprouve à nouveau la sensation d'être le jouet d'une mystification profonde, obscure, de celles qui se produisent au-delà des mots.

J'en crois pas mes yeux ! brame-t-il soudain. Toi, la petite tartinée de rouge à lèvres, oui, toi, tu t'es maquillée dans le noir ? Elle a la maladie de Parkinson, ton esthéticienne ? Dis-moi, poupée, ça te paraît normal ? Je suis là à me casser le cul pour te faire marrer et toi, tu envoies des textos ?!

Il s'adresse à la dame minuscule assise seule à une table proche de la mienne. Elle porte un édifice capillaire bizarre et complexe, une sorte de cône tressé, avec une rose rouge plantée dedans.

Superbe, ça ! Le type se met en quatre, il répand son âme à tes pieds, met ses tripes à l'air, se fout à poil. Jusqu'à la prostate ! Et toi tu écris un SMS. On peut savoir ce que tu as à envoyer de si pressé ?

Elle répond avec le plus grand sérieux, presque sur le ton de la réprimande : Ce n'est pas un SMS !

Arrête de mentir, mignonne, je t'ai vue ! Tic-tic-tic-tic ! De tes petits doigts agiles ! Au fait, tu es assise ou debout ?

Quoi ? Elle rentre instantanément la tête dans les épaules. Non… je m'envoyais un message à moi-même.

À toi-même ? Il ouvre de grands yeux et fixe le public d'un regard intense, pour le mettre de son côté, contre elle.

J'ai une application « Notes »… murmure-t-elle.

Continue, tu nous intéresses, mignonne. Qu'est-ce que tu penserais si on sortait tous pour pas déranger la connexion jouissive que tu établis avec toi-même ?

Comment ? Elle remue la tête, paniquée. Non, non, restez, je vous en prie.

Il y a une déformation étrange dans sa voix. Une voix d'enfant, ténue, et les mots sortent avec peine de sa bouche.

Alors tu veux nous dire ce que tu t'es écrit là-dedans ? Il est hilare et fait lui-même aussitôt la réponse : « Ô mon amour, j'ai bien peur qu'il faille nous séparer car ce soir, mon lapin, j'ai rencontré l'homme de ma vie, et je vais unir mon destin au sien, ou me faire menotter sur mon lit pour une semaine de sexe effréné… »

La femme le regarde fixement, la bouche un peu béante. Elle porte des chaussures orthopédiques noires à semelles compensées, et ses pieds ne touchent pas terre. Entre son corps et la table, elle serre un grand sac rouge verni. Je me demande si Dovalé voit tout ça depuis la scène.

Non, dit-elle après avoir médité longuement sa réplique, tout est faux, je n'ai rien écrit de tout ça.

Allez, vas-y, qu'est-ce que tu as écrit ? Il hurle et se prend la tête entre les mains en simulant le désespoir. La conversation, prometteuse au début, se complique, et Dovalé décide de passer à autre chose.

C'est privé, chuchote-t-elle.

Privvvé ! Le mot l'attrape comme au lasso alors qu'il était en train de battre en retraite, et le propulse à nouveau vers elle. Il claudique en arrière sur la scène et, ce faisant, tourne vers nous son visage choqué, comme si elle avait prononcé un mot particulièrement obscène. Et quelle est la profession, si je puis me permettre, qu'exerce notre personne si privée et discrète ?

Un souffle glacial parcourt la salle.

Je suis manucure.

Tu m'en diras tant ! Il roule les yeux comme des billes en signe d'étonnement, projette les mains avec les doigts écartés et dodeline de la tête de gauche à droite : *French* manucure, s'il vous plaît ! Ou plutôt, non, du vernis pailleté. Il souffle légèrement sur chacun de ses ongles. Voire même métallisé ou minéralisé, mon trésor ? Pourquoi pas avec des petites fleurs ?

Mais ça, je ne peux le faire que dans notre club communal, murmure-t-elle, avant d'ajouter : Je suis aussi médium. Et terrifiée par sa propre audace, elle remonte encore son sac rouge, le place comme un rempart entre elle et lui.

Mé-dium ? Le renard rusé tapi dans les yeux de Dovalé freine sa course, fait une pause, se pourlèche les babines. Mesdames et messieurs, déclare-t-il avec le plus grand sérieux, un peu d'attention, je vous prie. Nous avons parmi nous ce soir, à titre exceptionnel, une manucure qui est aussi médium ! Tapez des mains ! Des ongles !

Dans la salle, on obéit, gêné. D'après moi, la majorité du

public préférerait qu'il la laisse en paix et qu'il s'en prenne à une proie moins problématique.

Il déambule sur scène avec lenteur, la tête penchée, les mains croisées derrière le dos. Toute son attitude traduit la réflexion et la largeur d'esprit. Médium, tu veux dire que tu communiques avec d'autres mondes ?

Quoi ? Non… en ce moment, seulement avec des âmes.

Les âmes de personnes défuntes ?

Elle incline la tête en signe d'assentiment. Même dans l'obscurité, je distingue sur sa gorge les pulsations accélérées de ses artères.

Ah ah… Il opine, feignant d'être compréhensif. On peut voir la façon dont il plonge dans sa réserve intérieure pour y puiser les trésors de dérision et de moquerie que la rencontre lui inspire. Peut-être Madame la médium va-t-elle nous raconter… De quel coin d'Israël êtes-vous, rase-bitume ?

Je vous défends de m'appeler comme ça.

Pardon… Il recule immédiatement. Il sent qu'il a dépassé les bornes. « Ce n'est pas une merde absolue », noté-je sur la serviette.

En ce moment, je suis d'ici, des alentours de Netanya, dit-elle, et la douleur de l'outrage contracte encore son visage. Y a ici notre village… des gens comme… comme moi, mais quand j'étais petite, j'ai été ta voisine.

Ah bon ! *Tu habitais près de Buckingham Palace ?* s'émeut-il en battant sur un tambour imaginaire, traînant après lui un faible sillage de rires. Sa brève hésitation avant de renoncer à se moquer de son « quand j'étais petite », ne m'a nullement échappé. Surprendre des limites inattendues chez lui m'amuse beaucoup. De petits îlots de compassion et d'équité.

Maintenant je saisis ce que la dame a dit.

Non, réplique-t-elle avec le même sérieux obstiné, scandant ses mots l'un après l'autre : Buckingham est en Angleterre. Je le sais parce que...

Que quoi ? Qu'est-ce que tu as dit ?

... parce que je fais des mots croisés. Je connais tous les pays...

Non, avant cela. Yoav ?

Le gérant braque un projecteur sur elle. Dans le tertre entortillé et épointé de sa coiffure argentée, on trouve une raie violette. Elle est plus âgée que je ne l'avais pensé, mais son visage est très lisse, comme d'ivoire. Le nez est allongé et les paupières gonflées. Malgré cela, sous un certain angle, on entrevoit une beauté discrète et subtile.

Elle se pétrifie sous les regards qui convergent vers elle. Les jeunes motards discutent à voix basse avec animation. Elle éveille une réaction en eux. Je connais ce genre d'individus. Graines de violence. Exactement le type d'individus qui me faisait sortir de mes gonds au tribunal. Je la regarde avec leurs yeux. Dans sa robe habillée, avec la fleur fixée dans sa coiffure et le rouge à lèvres étalé sur sa bouche, on dirait une enfant qui s'est déguisée en dame pour sortir en ville, et qui a déjà conscience qu'il va lui en cuire.

Ma voisine ? demande-t-il après une hésitation.

Oui, à Romema. Je t'ai reconnu dès que tu es entré. Elle penche la tête et ajoute à voix basse : Tu n'as pas du tout changé.

Je n'ai pas du tout changé ? raille-t-il. Non, non, non, je n'ai pas changé ? Il cache son front avec sa main et l'observe avec des yeux fiévreux. Le public suit, fasciné par ce qui se déroule devant lui : le tissu de la vie qui se métamorphose en bonne blague.

Et tu es sûre que c'est moi ?

Sans aucun doute, ricane-t-elle, et son visage s'illumine. Tu es l'enfant qui marchait sur les mains.

Silence dans la salle. J'ai la bouche sèche. Moi, ce n'est qu'à notre dernière rencontre que je l'avais vu marcher sur les mains.

Tu marchais toujours sur les mains, pouffe-t-elle en mettant l'une des siennes devant sa bouche.

Aujourd'hui j'ai du mal à rester sur mes jambes, grogne-t-il dans sa barbe.

Tu suivais la femme avec les grosses bottes.

Il laisse échapper involontairement un grand soupir, que le public entend.

Une fois, ajoute-t-elle, dans le salon de coiffure de ton père, je t'ai vu la tête à l'endroit et j'ai eu du mal à te reconnaître.

Les spectateurs reprennent leur respiration. Ils lancent des coups d'œil à leurs voisins, sans savoir clairement quel sentiment éprouver. Dovalé me jette un regard déconcerté et furieux depuis la scène. Ce n'était vraiment pas au programme, me dit-il, via la fréquence qui nous permet de communiquer à distance, et c'est hors de sujet. Je voulais que tu me voies, point à la ligne, sans supplément. Après quoi il se rapproche de la rampe et pose un genou au sol.

Et comment on t'appelle ?

Peu importe… Quand elle enfonce sa tête dans ses épaules, on voit une petite bosse saillir sous sa nuque.

Moi, ça m'importe, dit-il.

Azoulay, mes parents : Ezry et Esther, ils sont morts tous les deux. Elle scrute son visage en quête d'un signe de reconnaissance. Tu ne peux sûrement pas te souvenir d'eux. On

UN CHEVAL ENTRE DANS UN BAR

a habité là-bas peu de temps. Mes frères étaient clients de ton père.

Quand elle se laisse aller, son défaut d'élocution devient plus manifeste. Comme si un charbon ardent était coincé dans sa gorge.

J'étais petite, je n'avais que huit ans et demi, et toi tu en étais peut-être déjà à ta bar-mitsvah, et toujours sur les mains. Tu me parlais même dans cette position, d'en dessous...

C'était seulement pour regarder sous ta jupe ! s'écrie-t-il à l'adresse du public. Elle remue la tête violemment et l'édifice de sa coiffure se déplace avec elle. Non, non, c'est faux, tu m'as adressé la parole trois fois, et en plus je portais une jupe longue, la bleue à carreaux, et je t'ai parlé aussi, même si c'était interdit...

Interdit ? Il fond sur le mot toutes griffes dehors. Pourquoi, en fait ? Pourquoi c'était interdit ?

Peu importe.

Bien sûr que ça importe ! Il mugit des profondeurs de ses entrailles. Qu'est-ce qu'on t'a dit ?

Elle secoue la tête d'un air obstiné.

Dis-moi juste ce qu'on t'a dit.

Que tu étais anormal, finit-elle par lâcher. Mais moi, j'ai quand même parlé avec toi. Trois fois.

Elle se tait et regarde ses doigts. Son visage luit de sueur. À la table de derrière, une femme se penche vers son mari et lui murmure quelques mots à l'oreille. Le mari approuve. Je suis dans une confusion totale. En proie à un vertige. Ma serviette est vite recouverte de signes. J'essaie de remettre de l'ordre dans mes pensées : l'enfant que j'ai connu. Celui que la femme a connu. Le personnage qui évolue sur scène.

Alors tu prétends qu'on s'est parlé trois fois ? Il avale sa salive, et à voir la tête qu'il fait, elle doit avoir un goût bien amer. Quelle merveille… Il s'efforce de réagir en faisant un clin d'œil au public. Et toi, bien entendu, tu te souviens pas de ce dont on a parlé ?

La première fois, tu m'as dit qu'on s'était déjà rencontrés. Où ?

Tu m'as dit que chaque événement de ta vie se répétait.

Tu te souviens que je t'ai dit une chose pareille ?

Et tu as dit aussi qu'on avait été ensemble des enfants pendant la Shoah, ou au temps de la Bible ou de la préhistoire. Tu n'étais pas sûr. C'est là qu'on s'était rencontrés pour la première fois. Dans cette vie-là tu étais acteur, et moi danseuse…

Messssieurs ! Dovalé lui coupe la parole en vociférant, bondit sur ses pieds et s'éloigne au plus vite. Nous avons ici, à titre exceptionnel, un témoignage de première main sur votre humble serviteur quand il était petit ! Je vous l'avais pas dit ? Je vous avais pas prévenus ? L'idiot du village, l'enfant débile, vous voyez ce que je veux dire, celui qui fricote avec les petites filles, le pédophile. Et en plus de ça, il se fait son cinéma. Ensemble pendant la Shoah, ensemble au temps de la Bible… Vous m'en direz tant ! Il montre les dents dans un grand rire qui ne convainc personne. En même temps, il me regarde, interloqué, comme s'il trouvait suspect que je sois surpris par l'incident impromptu, par l'irruption dans le jeu de cette toute petite dame. Je hoche la tête en signe d'excuse. Mais pourquoi ? C'est un fait que je ne la connais ni d'Ève ni d'Adam. Je n'ai jamais habité dans son quartier, et chaque fois que je lui ai proposé de le raccompagner jusqu'à chez lui, il m'a opposé soit un refus, soit une dérobade, en inventant toutes sortes de prétextes ou de bobards aussi emberlificotés que tordus.

Figurez-vous que ça a été tout le temps comme ça ! À Romema, j'étais même la tête de Turc des bestioles, hurle-t-il presque. Je suis sérieux, à chaque fois que j'étais dans les parages, il y avait un chat noir qui me crachait dessus. Raconte-leur, ma chérie...

Non, non... Les petits pieds de la petite dame s'agitent sous la table pendant qu'il parle au public, comme si on était en train de l'étouffer et qu'elle ouvrait la bouche pour respirer. Tu étais un enfant très...

On jouait au docteur et à l'infirmière, et j'étais l'infirmière, c'est pas ça ?

Faux, archifaux ! s'écrie-t-elle. Et elle descend péniblement de sa chaise pour se mettre debout. Elle est incroyablement minuscule : Qu'est-ce que tu es devenu ? Tu étais un gentil garçon dans ton enfance !

Silence dans la salle.

Ça veut dire quoi ? réagit-il, goguenard. Et une de ses joues s'enflamme soudain, comme s'il venait de se gifler avec plus de violence que tout à l'heure. Comment as-tu dit ?

Elle abandonne la partie et se rassied, se replie sur elle-même, assombrie.

Tu sais, bécasse, que je pourrais te poursuivre pour atteinte à ma mauvaise réputation ? Il rit en se tapant les cuisses avec les mains. Il sait comment déployer son rire depuis les profondeurs du ventre. Mais le public, presque unanime, refuse de se mettre au diapason.

Elle incline la tête. Tapote des doigts sous la table avec des gestes brefs et précis. Ils se rapprochent, se superposent, s'entrelacent, obéissant aux règles d'une mystérieuse chorégraphie.

Le silence s'alourdit. Le spectacle est plombé pour un moment. Sur scène, Dovalé retire ses lunettes et se frotte vigoureusement les yeux en soupirant dans sa barbe. Certains spectateurs détournent le regard. La tension est palpable, comme si la rumeur se répandait que quelque chose n'allait pas.

Bien entendu, il comprend que la soirée risque de partir en vrille et opère séance tenante une sorte de virage intérieur. On peut quasiment entendre le bruit de la mécanique. Il écarquille les yeux, son visage rayonne d'enthousiasme. Vous êtes un public formidable ! se met-il à brailler. Il court dans tous les sens, martelant le sol des talons de ses bottes grotesques. Mes bien chers frères et sœurs, mes trésors tous autant que vous êtes. Mais, dans l'espace confiné de la salle, le malaise qu'il cherche à dissiper se propage comme un hématome. C'est pas simple ! s'égosille-t-il en tendant les mains dans une grande étreinte vide. Pas simple d'arriver à l'âge de cinquante-sept ans et, pire, d'être un survivant, on vient de l'entendre, de la Shoah et des temps bibliques !

La petite dame se crispe, rentre sa tête dans les épaules tandis qu'il braille plus fort, cherchant à briser le silence grandissant.

Et le mieux, à cet âge, c'est la vue imprenable sur le panneau : « Ici demeure Dovalé avec sa joyeuse bande de copains, les vermisseaux »… Allez, roulez, jeunesse ! Il rugit : Merci d'être là, super, on va passer une soirée d'enfer ! Vous êtes venus des quatre coins d'Israël, je vois ici des gars de Jérusalem, de Beer-Shev'a, de Rosh Ha Ayin…

Du fond de la salle, des voix retentissent : Ariel ! Efrat ! Il prend un air étonné. Minute, qui est resté à la maison pour cogner les Arabes ? Comme ça, au débotté, vous venez rigoler avec nous, vos dédommagements pour l'évacuation des implantations, c'est maintenant ! Allez, prenez vingt millions de dollars pour l'achat de fauteuils poire et de chewing-gums destinés à la MJC baptisée Saint-Baruch-Goldstein[1], le fléau des Arabes. Ça vous suffit pas ? Pas de souci ! Confisquez quelques hectares de plus, encore une chèvre, prenez tout un troupeau, tous les troupeaux d'Israël, il le faut, prenez aussi cet enculé d'État. Ah, comment dites-vous ? C'est déjà fait ?... Les applaudissements qui l'accompagnaient faiblissent. Quelques jeunes au bout de la salle, apparemment des soldats en permission, tambourinent à bras raccourcis sur les tables.

Coucou, le taulier, Yoav chéri. Voyez comme il tire la gueule. Promis, plus de politique, fini, promis juré, parole. Je sais, ça m'a échappé, rien, pas de politique, pas de territoires occupés, pas de Palestiniens, pas de monde extérieur, pas de réalité. Même pas deux colons qui se baladent dans la casbah de Hébron. Allez, Yoav, sois chic, rien qu'une fois, la dernière...

Je devine ce qu'il veut faire, ce dont il a désespérément besoin. Mais Yoav secoue impitoyablement la tête en signe de dénégation, et la salle non plus ne veut pas de politique. L'espace s'emplit à nouveau de sifflets, les coups redoublent sur les tables. Les appels vibrants pour qu'il revienne au stand-up se multiplient. Un moment, les gars, insiste-t-il, celle-là vous plaira, je vous le garantis. Écoutez plutôt. Un Arabe se balade à côté de deux colons dans la casbah. On l'appellera Mohamed, un nom générique – les sifflets et les coups baissent d'intensité, ici et là des sourires réapparaissent sur les visages. Tout à coup, un haut-parleur de Tsahal annonce que le couvre-feu pour les Arabes va commencer dans cinq minutes. L'un des colons épaule son fusil et loge une balle dans la tête de Mohamed. L'autre, un peu étonné, demande :

---

1. Médecin israélo-américain, auteur d'un massacre au Caveau des Patriarches à Hébron en 1994.

« Mais qu'est-ce qui te prend, Tashmish-Kodesh[1] ? Pourquoi t'as fait ça ? » Et Tashmish-Kodesh répond : « Écoute, je sais où il habite. Il serait jamais arrivé à temps chez lui. »

Le public rit, un peu embarrassé. Certains manifestent leur désapprobation en soufflant discrètement, et quelqu'un pousse même un « Hou-hou ». À la surprise générale, le gérant pousse un hennissement aigu qui entraîne des éclats de rire plus détendus de la part du public.

Tu vois, mon Yoavou ? Il s'est rien passé ! exulte Dovalé, sur la scène. Je crois qu'il sent que sa ruse a fonctionné. C'est ça qu'il y a de bien avec l'humour, on met parfois les rieurs de son côté. Et mes frères, si vous voulez savoir quel est le plus grand problème des gauchistes, c'est leur manque d'humour, bien sûr. Non, non, vous avez déjà vu un gauchiste qui sache rire ? Je vous mets ma main au feu qu'il y en a pas un. Même quand il est seul, un gauchiste rigole pas. Et en général il est seul. Pourquoi ils trouvent pas la situation actuelle drôle ? Mystère et boule de gomme… Il éclate de rire, un rire qui vient des tripes, et le public se joint à lui. Vous avez imaginé comment serait le monde sans gauchistes ? Un regard de côté vers Yoav, puis retour vers l'assemblée. Son crédit est encore confortable pour quelques instants, il le sent, et il en profite pour pousser un petit galop : Fermez les yeux, Netanya mon chouchou, et imaginez un instant un monde où tout, tout serait permis, tout ce qui vous passe par la tête, personne pour vous sortir le carton jaune, sur rien. Pas de carton jaune ! Pas de carton rouge ! Pas de gueules d'enterrement à la télé, pas d'article dans le journal à vous donner un ulcère ! Personne pour vous casser les couilles du

1. Nom qui signifie « objet du culte ».

matin au soir depuis des années avec ces territoires occupés ou pas ! Finis, les Juifs-de-la-haine-de-soi ! Les spectateurs l'écoutent avec attention, et lui, enflammé par la chaleur qui monte de la salle, prend bien soin de ne pas regarder dans la direction de la petite dame. Il vous prend l'envie de coller un couvre-feu d'une semaine sur un petit douar ? Et toc, couvre-feu ! Un jour, puis deux, puis trois, autant que vous voulez... Encore un coup d'œil au gérant : Des blagues sur les gauchistes, c'est pas considéré comme de la politique, pas vrai, mon Yoavou ? C'est du factuel. Génial, où on en était, tu veux avoir l'occasion de voir des Arabes danser à un barrage ? *Check !* Un seul mot de toi et voilà qu'ils se mettent à danser, à chanter, à se déshabiller. Quelle joie de vivre, chez ce peuple si exotique ! Et comme ils sont spontanés, ça doit être dû à l'ambiance spéciale qui règne aux barrages ! Et comme ils aiment chanter en chœur l'hymne israélien, « Tant qu'au fond du cœur / l'âme juive vibre » ! Et comme ils redécouvrent leur côté féminin ! « Bonjour, bonsoir, baise-moi, garde-frontière ! » Il se dandine et se déhanche au rythme des paroles tout en claquant lentement dans ses mains pour souligner : « Bonjour, bonsoir, baise-moi, garde-frontière ! » Ses ondulations se reflètent sur la cruche de cuivre derrière lui. Quelques hommes reprennent en chœur, et lui, tout en chantant, adopte un accent arabe appuyé. Même les permissionnaires s'y mettent, s'égosillant après une brève hésitation, me semble-t-il, non parce que les paroles heurtent leur sensibilité, mais parce que c'est l'hymne des gardes-frontières. Et maintenant trois ou quatre femmes se mêlent à la chorale, en avalant quelques mots et en les remplaçant par des applaudissements enthousiastes. Quelques-unes poussent des youyous, certes, la chanson à présent ne paraît pas aussi débile, vraiment pas. J'ai la ferme impression que l'artiste roule le public. Et l'instant d'après c'est le public qui l'attire subrepticement dans le piège qu'il s'est tendu à lui-même. L'effet que provoque ce double mouvement les rend, et lui et eux, complices d'une action délictueuse, furtive, évanescente. À présent il distribue les paroles entre les hommes et les femmes et les dirige d'un air extasié, en laissant perler des larmes de crocodile, et presque toute la salle reprend le refrain en chœur. Et lui, le chef d'orchestre – que je soupçonne d'avoir inoculé au public ce sentiment trouble de complicité qui me titille au plus profond des viscères, s'insère en nous avec un plaisir visqueux, ambigu, repoussant et séduisant à la fois –, récupère d'un geste des mains la chanson entonnée par tous. C'est un moment de calme, d'harmonie. Je peux presque sentir son cœur battre quand il marque la mesure : un, deux, trois, quatre, avant de repartir à l'assaut. Est-ce que ça vous dit de boucher les puits palestiniens pour le petit déjeuner, braves gens ? La bonne fée vous prête sa baguette magique pour une semaine ! Pour cinquante ans ! Vous cogitez de fêter ça par un petit « prix à payer » ? Une détention administrative à perpétuité ? Une procédure de voisinage[1] ? Une destruction de maison abritant des terroristes ? Des spectateurs imitent les applaudissements lents et rythmés de Dovalé au-dessus de sa tête, et son piétinement lourd qui résonne en cadence dans toute la salle. Ça vous est arrivé de jouer au Monopoly des expropriations ? Au poker couvre-feu ? À la belote-barrages ? Vous avez peut-être envie d'un bouclier humain ? D'une veuve de paille ? De couper l'électricité ? D'interdire des axes aux

---

1. Procédure de l'armée : faire intervenir un proche d'un Palestinien assiégé pour l'engager à se rendre avant qu'on donne l'assaut à sa maison. (*N.d.E.*)

Arabes ? De trouver Ahmed-pisse-sur-la-marchandise-pour-qu'elle-reste-fraîche ? À chaque phrase, il s'échauffe un peu plus, les traits de son visage se durcissent et deviennent de plus en plus marqués, comme si quelqu'un était repassé dessus à la mine de plomb. Tout est possible ! crie-t-il. Tout est permis ! À vous de jouer, mes agneaux, jouissez, jouissez de vos rêves ! Souvenez-vous seulement, mes chéris, que la baguette magique, c'est pas pour toujours. Y a un petit dysfonctionnement dans le système, merde ! Il lève les yeux au ciel et trépigne comme un enfant frustré. Un putain de bug, ça, vous l'avez déjà compris, pas vrai, mes poussins ? Car il s'avère – et, du fond de la scène, il se courbe en direction du public tout en mettant la main devant la bouche, comme s'il voulait confier un secret – que la bonne fée est en réalité lunatique. Elles sont comme ça, les fées. Après elles exaucent tout à l'envers, c'est ça qu'elles aiment, et alors *surprise* ! C'est nous qui allons chanter leurs hymnes à leurs barrages à eux *Biladi, biladi*, ma patrie, ma patrie, et « Juif, souviens-toi de Khaybar. L'armée de Mahomet est de retour » ! Allez, chantez avec moi, braves gens, libres comme l'oiseau, « Juif, souviens-toi de Khaybar »… Le public, cette fois, ne cède pas à la tentation. Il cogne sur les tables, siffle : On n'est pas des pigeons. Un adolescent costaud, la boule à zéro, peut-être un soldat en permission, siffle avec tant de fougue qu'il manque de tomber de son siège. Un léger tumulte s'installe…

D'accord ! D'accord ! Il lève les mains en signe de reddition, affiche un sourire plein d'onction et d'empathie. Et d'ailleurs inutile d'y penser ! On a bien le temps avant que ça nous tombe sur le poil. Et Yoav a mille fois raison, pas de politique ! D'ailleurs c'est pour la génération de nos enfants, c'est leur problème. Qui leur a conseillé de rester ici et de ruminer toute notre merde accumulée ? Alors à quoi bon se crêper le chignon, se quereller, se faire la guerre ? Penser à tout ça ? D'ailleurs, à quoi bon penser tout court ? *Applaudissons le fait de pas penser !* Il pousse des cris, et des veines verdâtres apparaissent sur son cou. Eh, mon Yoavou, beugle-t-il, plus fort le projecteur, qu'on voie l'adversaire, vas-y, balance, inonde la salle… Salut, mes mignons, merci d'être venus… Je suis compréhensif. Y avait plus de billets pour Adi Ashkenazi, notre star de la télé… Dites, vous avez pas trop chaud ? Comment c'est possible ? Vous avez vu comment je ruisselle ici ? Il renifle ses aisselles, inhale à pleins poumons ses odeurs intimes. Aaah ! Où sont les marchands de musc quand on en a besoin ? Baisse la température, Yoav. Y a l'air conditionné, monsieur, restez encore une minute avec nous, quoi ? Avec moi ! Où on en était ?

Il est déchaîné et déconcentré en même temps. Toutes ces salves semblent inopérantes pour surmonter le coup que lui a asséné la petite dame. Je le sens. Et le public aussi.

Qu'est-ce qu'on disait, putain de bug… *Biladi, biladi*, nos pauvres enfants… Je demanderai à la sténo de reprendre les dernières phrases… Il marche en diagonale, traverse la scène, glisse un regard oblique, inquiet vers la femme minuscule, assise, qui garde la tête baissée. Il tend les lèvres en un sourire venimeux. Son expression commence à m'être familière, comme le crépitement d'une violence intérieure, ou d'une violence superficielle bien assimilée.

Un brave garçon, quoi ? *Un brave garçon…* Il soliloque à voix basse et son visage se crispe, comme si on lui piétinait le cœur. Et toi, quel numéro ? Où est-ce que je t'ai trouvée ? Surgie de nulle part juste le jour de mon anniversaire. Mon cadeau : une médium. Qu'est-ce qui se passe, amis de

Netanya ? Ça suffit pas d'arriver avec une bouteille de Dom Pérignon ? Vous voulez être plus originaux ? Non, pensez donc, des stars mondiales comme moi vous ramènent toute cuite une fille super-canon, une qui surgit à poil d'un gâteau d'anniversaire. Celle-ci peut même pas surgir d'une barquette, OK, OK, me tire pas une telle gueule, ma poupée, je blague un peu, pleure pas, non, pleure pas, non... Allez... Non, ma mignonne...

Elle ne pleure pas. Sa figure est déformée par la souffrance, mais aucune larme ne jaillit. Lui la regarde comme en extase et, inconsciemment, son visage prend la même expression. Dovalé va s'asseoir dans le fauteuil. Il a l'air affaibli, défait. Quelqu'un rugit depuis la salle : Eh oh, on démarre ! Et un homme flottant dans son jogging s'agite comme un malade : Qu'est-ce qui se passe ici ? Tu fais une séance de dynamique de groupe avec elle, ou quoi ? Nombreux rires dans le public. On commence à se réveiller, comme si l'on sortait d'un rêve étrange. Une femme assise à la table voisine du bar braille en direction de la scène : Tu devrais boire un peu de lait ! Ses compagnons applaudissent à tout rompre, et de plusieurs tables partent des éclats de rire et des encouragements. Dovalé lève un doigt, tâte de la main l'arrière du fauteuil et en extrait une grande bouteille thermos rouge. Le public en rit déjà d'aise. J'essaie de percer le mystère de ces gens qui viennent à son spectacle pour la deuxième ou la troisième fois. Qu'est-ce qu'il leur apporte de spécial ?

Il est nu, paumé. Qu'est-ce qu'il a à offrir ?

Au fond, j'ai bien fait de rester, me dis-je avec un étrange frisson d'excitation, j'ai eu raison de rester pour voir tout ça. Dovalé brandit son thermos devant la salle. En majuscules est inscrit au marqueur : MILK. L'assistance exulte. Il ouvre le couvercle avec précaution, avale une gorgée, se pourlèche les babines de contentement. Ah, sourit-il, un goût *vintage*, comme dirait une pute en train de sucer un vieux. Il sirote encore un peu, en vitesse, sa pomme d'Adam monte et descend. Puis il pose le thermos sur le plancher entre ses deux pieds et reste assis sur le bord du fauteuil. Il regarde longuement la petite femme, et sa tête se balance de stupeur.

Puis il penche en avant toute la partie supérieure de son corps, laisse glisser sa tête sur ses genoux et ses bras le long de ses jambes. On a du mal à voir s'il respire.

À nouveau règne le silence le plus complet et l'atmosphère devient suffocante. L'idée que jamais il ne va se relever de son fauteuil passe par la tête de tous les spectateurs, semble-t-il. Comme si chacun d'entre nous pressentait que quelque part, dans on ne sait quel tribunal lointain et arbitraire, le sort de Dovalé se jouait à pile ou face.

Je me demande bien comment il s'y est pris, comment en moins de temps qu'il n'en faut pour le dire il est parvenu à transformer la salle et même moi en habitués de son âme, en otages de son âme, en quelque sorte.

Dovalé n'est pas pressé d'abandonner sa posture bizarre, inquiétante. Au contraire, il s'y enlise, encore et encore. Son catogan maigrichon retombe maintenant sur son crâne, et de mon point de vue me semble réduit à sa plus simple expression. Il est plus vieux, plus vieux que son propriétaire, comme s'il avait bizarrement fané avant terme.

Je regarde prudemment autour de moi, soucieux de ne pas déranger, de ne pas toucher à un seul fil de la toile d'araignée. La plupart des spectateurs se penchent vers lui, avec un regard béat, comme ensorcelés. L'un des deux jeunes motards

70

mordille nonchalamment sa lèvre inférieure. C'est peut-être le seul mouvement que je distingue.

Quand il s'extirpe enfin du fauteuil, se lève puis se redresse pour revenir se camper devant nous, il y a quelque chose de changé dans son visage.

Attendez, un instant, silence dans les rangs, dit-il, on arrête tout, on reprend tout depuis le début ! Tout cela n'était qu'une erreur ! Effacez tout, oubliez, et c'est pas que vous avez pas capté, vous êtes fantastiques, c'est moi qui n'ai pas compris mon bonheur. Mon Dieu. Il se prend la tête à deux mains, vous imaginez pas ce que ça va être, cette soirée, ici, amis de Netanya. Ah ! Netanya, la reine des cités, mon public de veinards. Ce soir on va faire sauter la baraque, vous avez touché le gros lot. Dovalé parle à la cantonade, mais ses yeux restent rivés sur les miens, ils cherchent à me délivrer un message urgent, très urgent même, dont le contenu s'avère trop complexe pour être transmis simplement par les yeux. Votre ami fidèle a décidé, après avoir mûrement réfléchi et pris conseil auprès du merlot que le propriétaire mélange avec l'eau du robinet dans la cour. Mes compliments, vas-y, Yoav, pour le lait, bref, j'ai décidé… Qu'est-ce que j'ai décidé, faut voir… Je m'emmêle les pinceaux… Donc j'ai décidé personnellement de vous remercier d'être venus fêter mon anniversaire, même si le petit oiseau m'a soufflé à l'oreille… à voix basse, à propos, parce qu'il est enroué, la grippe aviaire… que peut-être vous n'étiez pas au courant que c'était le jour…

Il mouline. Il distrait notre attention, tandis qu'il rumine l'idée filandreuse qui vient de lui passer par la tête et qu'il concocte pour l'étape suivante.

Mais bon, vous êtes venus quoi qu'il en soit, et à cause de ce beau geste, à vous tous, massivement rassemblés pour ma fête, j'ai décidé spontanément de faire cadeau d'une petite soirée *souvenir**, quelque chose qui vient du cœur. Je suis comme ça. La générosité est mon deuxième prénom, Dov Générosité Grinstein, comme ce sera inscrit sur ma tombe, et un peu au-dessous : « Ci-gît un homme avec un grand potentiel », et encore au-dessous : « Suþaru 1998 – occasion à saisir ». Mais entre vous et moi, mes frères, qu'est-ce que j'ai à vous offrir ? Du fric, j'en ai pas, ça, on l'aura compris. J'ai pas le cul bordé de nouilles, j'ai déjà du mal à avoir du cul, et avec mes cinq enfants, et aucun qui se rappelle à moi, le grand succès de mon existence, c'est d'avoir réussi à monter une famille vaste et unie... contre moi. Bref, Netanya, vous comprenez, j'ai pas un sou en poche. Eh bien quand même je vais vous offrir à mon tour ici, ce soir, une exclusivité, *clean*, une tranche de vie, un morceau de choix, j'ai envie, j'ai envie, qu'est-ce qui se passe, table six ? De quoi avez-vous peur, monsieur ? C'est qu'une histoire. Pas besoin de trop se creuser les méninges, vous vous en rendrez même pas compte. Ce ne sont que des mots, du vent et du bruit. À peine sorti, c'est oublié.

Et il me regarde encore. Et son regard implorant, terrifié, me transperce.

Je veux que tu viennes à mon spectacle, m'avait-il dit ce soir-là au téléphone après que je lui eus présenté mes plus plates excuses pour mon agressivité. Tu as rien d'autre à faire que de t'asseoir une heure et demie, deux heures au maximum, ça dépend du déroulement de la soirée. On t'aménagera une table en retrait, pour que tu sois pas dérangé. Nourriture, boisson, taxi si tu le souhaites, tout est pour ma pomme, et je te paierai même pour ton travail. Tu as qu'à fixer le montant.

Un instant, je n'ai pas encore compris de quel travail il s'agit.

Je te l'ai dit. Si tu es d'accord, tu peux m'enregistrer, me prendre en photo, avec ton portable, peu importe. L'essentiel, c'est que tu me voies.

Et après ?

Après, si tu le souhaites, tu me passes un coup de fil et tu me dis ce que tu auras vu.

Dis-moi, ai-je demandé, à quoi ça va servir ?

Il a réfléchi un instant. Trente secondes, peut-être.

À rien. C'est pour moi. Je sais pas. Écoute, je sais que je te tombe dessus comme un cheveu sur la soupe, mais tout à coup j'ai éprouvé cette envie, comme ça. Le moment est venu.

Laisse-moi comprendre, ai-je ironisé, tu veux que je fasse la critique de ton spectacle, ou tu veux simplement savoir de quoi tu as l'air ? Car je ne suis la personne compétente ni pour l'un ni pour l'autre.

Non, pas du tout... À quoi penses-tu donc... Il a ricané : Crois-moi, je sais très bien de quoi j'ai l'air.

Il a pris une inspiration profonde et a glissé en vitesse, comme s'il avait répété son texte depuis un bout de temps : Je voudrais entendre, si tu y consens, entendre de quelqu'un comme toi, Avishaï, de quelqu'un d'expérimenté, je veux dire, qui a passé toute sa vie à regarder les gens droit dans les yeux et à les capter de la tête aux pieds en l'espace d'une seconde...

Eh, l'ai-je coupé, tu exagères.

Non, non, je suis pas arrivé les mains vides... Je sais de quoi je parle. J'ai suivi dans la presse les procès que tu as présidés, je les ai suivis, et on a reproduit tes arrêts, ainsi que tes commentaires sur les inculpés et les avocats. Effilés comme une lame de couteau. Les derniers temps, tu as un peu disparu de mon radar. Sans doute t'avait-on confié un grand dossier que tout le pays… Et crois-moi, Avishaï, Votre Honneur… comment faut-il t'appeler ? J'ai l'œil pour ce genre de chose. Parfois ça se lit comme un roman.

Sa naïveté m'amusait. Peut-être même un peu plus que ça. Mes arrêts, je les fignolais et les polissais jusqu'à la conclusion, et je les parsemais – certes avec modération et sans prétentions – de quelques métaphores fleuries, ou d'une citation tirée d'un poème de Pessoa, de Cavafy ou de Nathan Zach, ou même d'une invention poétique de mon cru… Soudain ils me remplissaient de fierté, mes arrêts à moi, mes œuvres modestes et destinées à l'oubli.

Une image a surgi en moi : Tamara, il y a environ cinq ans, assise sur une chaise de cuisine, une jambe repliée sous elle, une tasse de thé à la menthe posée à côté d'elle, dans la main un crayon pointu qu'elle tapote contre ses dents – ce qui avait le don de me faire sortir de mes gonds. Elle relit avec soin les pages que j'ai écrites « en passant au peigne fin les adjectifs sentimentaux, les métaphores véhémentes et les hyperboles que Votre Honneur a tendance à utiliser ». (Et moi je tourne en rond dans le salon, attendant son verdict.)

Alors c'est ça que tu attends de moi ? J'ai ri, obligé subitement de reprendre ma respiration. Tu veux une sentence spéciale rien que pour toi ? Tu veux que nous pratiquions une mini-privatisation du système judiciaire ? Un juge à domicile ? Pas mal…

Une sentence ? Il est tombé des nues. Pourquoi donc ?

Ah, ce n'est pas cela ? Je pensais que tu voulais peut-être me confier quelque chose, et que moi…

Mais de quoi tu parles ? Un souffle froid et cinglant me

parvient à travers le téléphone. Il a avalé sa salive. Viens seulement à mon spectacle, regarde-moi un peu, pas plus, vraiment pas plus, et après dis-moi sans ménagement ce que tu en penses, c'est ça qui m'importe, deux, trois phrases, comme tu sais les tourner, je t'ai pas choisi pour des prunes… Et il a repris le ton de la plaisanterie, mais j'avais déjà perçu une hésitation dans sa voix.

Que l'affaire ne se limite pas à cette prestation, je n'en avais aucun doute. Quelque chose se cachait là, peut-être à son insu. J'ai encore posé quelques questions. J'ai fait quelques tentatives, j'ai enquêté ici, reconstitué là, mais sans effet. Il ne parvenait en aucune façon à éclaircir son propos au-delà du vague désir que je le voie. La conversation tournait en rond, sans issue. Je sentais que peu à peu se délitait son espérance naïve, enfantine, à savoir que, en dépit de quarante et quelques années de séparation, la même compréhension profonde et immédiate était restée intacte entre nous.

Supposons, a-t-il murmuré alors que je m'apprêtais à formuler un refus, supposons que tu ailles t'asseoir là-bas et que tu me regardes une heure, une heure et demie, pas plus, comme je t'ai dit. Ça dépend de l'évolution de la soirée, et après tu me passes un coup de téléphone ou, je préfère, tu m'envoies une lettre par la poste. Ce serait beau de recevoir un courrier qui pour une fois serait pas un avis d'huissier. Une feuille, une seule, juste quelques lignes suffiront, peut-être même une seule phrase. Tu es doué pour exécuter quelqu'un en une seule phrase…

Quelques lignes sur quoi ?

Il a ricané, embarrassé : Imaginons que tu parles de ce quelque chose que j'ai… Bon, laisse tomber.

Dis quand même.

En somme, quelle impression on a quand on me voit ? Quel effet je produis sur les gens qui me regardent ? Qu'est-ce qui émane de moi ? Tu vois ce que je veux dire ?

Non, ai-je répondu. La chienne a levé la tête et m'a observé. Elle flairait le mensonge.

Bon, a-t-il soupiré, tu peux aller te coucher. Manifestement, ça marchera pas.

Attends, ai-je dit, continue.

C'est tout, j'ai rien d'autre à…

Et à ce moment précis quelque chose s'est brisé et les vannes se sont ouvertes : Disons que je passe dans la rue à côté de quelqu'un, il me connaît ni d'Ève ni d'Adam, sait rien de moi. Au premier regard, tac ! Qu'est-ce qu'il perçoit ? Quelle impression a-t-il de moi ? Je sais pas si je me fais bien comprendre…

Je me suis levé. Je me suis mis à arpenter la cuisine.

Mais nous nous sommes déjà vus autrefois, lui ai-je rappelé.

Beaucoup d'eau a coulé sous les ponts, a-t-il rétorqué du tac au tac, je ne suis plus moi, tu n'es plus toi.

Je me suis souvenu de ses yeux bleus immenses, par rapport à son visage, qui, avec ses lèvres proéminentes, lui donnaient l'aspect d'un drôle d'oiseau aux traits effilés. Une particule de vie palpitante.

Cette chose-là, a-t-il dit calmement, que l'homme transmet sans s'en rendre compte. Qu'il est peut-être le seul à posséder au monde.

Le rayonnement de la personnalité, ai-je pensé, la « lumière intérieure ». Ou le moi obscur. Le secret, la vibration de l'idiosyncrasie. Tout ce qui se déploie au-delà des mots avec lesquels on décrit un homme, et au-delà de ses tribulations et de ce qui s'est abîmé, enrayé en lui. Cette chose que bien des années auparavant, au début de ma carrière, je m'étais promis dans ma candeur de rechercher chez tout prévenu qui me passerait entre les mains. À laquelle je ne serais jamais indifférent. Et qui serait fondamentale pour déterminer un jugement.

Cela fait déjà trois ans que je n'exerce plus la magistrature, me suis-je soudain senti forcé de lui avouer, trois ans que je suis ce que l'on appelle un magistrat honoraire.

Déjà ? Qu'est-il arrivé ?

J'ai sérieusement hésité à tout lui raconter. Et puis j'ai craché le morceau.

J'ai démissionné, ai-je répondu, retraite anticipée.

Qu'est-ce que tu fais ?

Pas grand-chose. Je reste chez moi. Je jardine. Je lis.

Il a gardé le silence. Il se comportait avec tact et ça m'a plu.

Ce qui est arrivé, ai-je lâché presque malgré moi, c'est que mes arrêts étaient devenus un peu trop sévères au goût du système.

Ah, ah ! a-t-il réagi.

Trop agressifs, ai-je ironisé, la Cour suprême s'est chargée de les accomoder à sa propre sauce. Et je lui ai raconté qu'il m'était arrivé de m'acharner sur des témoins peu fiables et des fortes têtes, sur des accusés qui s'étaient rendus coupables d'atrocités sur leurs victimes, et sur leurs avocats qui continuaient à torturer ces mêmes victimes par leurs contre-interrogatoires. Mon erreur, ai-je continué à lui dire, comme si nous avions une conversation quotidienne banale, a été de déclarer à un avocat en vue, qui avait le bras long, qu'à mes yeux il était une ordure. Par ce comportement j'ai signé ma propre condamnation.

Je savais pas, a-t-il murmuré. Ces derniers temps, j'ai un peu décroché.

Chez nous, on expédie ce genre d'affaire discrètement, le plus vite possible. En trois ou quatre mois, tout est bouclé sans coup férir. Tu vois, ai-je raillé, parfois la justice se meut à toute allure !

Il n'a pas réagi. Et je suis resté un peu dépité de ne pas avoir réussi à arracher un seul éclat de rire au comique.

Chaque fois que je tombais sur ton nom quelque part, a-t-il dit, je me souvenais de notre passé, et j'avais envie de savoir où tu en étais et si, en fait, tu te souvenais de moi. Je te voyais faire carrière et je me réjouissais pour toi de tout mon cœur.

La chienne a émis un faible gémissement, presque humain. Je n'arrive pas à me résoudre à la faire piquer, ai-je-pensé. Elle est encore tellement imprégnée de Tamara – l'odeur, la voix, le contact, l'aspect –, je la retiens encore. À nouveau, le silence s'est instauré entre Dovalé et moi, mais un silence d'une qualité différente. J'ai pensé : Quelle impression je fais sur les gens qui me voient pour la première fois ? Voit-on encore celui que j'étais naguère ? Est-ce que le grand amour de ma vie a laissé un signe visible sur ma personne ? Une empreinte ?

Cela faisait bien longtemps que je ne m'étais plus aventuré dans ces contrées. J'éprouvais de la confusion. Des pensées commençaient à affluer en moi. J'étais sur le point de commettre une erreur mais peut-être, pour la première fois, une erreur salutaire. J'ai dit : Si je fais ce que tu me demandes, et je n'en suis pas encore sûr, tu dois savoir que je ne t'épargnerai pas.

Il a ri : Tu as oublié que c'était *ma* condition, et non la tienne.

J'ai répondu que son idée rappelait un peu la démarche

de quelqu'un qui fait appel à un tueur à gages pour se faire assassiner lui-même.

Et il a encore ri : Je savais que je frappais à la bonne porte. Souviens-toi juste : un seul coup, droit dans le cœur.

J'ai ri, moi aussi, et un écho oublié est remonté à la surface : la chaleur du temps passé ensemble. Nous nous sommes quittés avec une espèce de légèreté retrouvée, et même un regain de sympathie réciproque. Et seulement alors, peut-être à cause des mots échangés à la fin de la conversation, j'ai été frappé d'un choc inattendu et je me suis souvenu de ce qui lui était arrivé, et à moi également, lorsque nous nous étions retrouvés à Beer Ora, dans un camp de la Gadna, la jeunesse paramilitaire. Durant quelques secondes, j'ai été paralysé d'horreur en constatant que j'avais été capable d'oublier une chose pareille.

Lui n'y avait fait aucune allusion. Pas un seul mot.

Mais vous devrez vous armer de patience, mes frères, car l'histoire que je vais vous raconter, je vous le jure, je l'ai jamais racontée en public, dans aucun spectacle, à aucune personne, et voilà que d'un coup, cette nuit, ça me prend…

Plus son sourire s'élargit, plus son visage s'assombrit. Il me regarde et hausse les épaules en signe d'impuissance, comme s'il se préparait à un désastreux plongeon dans une débâcle fatidique.

Alors pour vous, ce soir, du matériel neuf garanti, à peine sorti de l'emballage, pas encore bien mis en bouche. Tels que vous êtes ici, mesdames et messieurs, vous allez être mes cobayes, je vous aime à la folie, gens de Netanya !

Encore une fois, applaudissements mécaniques, éclats de voix et acclamations. Encore une fois il sirote son thermos, sa pomme d'Adam monte et descend, et toute l'assistance observe avec quelle ardeur désespérée il boit. Lui-même sent que tous les regards convergent vers lui pour le jauger. Le gargarisme cesse. Sa pomme d'Adam s'immobilise. Ses yeux se dirigent vers l'assemblée par-dessus le thermos. Non sans une certaine gêne insolite chez lui, et même touchante, il élève la voix jusqu'à crier : Bref, Netanya. Projet en souffrance. Vous me suivez toujours ? Vous avez pas peur ? Parfait, ça vaut mieux pour vous, il faut être avec moi maintenant, il faut me donner l'accolade comme si j'étais le fils prodigue. Toi aussi, la médium. Tu m'as surpris ce soir, j'avoue, tu es venue d'un lieu vraiment... où la main de l'homme n'a pas posé le pied depuis bien longtemps. Il remonte le bas de son pantalon, dénude sa jambe jusqu'au genou, elle est squelettique et dégarnie, la peau parcheminée et osseuse, et il la considère : Bon, alors, une jambe humaine jaunâtre. Mais c'est quand même bien que tu sois venue, la médium, je sais pas comment diable tu as su que c'était exactement aujourd'hui le jour... Écoute, dans ce que tu vas entendre, tu trouveras peut-être un intérêt du point de vue professionnel, car il y a, dans cette histoire, comment dire, un esprit, un fantôme, genre... Peut-être même que tu pourras entrer en communication avec lui depuis ta place, mais je te préviens : en PCV seulement !

Non, soyons sérieux, cette histoire est pas une affaire ordinaire, je vous le dis, on peut parler de dossier criminel, même si c'est pas clair. Qui est l'assassin ? Qui est la victime ? Et qui est le mort là-bas, à perpétuité ?

Dovalé fait un sourire de clown, bouche grande ouverte : Oyez, oyez, mes frères, mes sœurs, l'histoire hilarante de mon premier enterrement...

Il danse autour du fauteuil et boxe dans le vide, touché ! Et son corps se dégage d'un mouvement brusque, et encore un direct. Il psalmodie : « Je vole comme un papillon » en imitant la ritournelle de Cassius Clay, « je pique comme l'abeille »... Dans l'assemblée on s'amuse, on toussote agréablement en prévision du plaisir annoncé, il n'y a que moi qui ne suis pas tranquille, pas tranquille du tout. Cinq pas seulement séparent ma table de la sortie.

Mon premier enterrement ! déclare Dovalé, sur le ton d'un Monsieur Loyal. Au bout de la salle, une femme, une géante aux cheveux filasse, laisse échapper un rire rauque en salves cadencées. Il s'arrête dans un crissement de talons et la fusille du regard : Eh bien, bravo, Netanya Sud ! On vous parle d'enterrement et tout de suite vous vous bidonnez ? C'est instinctif, chez vous ? La salle approuve, hilare, et lui n'ébauche même pas un sourire. Il tourne en rond sur scène et soliloque en faisant des gestes de la main. Qu'est-ce qui leur prend ? Quel être humain normal rigole de ce genre de choses ? Mais tu as vu, de tes yeux vu la réaction. Un succès ! Sept sur l'échelle de Dovalé, je comprends pas ces gens...

Il s'interrompt, s'appuie au dossier du fauteuil. Enterrement, disions-nous. Ma sœur... Il recommence à toiser sévèrement la géante. Tout ce que je demandais, du sérieux, un peu de compassion, une pincée de compassion. Ce mot rentre-t-il dans ton vocabulaire, Lady Macbeth ? *Pitié !* Il est question de mort, madame ! *Applaudissez la mort !* Il pousse soudain un rugissement terrible. Il s'échauffe et s'excite et court d'un bout à l'autre de la scène les bras ballants, puis il bat des mains en cadence au-dessus de sa tête pour inviter le public à reprendre en chœur : Ap-plau-dis-sez la mort ! Les spectateurs ricanent, gênés. Le cri de Dovalé les choque, tout comme ses gesticulations les irritent. Leurs yeux perplexes se brouillent face à ce spectacle. Je saisis déjà son système, sa machinerie. Il s'enflamme et s'excite pour les faire délirer à leur tour. Il sème en lui-même le vent pour récolter la tempête. Comment ça marche, voilà qui n'est pas clair dans mon esprit, mais en tout cas ça fonctionne. Même moi je perçois une vibration dans l'air, dans ma chair, et je me dis qu'il est difficile de rester de marbre face à un homme qui se démène devant vous jusqu'à épuisement en se prenant lui-même comme matière première. Mais cela n'explique pas pour autant le rugissement que je contiens dans mon ventre et qui croît en intensité de minute en minute. Et déjà, de loin en loin, des gens commencent à se joindre à lui, rien que des hommes. Peut-être leur ralliement vise-t-il seulement à le faire taire, à couvrir son cri. Mais l'espace d'un instant, les voilà qui braillent avec lui, ils sont comme envoûtés par le rythme démentiel. *Ap-plau-dis-sez la mort !* Il hurle tout en sueur et respire avec peine, et ses joues brillent d'un rouge malsain. C'est la fête ! crie-t-il, et même les jeunes, surtout les permissionnaires, battent des mains au-dessus de leur tête et rugissent eux aussi, et lui les encourage par des sourires étranges, ironiques, et les deux motards aussi beuglent de conserve. Désormais il est possible de distinguer un garçon et une fille. Peut-être des jumeaux. Leurs traits se font plus marqués, on dirait deux chiens fous qui le regardent intensément, comme pour gober des yeux ses évolutions. Les couples assis aux tables à côté du bar commencent à se désen-gourdir. Un spectateur se met à danser sur sa chaise, un type maigre, renfrogné, au visage terne, secoue sauvagement ses mains et hurle : Applaudissez la mort ! Même les trois vieilles bronzées se déchaînent, lèvent leurs bras décharnés en l'air en criant et en riant jusqu'aux larmes. Et Dovalé lui-même délire sous l'excès du tumulte et semble avoir sombré dans la folie complète. Il gigote dans tous les sens en remuant les bras, les jambes, et le public est submergé par le rire, se noie dans son propre rire, impossible de résister à ce déchaînement de fureur. Autour de moi il y a soixante ou soixante-dix personnes, hommes et femmes, jeunes et vieux confondus, dont la bouche a été truffée de bonbons empoisonnés. Ils émettent d'abord des gémissements confus, se lancent des regards de côté, et soudain s'enflamment. Les cris leur gonflent la gorge. En un instant, ils s'envolent tels des ballons, affranchis par la bêtise, libérés de la gravitation universelle, qui trouvent la voie menant au seul parti qui ne sera jamais défait : Applaudissez la mort ! Et presque toute l'assistance hurle et bat des mains en rythme. Et moi aussi, du moins intérieurement. Pourquoi ne pas oser davantage ? Pourquoi ne pas pouvoir aller plus loin ? Pourquoi ne pas prendre, pour un instant, congé de moi-même, de ce visage cyanuré qui m'est tombé dessus ces dernières années, avec des yeux toujours noyés de larmes contenues ? Pourquoi ne pas sauter sur un siège et m'égosiller : Applaudissez la mort ? La mort qui est parvenue à arracher de moi en six semaines, malédiction, le seul être que j'aie aimé de tout mon cœur avec gourmandise et joie de vivre, dès l'instant où j'ai vu son visage. Ton visage rond et lumineux, avec ce front superbe, sage, pur, les racines de ta chevelure épaisse et forte, dont j'ai cru, dans ma sottise, qu'elle était le signe de ton attachement à la vie, et ton corps, grand, généreux, gracieux – que personne ne s'avise de biffer un seul de ces adjectifs. Tu as été un remède pour moi. Un remède à la sécheresse du célibat qui avait été mon lot. À la tendance à la « chicane » qui était presque devenue chez moi une seconde nature. À tous les anticorps de la vie accumulés dans mon sang, toutes ces années où tu n'étais pas encore venue. Enfin tu es arrivée, toi, tout entière. Toi – j'ai encore une véritable réticence physique à donner à ces mots un sens définitif, par écrit, même sur une serviette en papier –, toi qui avais quinze ans de moins que moi, et désormais dix-huit, chaque jour un peu plus.

Toi qui as promis, quand tu m'as demandé de t'épouser, de toujours porter sur moi un regard bienveillant. Un regard de témoin amoureux, as-tu dit. Et, de ma vie, je n'avais jamais rien entendu de plus beau.

Mort, fais-moi un enfant ! crie Dovalé en sautant comme un diable hors de sa boîte, couvert de sueur et la figure incandescente, et le public répète ses mots au milieu des hurlements et des rires, et lui, il braille : Mort, mort, voilà ta victoire, tu triomphes, emporte-nous, laisse-nous rejoindre le *mainstream*, et je crie avec lui, le cœur chaviré. Je me serais levé pour hurler avec lui, je vous le jure, même si on me connaît ici, même au mépris de ma dignité. Je me serais levé, j'aurais hurlé comme un chacal à la lune et aux étoiles et aux savonnettes que Tamara a laissées sur le rebord de la baignoire dans la salle de bains, à ses chaussons roses cachés sous le lit, et aux spaghettis bolognaise que nous préparions ensemble le soir – si seulement je n'avais pas là, sous les yeux, la naine triste qui se bouche les oreilles avec les doigts comme la statue du Commandeur, intransigeante, arc-boutée sur ses positions.

Et moi, vissé à ma chaise, derrière elle. Lourd, soudain désarmé.

Dovalé s'incline et s'appuie de tout son poids sur ses genoux, la bouche grande ouverte avec son sourire de tête de mort, sa figure ruisselante de sueur. Assez, assez, supplie-t-il la salle en riant et sans reprendre son souffle. Sur ma vie, vous êtes trop forts.

Mais maintenant, tandis qu'il est étourdi par ses tournoiements et les accès d'hilarité qui lui reviennent, les gens se dégrisent, se refroidissent rapidement et l'observent avec perplexité. Le silence s'installe dans la salle et, pour nous tous, il devient évident que cet homme vient de dépasser ses propres limites.

Pour lui, il ne s'agit pas d'un jeu.

Les spectateurs se carrent dans leur siège pour reprendre leur respiration. Les serveuses recommencent à courir entre les tables. La porte de la cuisine s'ouvre et se referme sans discontinuer. Soudainement, tout le monde est assoiffé, affamé.

Il est malade, j'en prends conscience d'un coup. C'est un homme malade. Peut-être même très malade. Comment ne m'en suis-je pas aperçu ? Comment ne l'ai-je pas compris ? Même quand il l'a dit explicitement : la prostate, le cancer, avec en prime toutes ces allusions lourdingues, je l'ai soupçonné de se livrer une fois de plus à une mauvaise plaisanterie, à une manœuvre pour nous extorquer de la sympathie et, qui sait ?, un petit acompte sur notre jugement esthétique. Sans parler d'un allègement de la « sentence » qu'il avait sollicitée de moi. Au fond, il est capable de tout, au moins en apparence, me suis-je dit, et j'ai pensé, si l'on peut appeler cela penser : Même s'il y a une once de vérité dans ce qu'il a dit, même s'il a été malade dans le passé, il est peu probable que son état soit sérieux, autrement il ne se produirait pas sur scène. Il ne serait pas en mesure de supporter un tel effort physique. N'est-ce pas ?

Comment interpréter cela ? Comment ai-je fait, moi – avec mes vingt-cinq années d'expérience en matière d'observation et

85

d'écoute, d'attention portée au moindre indice, grand Dieu –, pour demeurer sourd et aveugle à son état et me concentrer à ce point sur ma personne et mes problèmes ? Comment se fait-il que sa logorrhée, ses gesticulations et ses blagues grossières m'aient fait l'effet des lumières stroboscopiques sur un épileptique, et m'aient précipité de plus belle en moi-même et, dans ma propre existence ?

Et comment est-ce possible que lui, dans sa situation, ait en définitive réussi là où ont échoué tous les livres que j'ai lus, tous les films que j'ai vus, toutes les paroles et les gestes de réconfort que m'ont prodigués mes amis et mes proches durant ces trois dernières années ?

Pendant la première heure de spectacle ou presque, il a projeté sa maladie dans ma direction – sa face cadavérique, son effrayante maigreur – et je me suis obstiné à l'ignorer, même si, dans un autre lobe de mon cerveau, je savais pertinemment que le mal était présent. Et j'ai continué à faire comme si de rien n'était alors que s'insinuait en moi la douleur familière, la perception que cet homme qui s'agitait, se trémoussait et bavassait à jet continu, bientôt, cet homme-là ne serait plus.

Être ! s'écrie-t-il avec un sourire matois au bout de quelques instants. *Quelle idée géniale, être. Quelle idée subversive.*

Mon premier enterrement… Il tend ses bras maigres en riant. Vous connaissez celle-là : c'est l'histoire de quelques types qui viennent juste de mourir. Ils arrivent à la caserne céleste où l'on fait ses classes, et là on les affecte soit au paradis, soit à Neta… en enfer. Non, sérieux, c'est vrai que c'est ça qui fait le plus peur, que les ratichons aient finalement raison ? Qu'il y ait réellement un endroit de ce genre, l'enfer ? Le public rit de bon cœur, certains baissent les yeux, ayant peut-être du mal à soutenir son regard.

86

Non, mes chéris, écoutez, je vous parle de l'enfer-tout-compris, la production au complet, avec les flammes, les démons cornus, leurs petites houes, les fourches, le supplice de la roue et la chaux vive et tous les gadgets de Satan, qu'il soit béni... Moi, rien qu'à y penser, j'en dors plus depuis des mois, je vous jure ! La nuit, c'est pire, ces idées me rendent maboul, et vous savez quoi, je sais à quoi vous pensez maintenant : « Pauvres de nous, pourquoi on a bouffé ces crevettes non cachères pendant les vacances à Paris ? Et ces *pitot* à Abou-Gosh pendant Pessah ? Et pourquoi on a pas tous voté en chœur pour un parti religieux ? » Et il fait tonner sa voix : *Trop tard, charognes, dans la chaux vive !*

Et le public de rire...

Mon premier enterrement, avons-nous dit. Ça vous a fait rire, bande de salauds, êtres sans cœur, froids comme des ashkénazes au mois de janvier. Je vous parle d'un gosse d'à peine quatorze ans, Dovik, Dovalé, le petit chéri à sa maman. Regardez-moi maintenant – là exactement, avec la calvitie, la barbe et la misanthropie en prime.

Et presque malgré lui, il jette un œil sur la femme naine, comme s'il quêtait son approbation ou son démenti. Difficile de décider ce qu'il désire. Et pour la première fois je constate qu'il ne se tourne pas d'abord vers moi, pour glaner mon avis.

Elle refuse de le regarder. Elle détourne les yeux. Comme chaque fois qu'il se dénigre, elle fait non en secouant la tête et le murmure de ses lèvres accompagne le propos de Dovalé. Depuis ma table, tout se passe comme si elle effaçait chacun de ses mots à lui avec un mot contraire à elle. Et il se demande s'il va fondre à nouveau sur la toute petite dame. Quelque chose le fait bouillir, je le sens. Ses glandes salivaires sécrètent déjà leur venin...

Mais il renonce, la laisse en paix.

Pendant une fraction de seconde surgit un garçon au teint clair, vif et leste, qui marche sur les mains dans un sentier de terre battue derrière une HLM. Il rencontre une fillette trop petite, vêtue d'une robe à carreaux, et il essaie de la faire rire.

Et ce Dovalé-là, poursuit-il, bénie soit ma mémoire, une puce, de la taille d'une cacahuète… À propos, sachez qu'à quatorze ans j'avais la même taille qu'aujourd'hui, pas de rab ! Et il lâche, sur le ton de la dérision, et je devine déjà où il va en venir : Et bien sûr, mes frères d'adoption, vous voyez que dans ce domaine – il promène lentement sa main le long de son corps, de la tête aux genoux – je n'ai guère eu de grands succès. Et cela à l'inverse de la fission de l'atome et de la découverte de la particule divine, où je me suis plutôt illustré, comme vous le savez. Ses yeux se voilent et il effleure affectueusement ses organes génitaux : Ah, le boson de Higgs… Non, sérieusement, chez nous, dans la famille, côté paternel, pour que vous compreniez, il y a un phénomène comme ça : les hommes atteignent leur développement maximum vers l'âge de treize ans pour leur bar-mitsvah, et c'est tout, stop ! Fini pour la vie ! C'est bien documenté, et à mon avis c'est pour ça que le Dr Mengele a fait des recherches sur nous, c'est-à-dire sur des parties de nous : les os de la cuisse, du bras. Nous avons suscité la curiosité de cet homme introverti et raffiné. Vingt membres au moins de la famille de mon père ont été sélectionnés sur la rampe pour passer entre ses mains, frères et cousins, et tous ont découvert naturellement grâce à lui que la vraie frontière était au ciel. Et seulement papa – il envoie un sourire radieux –, père, ce bâtard, il l'a raté dans les grandes largeurs, puisqu'il est parti faire le pionnier en Palestine une minute avant le début du spectacle. Mais ma mère, elle est tombée sur lui et pas qu'un peu. Je veux dire sur le Dr Mengele. Et toute sa famille à elle a défilé dans son cabinet. En un sens, il était un peu notre médecin de famille, pas vrai ? Non, c'est pas ça ? Il bat des paupières, l'air innocent, tandis que les visages des spectateurs se décomposent. Pensez seulement à quel point le bonhomme était débordé. On venait chez lui de toute l'Europe, on s'entassait dans les trains pour arriver jusqu'à lui. Et malgré tout, il a trouvé le temps pour une consultation privée avec la famille de ma mère. Et en plus, il était absolument pas d'accord pour que nous allions recueillir un second avis médical. Lui seul, un point c'est tout ! Et juste pour un bref entretien : droite, gauche, gauche, gauche, gauche...

À une quinzaine de reprises, pas moins, la tête de Dovalé oscille vers la gauche, comme l'aiguille d'une boussole. Brouhaha et protestations dans la salle. Les gens s'agitent sur leurs chaises, échangent des regards. On entend çà et là des ricanements timides, surtout de la part des jeunes. Seuls les deux motards s'autorisent un rire franc et massif. Leurs piercings nasal et buccal, scintillent subtilement. La femme à la table voisine de la mienne leur envoie un regard incendiaire, se lève et sort de la salle pour une pause prolongée. On la suit des yeux. Son mari reste assis, embarrassé, puis s'empresse de la rejoindre.

Dovalé s'approche d'un petit tableau noir posé sur un chevalet de bois au fond de la scène. Je n'y avais pas prêté attention jusque-là. Il se saisit d'une craie rouge et trace une verticale et, à côté, un autre trait, étroit et courbe. Dans le public, on ricane, on chuchote.

Imaginez le petit Dovalé : un garçon un peu bêta, une tête à claques, des lunettes surdimensionnées, avec des verres plus épais que des culs de bouteille, un short avec une ceinture qui

89

se boucle aux environs des tétons. Mon père achetait toujours des vêtements quatre tailles au-dessus, il formait encore de grandes espérances pour moi. Et maintenant, d'un seul coup, retournez-le et mettez-le sur les mains. Alors ? Vous y êtes ? Vous avez compris le truc ?

Il attend un instant, pèse le pour et le contre, et se courbe vers le sol, les mains en avant. La moitié inférieure de son corps bringuebale, tente de se redresser. Il remue un peu les jambes puis retombe sur le côté, la joue plaquée contre les lattes.

Partout je me baladais comme ça, sur le chemin de l'école avec mon cartable pendu par-devant, à l'intérieur de la maison, dans le long vestibule, de la chambre à la cuisine, en allées et venues incessantes, jusqu'au retour de mon père. Et dans le quartier, entre les cours. Et je descendais les marches et je les remontais cahin-caha, je tombais, me relevais, me rétablissais sur les mains. Il continue à parler. Il est pathétique. Couché, immobile. Seule sa bouche s'active.

Je sais pas d'où ça m'est venu. En fait, si, je sais. J'ai fait un spectacle pour ma mère. Ça a commencé comme ça : pour elle, j'inventais des sketches le soir, avant que mon Figaro de père rentre à la maison et que nous reprenions la pose officielle. Un jour, comme ça, j'ai posé mes mains à terre, j'ai projeté mes pieds vers le ciel, j'ai fait une ou deux chutes. Maman a applaudi. Elle croyait que j'essayais de la distraire.

Peut-être en a-t-il été ainsi. J'ai passé ma vie à essayer de la faire rire. Il se tait. Ferme les yeux. Pendant une minute, il n'est plus qu'un corps. Inanimé. Dans la salle, me semble-t-il, un murmure désespéré se propage. Que se passe-t-il ici ?

Il se lève. Ramasse en silence ses membres étalés sur le plancher, l'un après l'autre – un bras, une jambe, la tête, une main, le postérieur –, comme des vêtements éparpillés. Un rire étouffé se répand dans le public comme je n'en ai pas encore entendu ce soir. Rire d'étonnement face à la méticulosité, à la finesse, à l'intelligence de l'acteur.

J'ai constaté que ma mère était follement réceptive. J'ai jeté encore une fois les pieds en l'air. J'ai perdu l'équilibre, je suis tombé, j'ai réessayé. Elle a éclaté de rire, oui, je l'ai entendue rire. Et j'ai encore fait une nouvelle tentative, encore et encore, jusqu'à ce que j'atteigne mon équilibre et que tout se mette à la bonne place. Je me suis stabilisé, me suis senti à l'aise. À part le sang que j'entendais affluer à mes oreilles, et le silence, le calme, j'ai senti que j'avais découvert enfin un lieu situé dans l'atmosphère, dans le monde, que personne n'occupait, sinon moi.

Il esquisse un sourire gêné. Et je me souviens de ce qu'il m'avait demandé d'observer chez lui : quelque chose qui émane spontanément d'un être. Qu'il est le seul au monde à posséder.

Je continue ? demande-t-il, presque timide.

Et les blagues, elles sont où, le rouquin ? interpelle un spectateur. Un autre aboie : C'est pour ça qu'on est là, pour les blagues ! Et une femme fait écho aux mâles : Vous ne voyez pas qu'aujourd'hui, la bonne blague, c'est lui ? Cascade de rires.

Il est blessé, je le vois à ses lèvres blêmes.

Quand j'étais planté sur mes jambes, j'éprouvais toujours un petit tremblement, comme si j'étais à deux doigts de perdre mon équilibre. Même que j'avais peur, toujours. Il y avait, comme ça, une tradition tacite bien sympathique dans le quartier. On disait : « Vous pouvez balancer une beigne à Dov », rien de sérieux, une baffe par-ci, un coup de pied par-là, un petit direct dans le ventre, pas bien méchant, juste un truc technique, comme on composte son ticket. « Avez-vous validé votre beigne quotidienne sur Dov ? »

Il lance un regard féroce à la femme qui s'est moquée de lui. L'assemblée rit à se décrocher la mâchoire. Pas moi. J'étais témoin de ce qui s'est passé à Beer Ora, au camp de la Gadna. Ça avait duré quatre jours entiers.

Tandis que sur les mains, je sais pas. Personne frappe un enfant qui marche la tête à l'envers, c'est prouvé. Va-t'en flanquer une claque à un gosse tête-bêche : comment tu vises sa figure ? Tu te baisses à terre et là, toc, une gifle ? Ou alors, si tu préfères, comment tu lui fous un coup de boule ? Comment tu ajustes ton coup ? Pas simple, hein ? Ça désoriente. Où elles sont, ses couilles, à présent ? Peut-être bien qu'on commence à avoir un peu peur de lui, oui, un enfant la tête en bas, c'est pas de la rigolade. Parfois – il jette un regard en direction de la médium – peut-être qu'on pense qu'il est maboul, ce môme-là. « Maman, maman, regarde l'enfant qui marche sur les mains ! », « Tais-toi et regarde plutôt l'homme qui s'ouvre les veines ! »… Aïeeee, gémit-il, j'étais complètement siphonné. Demandez-lui quelle réputation j'avais dans le quartier. Il montre son pouce levé, sans un regard pour la petite femme. Elle l'écoute, les yeux baissés. Elle semble peser chacune de ses paroles et continue à secouer la tête pour dire non.

Alors, qu'est-ce qui va se passer ? Dovalé écarte les bras en me regardant, moi justement. À croire qu'à nouveau il me rend responsable de la présence de la dame ici, comme si je l'avais à dessein convoquée en tant que témoin à charge. Ça va pas, médite-t-il à voix haute. Je peux pas avancer. Elle détraque mon rythme. Quelqu'un construit une histoire, et la voilà qui se ramène… Il se masse énergiquement la poitrine. Écoutez-moi donc, pas elle : j'étais vraiment jeté, je savais pas jouer le jeu, rien de rien. Qu'est-ce que tu me fais avec ton « non » de la tête ? Tu penses me connaître mieux que je me connais moi même ? s'emporte-t-il.

Ce n'est plus du théâtre. Quelque chose ici le prend réellement aux tripes, et le public se tait, curieux, disposé à renoncer docilement, pour quelques instants encore, à ce pour quoi il est venu. J'essaie de résister à la paralysie qui à nouveau me gagne, de me secouer, de me préparer à ce qui – je n'en doute pas – va finir par arriver.

Figurez-vous, par exemple, qu'un jour un type se pointe chez mon père et lui balance que je suis comme ci et comme ça, que je me balade sur les mains. Quelqu'un m'a vu dans la rue quand je marchais derrière ma mère. Il faut que vous sachiez, entre parenthèses, que votre serviteur était chargé d'attendre maman à cinq heures et demie à l'arrêt de bus, quand elle avait fini ses heures à l'usine. Je devais l'accompagner à la maison pour veiller à ce qu'elle se perde pas, qu'elle aille pas s'égarer dans des endroits douteux, qu'elle fasse pas l'hirondelle dans des restaurants de luxe. Faites semblant de comprendre. Bravo, Netanya. Le public rit. Et moi je me souviens de la mère « haut fonctionnaire » et des coups d'œil de Dovalé à sa Doxa, posée sur la fine articulation de son poignet.

Et il y avait un second avantage quand je marchais sur les mains : on faisait pas attention *à elle*, vous saisissez ? Elle pouvait se balader jusqu'au lendemain les yeux rivés au sol, le foulard sur la tête et les bottes en caoutchouc aux pieds, et personne la regardait plus de travers, comme elle en avait toujours l'impression, les voisines médisaient plus, les hommes l'épiaient plus derrière les volets. Tout le monde n'avait d'yeux que pour moi et ma mère pouvait arpenter le quartier en roue libre et passer sans être contrôlée. Dovalé parle plus vite, plus fort, déterminé à neutraliser toute tentative pour l'interrompre. Et les spectateurs murmurent, s'agitent sur leurs sièges comme s'ils réagissaient physiquement à cette corde tendue entre eux et lui.

Mais un beau jour, mon papounet Mains-d'argent finit par apprendre que je marche sur les mains et sans trop réfléchir me flanque une monstrueuse torgnole avec ses insultes habituelles. Il me dit en prime que je déshonore son nom, qu'à cause de moi on se moque de lui derrière son dos, qu'on le respecte pas, et que s'il entend encore parler de comportement, de ce genre il va me casser les deux bras et, en plus, il me pendra au lampadaire. Quand il était en colère, mon papounet devenait subitement poète, c'était épatant. Le contraste entre la poésie et ses yeux furibards produisait un drôle d'effet. Non, vous avez jamais vu un spectacle pareil. Il ironise, mais l'ironie ne lui sied guère. Imaginez des billes noires. Ça existe ? De petites billes noires, comme faites d'acier. Il y avait je ne sais quoi de bizarre dans ces yeux-là, trop rapprochés, trop globuleux. Malheur à moi, tu regardais ne serait-ce qu'une minute dans ces yeux-là et tu avais l'impression d'être face à une petite bestiole qui te faisait reconsidérer toute la théorie de l'évolution…

Comme la plaisanterie tombe à plat, Dovalé éclate de son rire contagieux, venu des tripes, et se remet à gesticuler sur scène pour tenter de stimuler le public.

Alors, qu'est-ce que tu as fait ? Vous vous le demandez avec une sincère inquiétude, pour sûr, qu'est-ce qu'il a donc fait, Dovalé, le minus habens ? Je me suis remis sur mes pieds, voilà ce que j'ai fait ! J'avais le choix, selon vous ? Avec mon père, on transigeait pas. Chez nous, à la maison, au cas où vous l'auriez pas compris, régnait un monothéisme de stricte obédience. Rien que Lui, rien que Sa volonté. Et si on osait un couinement, il actionnait son ceinturon, paf ! Et Dovalé fend l'air de sa main d'un geste assassin, les tendons de son cou se raidissent et sa figure se tord instantanément en un rictus de terreur et de haine. Seules ses lèvres arborent encore un sourire, ou plutôt ébauchent un sourire. Et pendant un instant je revois l'enfant que je connaissais ou que probablement je ne connaissais pas. Je saisis peu à peu que je le connaissais si peu. Quel acteur, nom de Dieu, quel acteur il était déjà à l'époque, et quels efforts gigantesques il a déployés pour être mon ami – un minuscule enfant, coincé entre le mur et la table, sur lequel son père s'acharnait à coups de ceinturon.

Jamais au grand jamais il n'avait fait la moindre allusion au fait que son père le battait. Ou qu'on le frappait à l'école. Ou qu'il était une cible facile à la merci de tous, une victime. Au contraire, il avait l'air d'un enfant joyeux, aimé, et la chaleur pure, optimiste qu'il dégageait m'avaient séduit et attiré vers lui comme par enchantement, m'arrachant à mon enfance à moi, à mon foyer familial où régnait toujours une ambiance froide, un peu trouble et masqué.

Il continue à arborer son sourire de scène, mais la dame minuscule est maintenant incluse dans le mouvement de la main avec lequel il cingle l'air, comme si les coups de ceinturon lui étaient destinés. Et lorsqu'elle pousse un soupir presque imperceptible, il se tourne aussitôt dans sa direction, comme un serpent prêt à mordre, les yeux noircis par la rage. Soudain, ce microbe insolite et têtu, cette engagée volontaire pour l'âme de l'enfant qu'elle a connu voici plusieurs décennies, et dont il ne reste pour ainsi dire aucune trace, grandit à mes yeux.

95

OK, papa dit qu'il faut pas marcher sur les mains, alors je le fais plus. Mais aussitôt je pense : Et maintenant qu'est-ce que je fais ? Comment je tiens, moi ? Vous m'avez compris ? Comment je sauve ma peau ? Comment je fais pour ne pas mourir si je me remets à l'endroit ? C'est comme ça que ça se passait dans ma tête agitée. Bon, très bien, il veut me voir marcher comme tout le monde ? Je ferai comme il veut, on ira sur les deux pieds, pas de problème. Mais alors je vais avancer comme une pièce d'un jeu d'échecs, vous voyez ce que je veux dire ?

L'assistance le regarde, interloquée, en cherchant à comprendre où il l'embarque.

Un exemple – il glousse et nous invite par une mimique compliquée à rire de conserve. Un jour, je marchais du matin au soir, toute une journée, en diagonale comme le fou. Un autre jour, j'avançais tout droit, comme la tour. Un autre jour, je sautais comme le cheval, tic-tac, de-ci de-là. Et les gens que je croisais, je les considérais comme des adversaires aux échecs. Ils en avaient pas conscience, comment l'auraient-ils su ? Mais chacun était un pion, et la rue, la cour de récréation, mon échiquier à moi...

Je nous revois marchant côte à côte en discutant, et lui me dépasse, virevolte autour de moi, surgit d'ici, vient de là. Qui sait dans quel jeu bien à lui j'ai été embringué.

J'arrivais, disons, en jouant le cheval devant mon père, pendant qu'il découpait ses chiffons dans la pièce où ses jeans étaient entassés – croyez-moi, il y a quelque part un lieu dans l'univers où cette phrase revêt un sens logique –, et je me tenais debout sur le carrelage à l'emplacement stratégique où je pouvais protéger ma mère, la reine. Et je me retrouvais ainsi entre ma mère et mon père, et dans mon for intérieur je disais : Échec. Je lui laisse quelques secondes pour exécuter sa manœuvre, et s'il s'est pas placé à temps sur une autre dalle, c'est mat. Pas complètement fou, ce gamin-là ? Vous ririez pas si vite si vous saviez ce qu'il avait dans les neurones ? Vous penseriez pas : « Regarde un peu comment ce taré a gâché son enfance » ?

Ces derniers mots sont adressés à la petite dame. Sans un regard, seule la voix est à son intention. Et elle se redresse d'un coup et crie d'une voix terrible et désespérée : Assez ! Tu étais le meilleur ! Et tu ne m'as jamais appelée la naine, et tu ne m'as pas emmenée dans l'entrepôt comme les autres, et tu m'as surnommée la puce. Et la puce, c'était gentil, tu ne t'en souviens pas ?

Non. Il se plante devant elle, les bras ballants.

Et la seconde fois que nous avons parlé, tu m'as apporté gentiment, en la tenant dans la bouche, une photo d'Isadora Duncan découpée dans le journal. Elle est encore affichée dans ma chambre. Comment peux-tu ne pas t'en souvenir ?

Je m'en souviens pas, madame, murmure-t-il, honteux.

Pourquoi tu m'appelles « madame » ? chuchote-t-elle.

Il soupire. Racle de la main les îlots clairsemés de cheveux sur sa tempe. Il a l'intuition, bien entendu, que son show commence à prendre une mauvaise tournure. Il y a une branche qui pèse plus lourd sur l'arbre. Cela, les spectateurs le ressentent également. Ils se regardent, se trémoussent, angoissés. Ils comprennent de moins en moins ce à quoi on les contraint de participer ici. Je suis convaincu qu'ils se seraient depuis longtemps levés pour partir, voire qu'ils auraient sorti le clown de scène à coups de sifflets et de huées, n'était la tentation à laquelle il est si difficile de résister : la tentation de lorgner l'enfer d'autrui.

97

Roulez, jeunesse ! Dovalé, deuxième tour de piste ! Il grommelle et élargit sa bouche en un sourire racoleur : Imaginez seulement notre petit Dovinou national, boutonneux dans toutes les couleurs de l'arc-en-ciel, un vrai feu d'artifice, avec la voix qui n'a pas encore mué, celle d'un bambin qui n'a encore jamais effleuré le moindre bout de téton, mais dont le bras gauche est bien musclé, c'est louche ! Car pour être un nain on n'en est pas moins un chaud lapin...

Il déblatère de plus belle. En prestidigitateur des mots qu'il est. Et depuis quelques instants je sens un creux à l'estomac. Un trou. Une faim subite, violente, que je dois assouvir tout de suite. Je commande plusieurs tapas. Je supplie qu'on se dépêche de me les apporter.

Vous vous souvenez de l'adolescence, où un rien vous met le feu aux fesses ? Vous assistez à un cours de maths, par exemple, et la prof dit : « Prenez un triangle isocèle... » Ahhh... Tous les élèves respirent lourdement, bavent à n'en plus finir... Ou quand elle dit : « Maintenant, tracez une verticale vers le centre du cercle... » Il ferme les yeux, fait des mouvements de succion avec sa bouche, s'humecte les lèvres avec sa langue. Le public frissonne et éclate de rire. Seule la petite dame le fixe des yeux avec une douleur telle que je n'arrive pas à trancher si c'est à fendre le cœur ou d'un ridicule accompli.

Bref, de fil en aiguille, voilà que c'est au tour de ma classe de partir à la Gadna dans le Sud, dans un bled nommé Beer Ora, quelque part près d'Eilat...

On y est. Presque par hasard. J'attends depuis quinze jours, depuis notre conversation téléphonique, qu'il en vienne là. Qu'il m'attire avec lui dans ce gouffre.

On se souvient des beaux jours de la Gadna, les potes ? Est-ce que quelqu'un ici sait même si ça existe encore aujourd'hui, un machin du genre de la Gadna ? Oui ? Non ? Oui ?
Sentiment de vide d'une chute interminable.
Cinq pas me séparent de la sortie.
La douce vengeance sera accomplie.
Justice sera faite.
Je vous parie mille dollars que les gauchistes ont dissous la Gadna, pas vrai ? Je sais pas, une hypothèse. Ça les gênait sûrement aux entournures que quelqu'un s'y plaise, qu'on y dispense un entraînement militaire aux gosses, horreur ! Est-ce qu'on est des Spartiates ? Des mamelouks ?
Peu à peu Dovalé attise en marchant la flamme qui le dévore. Je sais déjà, je connais. Je me redresse sur mon siège. Il ne me prendra pas au dépourvu.
On part en excursion ! exulte-t-il tout en chuchotant pour mieux capter notre attention. Il est cinq heures du matin, il fait encore nuit. Les parents qui dorment d'un œil nous amènent à l'Umschlagplatz – comme au ghetto de Varsovie. Je plaisante. D'une main, il se tape sur les doigts de l'autre main. Ça m'a échappé, je souffre du syndrome de Gilles de la Tourette… Chacun a droit d'emporter un seul sac.
On fait l'appel, puis on nous embarque dans des camions. Nous prenons congé des parents et nous restons dix heures sur des banquettes en bois à vous casser le dos, assis l'un en face de l'autre, afin de pas rater une seule giclée de vomi du vis-à-vis, les genoux à touche-touche, moi c'était ceux de Shimshon Katzover, pas terrible. Nous entonnions les couplets de nos chansons de demeurés, les hymnes de la division-rééducation : « *J'ai la rate qui s'dilate, l'estomac qu'est pas droit, l'coccyx qui s'dévisse.* » Déjà, quelques spectatrices les reprennent en

chœur, avec entrain, et il leur décoche un long regard glacial. Dis-moi, la médium, lance-t-il toujours sans la regarder, tu as le pouvoir de me mettre en relation avec moi-même à cet âge-là ? Non, murmure-t-elle, tête baissée, je ne pratique que dans mon club communal et je n'invoque que des gens qui sont morts. Ça m'ira au poil, murmure Dovalé. Je dois dire que j'avais pas du tout envie d'aller à ce camp-là, comprenez bien, j'avais jamais quitté la maison pour une semaine, jamais été séparé de mes parents aussi longtemps, et ça s'imposait pas ! En ce temps-là, les voyages à l'étranger, ça existait pas, pas pour des gens comme nous en tout cas. Pour nous, l'étranger, c'était seulement pour les besoins de l'extermination, et même à l'intérieur d'Israël on voyageait pas. Où serions-nous allés ? Qui nous attendait quelque part ? Nous étions réduits à notre trio, le père, la mère et l'enfant, et quand nous nous sommes retrouvés devant les camions pour de vrai, j'ai été saisi d'une peur panique, je le sentais pas, quelque chose dans tout ça collait pas. J'avais comme un pressentiment. Ou bien j'avais les foies, qui sait, de les laisser seuls, en tête à tête…

Dovalé était arrivé à Beer Ora avec les garçons de son collège, et moi avec ceux de la mienne. Nous n'étions pas censés être dans le même camp. Il était prévu que sa classe soit envoyée dans une autre base de la Gadna (à Sde Boker, me semble-t-il), mais l'état-major de la Gadna en avait décidé autrement, et nous nous sommes retrouvés à Beer Ora, dans la même section et dans la même tente.

Et alors j'ai commencé à dire à mon père que je me sentais pas bien, qu'il devait me ramener à la maison, et il m'a répondu : « Tu devras d'abord passer sur mon cadavre, je le jure. » Et moi, ça m'a stressé encore plus, je me suis mis à pleurer. La honte, quoi...

Non, quand je pense à tout ça maintenant, ce qui me paraît bizarre, c'est d'avoir chialé, là, devant tout le monde. Imaginez, j'avais déjà presque quatorze ans, un sacré couillon, et mon père s'est plaint que nous lui infligions une humiliation publique, parce que ma mère m'ayant vu pleurer s'y était mise à son tour. C'était toujours comme ça, pour pleurer, elle était toujours partante. Et lui supportait pas de la voir pleurer. Des larmes lui venaient aussitôt, il était sensible, particulièrement à elle, il y a rien à dire, il l'aimait vraiment, le papounet. À sa façon, comme on dit, mais je le reconnais, il l'aimait d'amour, peut-être comme un écureuil ou une souris qui a déniché un joli morceau de verre ou une bille de couleur et arrête pas de la contempler... Et il sourit : Vous vous souvenez de ces billes de verre avec des papillons dedans ? Ma mère ressemblait à ça.

Oui, quelques spectateurs hommes s'en souviennent et moi aussi je m'en souviens. Tout comme une femme, svelte, aux cheveux courts argentés. Nous appartenons tous plus ou moins à la même génération. Des noms de billes sont lancés à la cantonade : arc-en-ciel, banane, bulle de savon. J'apporte ma contribution – autrement dit, je griffonne sur ma serviette verte : la bille hollandaise, avec une fleur au milieu. Des groupes de jeunes dans la salle s'amusent comme des malades en voyant notre enthousiasme. Dovalé se tient debout, tout sourires, s'imprégnant de l'ardeur de l'instant. De sa main gauche, il fait le geste de me lancer une bille. La douceur et la chaleur de son visage me déconcertent.

Rien de tel, je vous le dis. Ma maman, pour lui, à ce que je crois du moins, était un don du ciel, un objet infiniment précieux dont il avait la garde. Mais c'était aussi comme si on lui avait dit : Gare ! Tu te contentes de prendre soin d'elle ? Tu n'as pas à être vraiment avec elle, juste en apparence ! Comment dit la Bible, déjà ? À propos, Netanya, non, y a rien de mieux que la Bible ! Un livre à recommander absolument, si j'avais pas été une personne à ce point réservée, je vous aurais dit non pas un livre mais le Livre, bourré de passages cochons ! Et on vous écrit d'emblée : « Et Adam connut Ève, sa femme », c'est écrit comme ça, oui ou non ? C'est écrit, répondent plusieurs voix. Bon, alors toutes mes félicitations, monsieur Adam, tu es un vrai mec, toi, fais juste gaffe : il est écrit que tu l'as connue, pas que tu l'as comprise, hein, les filles ? J'ai pas raison ? Dans l'assistance, les femmes l'acclament. Un halo de chaleur s'élève d'elles, plane au-dessus de lui avant de le ceindre comme une auréole. Il leur fait un clin d'œil. D'une façon ou d'une autre, il les englobe dans une œillade unique. Mais chacune le prend comme un regard qui lui est destiné en propre.

Il avait pas compris, pas compris du tout, mon père, ce qu'il fallait faire avec cette belle fille qui se taisait en permanence, lisait des bouquins, la porte close, qui lui demandait rien et que toutes ses combines impressionnaient pas. Et voilà qu'il a réussi à louer à une famille de quatre personnes pour deux cent cinquante dollars par mois la remise qui était derrière le salon de coiffure ! Tatatam ! Voilà qu'il a acheté une caisse de pantalons de velours synthétique, chargés sur un bateau de pêche en provenance de Marseille, avec un petit défaut à la fermeture éclair. Ils ont empuanti l'appartement pendant deux ans, alléluia ! Et elle, assise à côté de lui à la table de la cuisine, chaque soir pendant des années, le dépassant d'une tête, demeurait impassible tandis que lui, les mains tendues en avant dans un geste d'écolier obéissant ou de prisonnier dans l'attente des menottes, ouvrait son cahier avec des chiffres écrits en pattes de mouche et toutes sortes de noms de code qu'il inventait pour ses clients et ses fournisseurs, ceux qui étaient corrects et ceux qui l'avaient grugé : Pharaon, le brave gars de Sosnowiec, Sarah Bernhardt, Mickey Cohen, le boxeur gangster américain, Goebbels, Rumkowski, le patron du ghetto de Lodz, Meir Vilner, le dirigeant communiste, Ben Gourion. Et comme il s'emballait, fallait le voir, tout en sueur, tout rouge, son index tremblant sur les chiffres, et il ergotait toujours avec elle, comme si elle le querellait, comme si elle l'entendait, affirmant qu'encore quelques années et quelques mois de plus et il aurait rassemblé assez d'argent pour que nous puissions déménager dans un trois-pièces avec terrasse à Kiriyat Moshe...

Dovalé relève les yeux vers la salle comme s'il avait oublié l'ombre d'un instant où il se trouvait. Il se ressaisit aussitôt, s'excuse avec un sourire en haussant les épaules.

Au bout de dix heures de route, on arrive enfin dans un trou, dans le Néguev ou près de la mer Morte, pas trop loin d'Eilat en tout cas. Voyons, je vais essayer moi aussi d'entrer en communication avec mon défunt moi... Dovalé roule des yeux, tire la tête en arrière et murmure : Je vois... Je vois des montagnes brun et rouge, et le désert, et des tentes, et les baraquements du quartier général, un réfectoire, et le drapeau israélien un peu déchiré en haut du mât, et les flaques de gasoil, et un groupe électrogène pourri qui tombe en panne toutes les cinq minutes, et les gamelles cadeaux de bar-mitsvah que nous nettoyions au robinet commun avec une éponge métallique crasseuse et de l'eau si froide que toute la saleté restait accrochée...

Désormais, le public lui est de nouveau acquis. Il est avec lui. Nous sommes restés quatre jours, Dovalé et moi, dans la même section, et la plupart du temps nous avons dormi dans la même tente, mangé à la même table au réfectoire, sans échanger un seul mot.

Et les moniteurs là-bas dans la base, les soi-disant officiers de mes fesses, chacun affecté d'une tare ou d'une autre. Chacun était comme un clone d'être humain. La vraie armée s'était bien gardée de les enrôler. Alors on les avait nommés instructeurs des enfants de la Gadna. L'un était doté d'un tel strabisme qu'il ne voyait pas à plus d'un mètre, un autre avait les pieds plats, un autre une hernie, un autre était de Holon. Croyez-moi, il en fallait dix pour vous fabriquer un seul homme normal.

Dis-moi, il se tourne vers la médium avec un soupir, tu as fait tourner mon lait dans le thermos, regarde un peu comme tout le monde rit ici, mes blagues, elles te font pas rire ?

Non.

Quoi, elles sont pas drôles, mes plaisanteries ?

Tes blagues sont mauvaises. Ses yeux sont rivés sur la table et ses doigts s'agrippent aux poignées de son sac.

Mauvaises parce qu'elles font pas rire, s'enquiert-il poliment, ou mauvaises dans le sens où elles recèlent de la malveillance ?

Elle ne répond pas tout de suite. Réfléchit.

Les deux, finit-elle par dire.

Mes blagues font pas rire, commente-t-il, et elles sont méchantes.

Elle y pense une fraction de seconde encore : Oui.

Mais c'est ça, un stand-up.

Alors ça n'est pas bien.

Il la considère longuement, amusé : Eh bien, pourquoi t'es venue ?

Parce que quand on m'a parlé de stand-up dans mon village, je croyais que c'était du karaoké.

Ils poursuivent leur conversation comme s'ils étaient seuls dans la salle.

Alors maintenant t'es renseignée, tu peux t'en aller.

Je préfère rester.

Mais pourquoi donc ? Ça t'amuse pas. Tu souffres vraiment ici.

C'est vrai. La figure de la petite dame se renfrogne. Tous les sentiments qui la traversent se reflètent sur ses traits. À dire vrai, il me semble qu'au cours de la soirée je ne lui ai pas accordé moins d'attention qu'à lui. Je ne m'en aperçois que maintenant. Sans cesse mon regard oscillait entre elle et lui, je le jaugeais en fonction de ses réactions à elle.

Je t'en prie, va-t'en, ça va se corser pour toi à partir de maintenant.

Je veux rester.

Quand elle durcit sa bouche, le rouge à lèvres criard la fait ressembler à un petit clown offensé. Dovalé aspire ses joues, et c'est comme si ses yeux se rapprochaient. OK, murmure-t-il, je t'aurai prévenue, ma poupée. Viens pas te plaindre après coup.

Elle ouvre la bouche toute grande en signe d'incompréhension, puis elle se crispe sur son siège.

Allez, Netanya ! Il lance cela d'une voix de stentor, comme s'il aboyait aux basques de la petite dame. Donc, après dix heures de voyage, on arrive, on nous répartit dans des tentes, des grandes, dix à vingt par tente, moins peut-être ? Je m'en souviens pas, je me souviens absolument de rien, vous fiez

105

pas à moi, sur la tête de ma mère, j'ai la cervelle comme une passoire, je vous jure. Quand mes enfants savaient encore qu'ils avaient un père et venaient me voir, je leur disais : « Hello ! Mettez-vous des badges avec vos noms ! »

Rires mous.

Et là-bas, à Beer Ora, on nous apprend tout ce qu'un jeune Hébreu et fier de l'être doit savoir : comment grimper au mur, au cas où il faudrait à nouveau s'évader du ghetto ; comment ramper dans le réseau des égouts et utiliser le terme militaire « Arporex », que les nazis ne comprennent pas, pour les faire chier ; et ils nous obligent à sauter du haut d'un mirador sur une toile tendue, vous vous souvenez ? Et à faire les funambules sur une corde. Et les marches de jour, et les marches de nuit, et on sue et on court autour de la base sous le cagnard, et on tire cinq balles de son fusil miniature et on se prend pour James Bond, et moi – il bat des cils avec un air ingénu –, justement pour moi les coups de feu ont un arrière-goût de maman, car je vous l'ai raconté ? Je vous l'ai pas dit ? Maman travaillait dans une usine de munitions à Jérusalem, elle triait les cartouches, ma petite maman chérie, six jours par semaine. Mon père lui avait déniché ce job. Sûr qu'il avait un débiteur insolvable là-bas qui l'avait acceptée malgré tout ce qu'elle traînait sur ses épaules. Putain, j'ignore ce qui lui était passé dans le crâne, à mon papa, qu'est-ce qu'il avait pensé, des journées de neuf heures, elle, des balles de fusil, ta-ta-ta-ta-ta ! Il prend une mitraillette imaginaire et tire dans le tas en criant d'une voix sèche : Beer Ora, *Here I come !* Imaginez les corvées de cuisine ! Imaginez les marmites géantes ! Et la gale ! Ils se grattaient tous comme des petits Job, et tous avaient la chiasse car le chef, béni soit-il, avait une étoile au Michelin pour voyage gastronomique, option dysenterie…

Depuis un petit moment déjà, il ne me regarde plus dans les yeux.

Et le soir, fiesta, feux de camp, chants en chœur, et extinction des feux. Et moi j'étais chargé d'éteindre les braises en pissant dessus, et ils se marraient, les garçons et les filles, le yin et le yang dansant le kasatchok. Et en ce qui me concerne, évidemment, c'était ma fête ! J'étais devenu le guignol de ma section, on se bidonnait avec moi, on me traitait avec la déférence voulue, j'étais propulsé de l'un à l'autre comme un ballon, j'étais petit, léger, même pour mon âge. Quelques années plus tôt, on m'avait fait sauter une classe, peu importe... Non pas que j'étais une sorte de surdoué, non, tout simplement les enseignants en avaient marre de moi et m'ont botté le cul pour que j'aille voir ailleurs dans la classe au dessus. Et au camp ils ont fait de moi la mascotte de toute la section, Doubi leur fétiche. Avant chaque activité, chaque exercice de tir, on s'amenait pour me donner une petite tape sur la tête, gentiment, affectueusement. Bambino, qu'on m'appelait là-bas, j'avais pour la première fois un nom normal, et non Rase-mottes ou Vieux Chiffon...

Voici comment je l'ai rencontré là-bas : je suis arrivé à la base et suis entré dans ma tente pour déballer mes affaires. J'ai vu trois grands garçons costauds qui se lançaient un sac à dos de l'armée avec à l'intérieur un enfant qui hurlait comme un fauve. Je ne connaissais pas ces jeunes. J'étais le seul de mon collège à avoir été affecté dans cette tente. Je suppose que mon moniteur de la Gadna, qui nous avait répartis au petit bonheur, avait pensé que je me sentirais étranger où que j'aille. Je me rappelle m'être planté à l'ouverture de la tente, sans bouger. J'étais fasciné par le spectacle. Les trois adolescents étaient en maillot de corps et leurs biceps ruisselaient de sueur. L'enfant à l'intérieur de la musette avait cessé de brailler et s'était mis à pleurer, et eux ricanaient sans piper mot et continuaient à se le renvoyer avec force et entrain. J'ai posé mon sac à dos sur un lit qui me paraissait inoccupé, près de l'entrée de la tente, et je m'y suis assis, tournant le dos à la scène en train de se jouer. Je n'ai pas osé intervenir, mais je suis resté, incapable de quitter la tente. À un moment donné, j'ai entendu un choc et j'ai bondi. Apparemment, le sac à dos avait échappé à l'un des lanceurs et était tombé sur le sol bétonné. Alors, il s'est ouvert rapidement de l'intérieur et en a surgi une tête toute frisée, aux cheveux noirs, que j'ai immédiatement reconnue. Les adolescents ont surpris l'expression sur mon visage et se sont moqués de moi. Dovalé a suivi leur regard jusqu'à ce qu'il m'aperçoive et me dévisage. Sa figure était trempée de larmes. La rencontre nous dépassait, elle était au-dessus de nos moyens, au sens propre. Nous n'avons pas échangé le moindre signe de reconnaissance. Même en négatif, nous étions miraculeusement coordonnés. Son cri à lui m'est resté bloqué dans la gorge, du moins l'ai-je ainsi ressenti. Après quoi j'ai relevé la tête, puis je l'ai détournée et j'ai quitté la tente, tandis que leurs ricanements accompagnaient ma sortie.

Et il y avait là-bas des intrigues entre garçons et filles, et des poussées d'hormones à peine sorties de leur emballage, des boutons d'acné qui éclataient en joyeuses rafales. Mais moi dans ces affaires, j'étais encore un bleu. J'avais à peine commencé à explorer mon corps avec l'aide de brochures et de photos porno, enfin tout ça, quoi. Et pour ce qui était de la pratique, je demeurais en gros en phase d'observation, mais ce qu'elle était jouissive, mon observation. Ma carrière d'observateur a débuté comme ça, pour moi.

Il sourit, on lui renvoie son sourire. Que leur vend-il ? Que se vend-il à lui-même ?

Peu de temps après l'incident de la tente, je l'ai revu au réfectoire. Comme nous logions au même endroit, nous étions assis à la même table, mais heureusement à une certaine distance l'un de l'autre. J'ai rempli mon assiette et plongé obstinément le nez dedans. Néanmoins il ne m'a pas échappé que ses camarades de classe avaient déversé tout le contenu d'une salière dans sa soupe et qu'il l'avait aspirée goulûment avec un visage réjoui, ce qui a provoqué chez eux un fou rire immédiat. Quelqu'un a arraché sa casquette à visière, qui s'est mise à voler d'un bout à l'autre de la tablée, plongeant à plusieurs reprises dans des plats, pour atterrir finalement sur sa tête en dégoulinant sur sa figure. Il a tiré la langue et a léché. Entre les hennissements et les grimaces qu'il prodiguait, son regard vide et indifférent effleurait de temps en temps mon visage.

À l'issue du repas, les garçons lui ont coincé une demi-banane dans la bouche, et il s'est gratté sous les aisselles en poussant des cris de singe, jusqu'à ce que l'officier de la section lui ordonne de la fermer et de se tenir tranquille.

La nuit, alors que nous étions tous au lit après l'extinction des feux, les garçons de la tente ont exigé qu'il leur raconte ses rêves à propos d'une jeune fille de leur classe, particulièrement mûre. Il s'est exécuté. Avec des mots dont je n'aurais jamais pensé qu'il les connaissait. C'était sa voix, sa façon de parler et son imagination débordante. Je suis resté couché, immobile, sans un souffle, sachant pertinemment que s'il n'avait pas été dans la tente, c'est à moi qu'aurait incombé le rôle de tête de Turc.

Un de ses condisciples s'est soudain mis à courir entre les deux rangées de lits en imitant la voix du père de Dovalé, et un autre s'est placé face à lui pour contrefaire celle de sa mère, semble-t-il. J'ai enfoui ma tête sous la couverture militaire. Tous riaient et Dovalé avec eux. Sa voix n'avait pas encore mué à l'époque, et elle tintait avec une insolite clarté au milieu des leurs. Quelqu'un a dit : « Si je me baladais en compagnie de Grinstein sur Dizengoff, à Tel-Aviv, on penserait que je me promène avec une fille », et les rires se sont propagés à travers la tente.

Après la deuxième nuit, j'ai supplié mon moniteur de la Gadna d'être transféré ailleurs. Dès la troisième nuit, je dormais dans un autre lit, sous une autre tente, éloignée de la sienne. Pourtant je ressentais encore les vibrations de celle-ci. La quatrième nuit, j'ai été consigné pour monter la garde avec une jeune fille de ma classe, et je n'ai plus pensé à Dovalé.

Il avait vu juste : je l'avais effacé.

Et la nuit, poursuit Dovalé, on court d'une tente à l'autre à la faveur de l'obscurité. Partout on entend « Mhhhm ! » et « Ohhh » et « Sors ta main, espèce d'idiot », « Mais au moins jusque-là, je peux ? », et « Beurk, qu'est-ce que tu fais avec ta langue ? », et « Mets juste la main, touche-le juste », et « Aujourd'hui je peux pas, vraiment pas », et « Si ma mère l'apprend, elle me tuera », « Comment ça s'ouvre, toutes ces agrafes ? », et « Au secours, c'est quoi, ce liquide que tu m'as fait gicler dessus ? », et « Espèce de conne, tu me l'as coincée dans la fermeture éclair »…

Des ondulations de rire parcourent le public. Il continue à

éviter mon regard. J'attends. Je suis prêt. Encore une minute ou deux et il va se tourner vers moi et me sourire de toutes ses dents : « Quelle coïncidence, dites donc, comme le monde est petit ! Même l'honorable juge Avishaï Lazar était là-bas avec moi ! »

Le deuxième matin, au camp, j'ai été envoyé du champ de tir pour aller chercher la vache à eau que j'avais oubliée dans la tente. Je me souviens à quel point ça a été agréable d'être enfin seul, sans le bruit et les cris et les ordres qui fusaient en permanence saturant l'espace ; et quel soulagement d'être enfin sans Dovalé, sans la torture que constituait sa présence. L'air était transparent et partout la fraîcheur était réconfortante (maintenant, en écrivant cela, me revient l'odeur de l'eau savonneuse de la toilette matinale, dans les petites fissures qui zébraient le sol bétonné).

Je me suis assis sur mon lit. Les pans de l'entrée de la tente étaient enroulés, et je pouvais contempler tranquillement le désert dont la beauté me stupéfiait et me rassérenait un peu pour la première fois depuis mon arrivée. Je m'efforçais de faire le vide dans ma tête.

Et alors, justement, peut-être parce que j'avais momentanément baissé la garde, j'ai senti des sanglots en quantité inouïe dans ma gorge. Des pleurs incontrôlés, comme après une perte terrible, un deuil, qui dans un instant allaient me secouer sans répit.

Soudain, Dovalé a pénétré dans la tente. Il s'est immobilisé, dès qu'il m'a aperçu. Puis il est allé vers son lit en marchant d'un pas chancelant, en claudiquant presque, et a fouillé dans son sac à dos. Je me suis jeté sur le mien, j'ai fureté à l'intérieur pour y ensevelir mon visage. Le long sanglot s'est tari d'un seul coup. Au bout de quelques instants, n'entendant pas une mouche voler, j'ai pensé qu'il était reparti et j'ai ôté la tête du sac. Il était debout, à côté de son lit, le visage tourné vers moi, les bras ballants. Nous avons échangé un regard sombre, éteint. Ses lèvres remuaient, peut-être voulait-il dire quelque chose. Ou bien il s'est efforcé de sourire afin que je me souvienne de lui, de nous. J'ai semble-t-il réagi par un geste dissuasif, de menace ou de dégoût. J'ai vu un rictus déformer ses traits, il tremblait.

Rien d'autre. Quand j'ai relevé la tête, j'ai vu qu'il s'éloignait déjà de la tente.

Et puis le mardi, s'écrie Dovalé, ou le mercredi peut-être, comment savoir ? Qui se souvient de quoi que ce soit, de toute façon ? Comment compter sur sa mémoire ? Vraiment, je peux déjà dire : ma mémoire, la chère disparue… Nous sommes assis en cercle à même la terre, sous un soleil de plomb, la seule ombre est fournie par les rapaces qui attendent dans le ciel qu'on crève enfin. Magnez-vous, bordel de merde. Le moniteur bigleux nous explique un truc sur le camouflage. Et brusquement une soldate déboule de la baraque du commandant, une sergente, je crois, boum boum, elle accourt, un petit bout de fille mais considérable question poids, avec l'uniforme prêt à exploser, deux jambes de gazelle, une gazelle pour chacune, bah !, un petit hommage à l'humour des années 1960, comme ça en passant. Elle nous rejoint en moins d'une seconde. Et avant même que l'instructeur ait eu le temps de nous crier : « Garde-à-vous ! », elle demande, essoufflée : « Grinstein, Dov, il est dans cette section ? »

112

Ce moment-là aussi, je me le rappelle très bien. Pas tant la soldate que l'énoncé du nom de Dovalé à haute voix, qui m'avait tellement pris de court car je n'avais pas vu approcher la femme. Son nom a résonné en moi pour ainsi dire par surprise. Paniqué, j'ai failli bondir et répondre : « Présent. »

Et moi, mes frères, je flaire tout de suite que quelque chose va pas. Et toute la classe, tous mes bons copains, tous me montrent du doigt : « C'est lui ! » Comme pour dire : « Prends-le, lui, pas moi ! » Sympas les amis, dit-il en riant et en évitant de me regarder. Si j'avais dû passer avec eux la sélection à Auschwitz, ç'aurait certainement pas été le pied. Et la sergente dit : « Tout de suite avec moi chez le commandant. » Je me mets à piailler avec une voix de châtré : « Mais qu'est-ce que j'ai fait, madame… » Tous, ils lui crient : « Collez-lui une punition pour toutes les fois où il s'est gratté, et pour tous les pets qu'il a lâchés sous la tente ! » Et les mensonges vont bon train sur ma pomme, et ils entonnent en chœur : « La Gomme en taule, en taule, en taule, en taule, c'est la taule qu'il lui faut, oh, oh ! » Dans la classe, il y en avait qui m'appelaient la Gomme. Pourquoi la Gomme ? C'est gentil tout plein de vous en préoccuper, mes chéris. Parce qu'à cette époque j'étais constellé de taches de rousseur, maintenant plus rien, elles se sont fait la malle, mais autrefois j'en avais plein. Oui, c'est vrai, *quelqu'un a chié sur le ventilateur*, merci à vous pour l'originalité de l'explication, table dix-neuf…

Il tourne lentement la tête en direction de la clameur, son truc à lui, et braque sur l'homme qui a crié des yeux inexpressifs. Le gérant de la salle dirige un projecteur sur le perturbateur qui révèle un homme replet et chauve, en veste jaune. Dovalé ne décolle pas son regard du personnage. Ses paupières sont à demi closes. Le public rit à perdre haleine...

Bonsoir, Tony Soprano avec de la mousse au citron, dit-il doucement. Bienvenue parmi nous. Je te souhaite de passer une nuit de Cristal. Je crois comprendre que tu as arrêté de prendre tes tranquillisants. Eh bien ce soir, avec la chance qui me caractérise, tu as décidé de sortir prendre l'air ?

La femme du spectateur lui tape dans le dos en riant aux larmes, et lui repousse sa main consolatrice.

Non, non, mon frère, s'agite Dovalé, on te charrie, on fait que plaisanter ! Yoav, donne une vodka à monsieur, c'est ma tournée. N'oublie surtout pas de la mixer avec du Valium et des antidépresseurs. Non, tu es au top, mon gars, à la fin de la soirée tu seras lauréat du prix Al-Qaïda d'intelligence et de sensibilité. Je me moque pas de toi, mon frère, vraiment pas, mais la blague du ventilateur, figure-toi que je l'ai déjà entendue une fois ou deux dans mon existence. Dans ma classe, y avait un mec avec qui vous auriez fait la paire, il était dans ton genre, *copie** conforme même – il met sa main autour de sa bouche pour nous souffler : Il avait la finesse d'un bulldozer et la douceur d'une barre métallique. C'est une plaisanterie, stop ! Une plaisanterie ! Rasseyez-vous. On est là pour rigoler, quoi... Et ce mec, à chaque fois qu'il me voyait, à chaque fois, pendant huit putains d'années, il venait me demander si j'avais besoin d'une gomme pour effacer mes taches de rousseur. Et depuis ce temps-là le surnom « la Gomme » m'a collé aux basques, compris ? Y a pas par hasard ici quelqu'un qui aurait été dans mon école ? Non ? Alors je peux continuer à dégoiser tranquillement ? Génial ! Bref, je secoue le sable collé à mon derrière, je tire ma révérence à la compagnie et emboîte le pas à la soldate. J'ai déjà l'intuition

que ça y est, je marche seul. Je sais déjà que tout est fini,
je suis foutu. À cet instant, j'ai eu le pressentiment que je
reviendrais pas ici. Que pour moi, tout ce truc qu'on appelle
l'enfance, c'était terminé. Ciao !

Dovalé prélève une gorgée de son thermos. Dans la salle
résonne à nouveau un écho confus de pulsations nerveuses.
Les gens attendent de savoir la direction que prendra la soirée.
Son crédit auprès du public va en se dissipant sous nos yeux.
Je peux ressentir la réaction des spectateurs dans ma chair,
comme un accès subit d'hypoglycémie. Ça me revient : un
instant avant qu'il obéisse à la soldate et se lève, il m'a cher-
ché des yeux et m'a regardé longuement, d'un air suppliant.
Je me suis détourné.

Qu'est-ce que j'ai pensé ? tonne Dovalé. De nos jours on
entend parler sans arrêt d'enfants acceptés ou rejetés par leurs
camarades.

Je vous livre donc une réflexion psychologique mâtinée d'un
zeste de sentimentalisme. Ainsi, en tant qu'enfant, je disposais
d'une jauge scientifique pour déterminer qui était populaire
et qui ne l'était pas. Dans mon jargon, ça s'appelait le « test
du lacet ». En quoi ça consistait ? Disons qu'il y a un groupe
d'enfants qui revient de l'école. Ils marchent, rigolent, parlent,
crient. Des gosses, quoi… L'un d'eux se penche pour refaire
son lacet. Maintenant, si le groupe s'arrête instantanément
– mais tous sans exception ! –, même ceux qui lui tournaient
le dos et l'avaient pas vu se baisser, si ceux-là aussi restent
plantés pour l'attendre, alors il est dans la boucle, il est tranquille, il est populaire. Mais si personne s'est aperçu qu'il est
resté en arrière, et que seulement en terminale, disons, lors
de la fête de fin d'année, quelqu'un demande : « Dites, il est

passé où, le type qui refaisait ses lacets ? », alors vous savez quel enfant j'étais.

La dame minuscule est assise au bord de sa chaise, la bouche entrouverte et les jambes serrées l'une contre l'autre. Et lui, tout en buvant à son thermos, la fixe, puis il finit par me regarder, moi. Un regard prolongé et intense. Pour la première fois depuis qu'il a commencé à raconter son histoire, il m'affronte, droit dans les yeux. J'ai une sensation étrange, comme s'il avait pris à la femme une flamme pour me la transmettre avec son regard.

Bref, je marche derrière la soldate, et je me mets en tête qu'on va me punir pour une faute que j'ai commise. Mais qu'ai-je fait au juste, moi l'enfant le plus bizarre, le plus simplet du camp ? Un bon garçon... Il sourit en adressant un clin d'œil à la dame minuscule. Et aussitôt, il me cherche : Dis donc, mon ami le juge, ce mot a encore cours sur le marché ? On parle encore d'un simplet ? C'est pas un peu un mot pour collectionneurs ?

Ni sa voix ni son regard ne trahissent la moindre hostilité, et cela renforce ma perplexité. Je lui confirme que ce mot est encore en usage. Dans un long chuchotement, il le répète, une fois, deux fois, et je ne résiste pas à la tentation de le murmurer avec lui.

Ou alors, tout ça est lié à mon père, quelque chose l'a soudain vexé, peut-être est-il quelque part gêné aux entournures avec tout ce camp de la Gadna. Ou bien on l'a atteint dans son honneur. Ou alors, par hypothèse, il vient de découvrir que cette Gadna-là, elle fricote avec le Mapai, le parti travailliste, alors que lui, il est du Betar, la droite sioniste. Ou, il a trouvé des revues cochonnes planquées dans le coffrage du volet roulant de ma chambre et il me

116

convoque à un conseil de famille. Allez savoir, avec lui on peut rien prévoir.

Il se tient au bord de la scène, tout près des premières tables, et fourre ses mains sous ses aisselles. Certains le contemplent avec intérêt. Les autres s'enlisent en eux-mêmes dans un ahurissement étrange, ramollis, comme s'ils désespéraient de le suivre tout en se montrant incapables de s'en détacher.

Je finis par capter que la soldate est en train de me dire quelque chose. Elle marche et parle vite. Elle m'explique que je dois rentrer à la maison immédiatement, que le temps presse, que je dois assister aux obsèques à seize heures, et se retourne même pas, comme si, qui sait ?, elle avait peur de me regarder, et moi, rappelez-vous, j'ai en permanence son cul sous les yeux, qui est décidément un sacré morceau. Bon, justement, le cul, c'est carrément un sujet en soi. Avouez, messieurs, la main sur le cœur, sur le cœur j'ai dit, la treize ! Entre nous, vous avez déjà rencontré une seule femme satisfaite de son cul ? Vous avez rencontré ce type de femme sous le soleil ?

Il continue son boniment. Je vois ses lèvres remuer. Il gesticule, gouailleur, tandis qu'une fumée blanche, laiteuse, commence à m'envahir le crâne.

Vous connaissez ça, quand une femme se tient devant son miroir et regarde d'un côté, puis de l'autre... Au fait, une femme, s'il est question de son popotin, peut tourner la tête à trois cent soixante-cinq degrés facile. Garanti ! Prouvé scientifiquement ! Et dans toute la nature, ce mouvement, seules deux espèces en sont capables : le tournesol et le vilebrequin du moteur. Alors la femme se tourne comme ça...

Il fait la démonstration, manque de tomber à la renverse sur les tables les plus proches de la scène. Je jette un regard circulaire. Je vois des trous nombreux. Les petites dolines béantes des bouches ouvertes pour rire.

Et elle regarde... et elle observe... Rappelez-vous aussi qu'elle a dans la cervelle une application du genre Google. cul, qui consiste à chaque instant à comparer son derrière à la taille qu'il avait quand elle avait dix-sept ans. Et petit à petit on la voit faire la gueule, et cette gueule, elle la tire exclusivement pour ça. Cette gueule, on l'appelle en yiddish comme en hébreu « une tête de *tahat*, une tête de cul ». Et alors elle dit sur le ton d'une reine de tragédie grecque : « Ça y est, il commence à s'affaisser. Non ! Encore pire ! Il glisse. » Vous saisissez ? Tout à coup, elle parle de son cul en termes sociologiques ! Comme si volontairement, intentionnellement, il avait sombré dans l'anomie, se coupant de la société, devenant un cul en voie de marginalisation ! Encore un peu et vous le verrez se faire un fixe d'héroïne dans un quartier de la périphérie ! Gare à toi, mec, si tu te trouves dans la même pièce à ce moment précis : il vaut mieux la fermer ! Motus ! Chaque son que tu émettras pourra être utilisé contre toi. Si tu dis qu'elle exagère et que justement tu le trouves mignon, sexy, qu'il te donne envie de le caresser, de le pincer, tu vas te prendre dans les dents : « T'es aveugle, ou quoi ? Hypocrite, imbécile, tu comprends rien aux femmes. » Mais si jamais tu lui dis qu'elle a raison, tu es mort.

Il est essoufflé, il a fini son numéro. Qui sait combien de fois il l'a ressorti. Il a même avalé une bonne partie des mots à la fin. Le public rit. J'espère encore que je n'ai pas bien entendu, pas tout compris, que c'était une blague dont l'humour m'a échappé. Mais quand je regarde la petite médium et que j'aperçois sa face grimaçante de douleur, je sais qu'il n'en est rien.

Où est-ce qu'on en était ? Vous êtes vraiment un public formidable, parole, je vous ramène tous autant que vous êtes à la maison. On continue ! Alors donc ce postérieur se balade sous mes yeux, elle devant, moi derrière, et je comprends pas ce qu'elle me veut. D'où elle sort cette histoire d'obsèques, et de fait, j'avais encore jamais été à un enterrement, l'occasion ne s'était pas présentée. On était une famille nucléaire, synthétique, réduite à elle-même : une mère, un père, un fils. Et on avait jamais été au cimetière, on avait pas de parents susceptibles de mourir brusquement. Mon père et ma mère étaient les seuls survivants de leurs familles respectives. Ça me rappelle un truc, une seconde, puisqu'on parle de proches, alors cette semaine j'ai lu dans le journal un article sur une découverte scientifique : des savants auraient établi que la créature la plus proche de l'homme d'un point de vue génétique, c'est une espèce de ver aveugle, la créature la plus primitive qui soit. Je vous jure ! Elle et nous, on serait cousins ! Et moi je commence à penser qu'on est peut-être les moutons noirs de la famille, sinon comment expliquez-vous qu'aucun ver ne nous invite jamais ? Dovalé lance son poing en l'air et esquive un adversaire imaginaire. Un silence pesant s'est soudain emparé du public, et il me semble que ce qu'il a dit auparavant commence à faire son effet.

OK, j'ai compris, cinq sur cinq, je réajuste ma trajectoire. Où est-ce qu'on en était ? Père-mère-enfant, pas de famille élargie donc, pas de proches parents, ça, on l'a déjà dit, calme et tranquille comme le triangle des Bermudes. Bon, c'est vrai qu'on traînait aussi de-ci de-là des boulets. Non que tu en fasses grand cas à cet âge, mais quelque part j'avais conscience que mon père était pas un perdreau de l'année et qu'en fait il était le plus âgé des pères de la classe. Et je savais qu'il avait des problèmes de diabète, de cœur, de reins, qu'il prenait des cachets, et je savais aussi... bon, ça, je l'avais vu de mes yeux vu, tout le monde l'avait vu... qu'il avait toujours, mais vraiment toujours, ce fameux coup de sang, comme ce... je ne sais plus comment il s'appelle. Ah oui, Louis de Funès dans sa 2 CV qui refuse de démarrer. Et maman aussi, même si elle était beaucoup plus jeune que lui, traînait derrière elle de là-bas une jolie masse de casseroles. Pensez, elle était restée presque six mois dans la niche d'un wagon où on rangeait de la peinture et de l'huile, où il était impossible de s'asseoir ni de se tenir debout, une sacrée histoire, et en plus elle avait sur les deux poignets – il exhibe ses deux avant-bras étiques – une fine cicatrice, coquette, une broderie de veines, que les couturières hors catégorie de l'hôpital Bikour Holim dans la vieille ville de Jérusalem lui avaient concoctée. Hautement intéressant, dit-il, goguenard, que nous ayons tous les deux souffert d'une dépression post-partum après ma naissance, sauf que ça fait cinquante-sept ans qu'elle dure chez moi. Mais en dehors de ces petites histoires, qu'on trouve certainement dans chaque famille normale, tout allait plutôt bien entre nous trois. Alors d'où sortait donc soudain cette histoire d'obsèques, d'où ?

L'assistance, qui s'est tue peu à peu, observe à présent un silence complet, la mine éteinte, prenant garde de ne pas s'impliquer. Peut-être moi aussi donné-je cette impression, depuis la scène.

Où on en était ? Surtout me rappelez pas que je suis tout seul ! À mon âge, vous savez ce que c'est, le contraire d'oublier ?

Des voix dispersées dans la salle : Se souvenir !

Non : enregistrer. Soldate, sergente, cul, train, broderie. Je marche derrière elle, lentement, plus lentement encore, j'essaie de m'imaginer ce que ça peut être, sûrement une erreur. Pourquoi on m'envoie, moi justement, à des obsèques ? Pourquoi ne pas en avoir choisi un autre ?

Il parle vite, pour masquer son effort, la tête baissée et les mains de plus en plus enfouies dans ses aisselles. J'ai l'impression qu'il a subitement la tremblote.

Et donc je marche lentement, de plus en plus lentement en ressassant, je comprends pas, je comprends pas, je... et soudain je fais une cabriole, je me mets sur les mains. Et je marche, la tête en bas. Le sable est comme du feu, il me brûle les paumes des mains. Ça fait rien. Au contraire ! Ça m'empêche de penser. Des objets tombent de mes poches, de la ferraille, des jetons de téléphone, des chewing-gums, tout ce que mon père y a fourré pour la route. Des petites surprises, il m'en mettait toujours, en particulier après m'avoir frappé. Peu importe. Donc j'avance vite, je cours – il lève les mains au-dessus de sa tête et les remue comme s'il marchait, et j'observe qu'elles tremblent, les doigts tremblent.

Qui pourra me débusquer quand je suis à l'envers, qui pourra m'attraper ?

Silence de mort dans la salle. Il me semble que les gens s'efforcent de comprendre comment, par quel tour de passe-passe, quel truc de magicien ou de sorcier, ils ont été transportés du lieu où ils étaient il y a quelques minutes vers cette nouvelle histoire.

Moi aussi je cherche à comprendre. C'est comme si le sol se dérobait sous mes pieds.

Et elle, la soldate, a tout à coup senti quelque chose, peut-être a-t-elle aperçu mon ombre à l'envers sur le sol, et elle se retourne, je vois son ombre à elle faire volte-face. « Tu débloques », me crie-t-elle, mais je remarque que son cri est faible et posé, un ton d'éducatrice : « Remets-toi sur tes jambes, tout de suite ! Tu es fou ? Faire le pitre, un jour pareil ? »

Pas question pour moi. Je cours me placer à côté d'elle, devant, derrière, sur mes mains cramées, déchiquetées par les épines, les cailloux, le gravier, sans me remettre sur mes jambes. Qu'est-ce qu'elle peut bien me faire ? Dans cette position, je suis invulnérable, et je ne pense pas non plus que le sang me remonte au cerveau, que mes oreilles sont bouchées, que je n'ai plus de cervelle, que je ne peux plus penser. Pourquoi elle me crie pas dessus ? Et que veut dire « un jour comme aujourd'hui » ?

Il arpente la scène avec lenteur, ses mains toujours en l'air, pas à pas, et le bout de sa langue bourgeonne entre ses lèvres. La grande cruche de cuivre derrière lui capte son reflet, absorbe ses ondulations et le démultiplie en vagues successives, jusqu'à ce qu'il s'en éloigne et lui échappe.

Et à propos, même mes camarades, je les vois à l'envers, assis là où je les ai quittés, ils sont retournés à leur cours, à l'art du camouflage, un métier utile pour la vie. Ils détournent même pas la tête pour savoir ce qui m'arrive, le test du lacet, comme nous l'avons dit. Je les vois s'éloigner de moi, et je sais bien que c'est moi en réalité qui m'éloigne. En tout cas, moi et eux nous sommes éloignés.

La fille de ma classe, cette Liorah qui avait monté la garde avec moi la veille, côté nord, j'en étais passionnément amoureux depuis presque deux ans déjà, et jamais je n'avais osé l'aborder ni lui parler. Dovalé était au courant de mes sentiments pour elle. Il était le seul à qui je m'étais confié, le seul qui savait me questionner à son propos et m'aider à comprendre, grâce à sa maïeutique socratique, que je l'aimais. Que le sentiment qui me labourait les entrailles quand j'étais près d'elle et me rendait encore plus torturé et agressif était de l'amour. Cette nuit-là, là-bas, pendant la garde, à trois heures du matin, nous nous sommes embrassés, Liorah et moi. Pour la première fois, j'ai touché un corps de jeune fille. C'en était fini de mes années de solitude dans la classe et à l'école, et une vie nouvelle, on peut le dire, commençait pour moi.

Et lui était là, avec moi dans le poste de garde. Je veux dire par là que je lui avais parlé à elle comme je le faisais avec lui. Comme il me l'avait appris lors de nos conversations talkie-walkie. J'étais un élève doué. À peine arrivé à mon poste, je l'avais interrogée sur ses parents, où ils s'étaient rencontrés, et puis sur ses deux cadets. Au début elle avait été surprise, décontenancée. Mais je lui avais délié la langue avec patience et opiniâtreté, et en usant de subterfuges, jusqu'à ce qu'elle me raconte, peu à peu, l'histoire du frère aîné autiste placé dans une institution et dont ses parents ne parlaient pour ainsi dire jamais. J'étais parfaitement entraîné et préparé à cette rencontre : je savais poser les questions et je savais écouter. Liorah a parlé, pleuré, et à nouveau parlé et pleuré, et je lui ai arraché un rire au milieu de ses larmes, je l'ai caressée, prise dans mes bras, et j'ai embrassé ses joues mouillées. J'ai eu recours à une sorte de trucage d'illusionniste dont jusqu'à ce jour j'ignore tous les ressorts. Quel tour d'adresse à coups de pince-monseigneur ! Je m'étais inspiré du Dovalé que j'avais connu, le Dovalé du passé, celui que j'aimais. Je l'avais ressuscité en moi pour ce moment avec Liorah et je le laissais se répandre librement dans ma gorge. Et avec un sang-froid imperturbable, j'ai su aussi qu'après cela je l'effacerais une fois de plus.

Ce matin-là, alors que nous étions assis en cercle sur le sable avec ma section, quand la soldate est venue le chercher, j'étais ivre. Ivre d'amour, envahi par un sentiment de liberté. J'ai vu Dovalé se lever et suivre la femme, et je ne me suis même pas demandé où il allait. Après quoi, je me suis replongé dans mes fantasmes sur Liorah et sur la texture incroyablement douce de ses lèvres, et ses seins, et la touffe duveteuse de ses aisselles, et quand j'ai levé les yeux, je l'ai vu avancer sur les mains derrière la soldate. Je ne l'avais jamais vu marcher ainsi et le fait qu'il en était capable ne m'était jamais venu à l'esprit. Il allait vite et avec souplesse et, à cause de la chaleur accablante qui faisait vibrer l'air, on aurait dit que des ondes sortaient de son corps. C'était un spectacle merveilleux. Il me semblait étonnamment libre et heureux, dansant dans l'atmosphère, comme s'il avait vaincu les lois de la pesanteur. J'ai été littéralement submergé par un sentiment d'affection pour lui, et le tourment des derniers jours s'est dissipé comme s'il n'avait jamais existé.

L'espace d'un instant seulement.

Je n'ai pas pu supporter tout cela. Je n'aurais pas pu le supporter lui, ses métamorphoses. J'ai détourné le regard, je me souviens très bien de mon mouvement, et je me suis replongé dans mon ivresse toute neuve.

Nous courons, elle comme ci et moi comme ça. Sous mes yeux défilent les épines, le sable, les panneaux indicateurs, et voici qu'apparaît le sentier damé de pierres blanches qui mène à la baraque du commandement. De loin j'entends des éclats de voix à l'intérieur : « Tu l'emmènes maintenant ! » « Mes couilles que je vais là-bas ! » « C'est un ordre, il doit être à quatre heures aux obsèques ! » « J'ai déjà fait trois fois

Beer-Shev'a aller-retour cette semaine ! » Et là j'entends encore quelqu'un, je reconnais tout de suite l'adjudant-chef du camp, qu'on appelait Eichmann – un sobriquet alors répandu dans notre pays pour des gens dépourvus de pitié. Lui aussi crie, et sa voix domine toutes les autres : « Mais où il est, putain, ce gosse ? Où est l'orphelin ? »

Dovalé sourit, comme pour s'excuser, ses bras pendouillent, et je regarde mes mains sur la table.

Mes bras fondent comme du beurre, poursuit Dovalé. Je m'affale, face contre terre. Je reste étendu, encore et encore, je sais pas combien de temps. Et quand je parviens à me relever un peu, je m'aperçois que je suis à nouveau tout seul. Vous voyez le topo ? Votre pote, flagada sur le sable du désert. La soldate s'est fait la malle depuis longtemps déjà. Elle s'est barrée, le gros tas, ma sympathique petite sœur des pauvres. Je vous fiche mon billet que celle-là avait pas affiché un poster de Janusz Korczak au-dessus de son lit.

Je savais pas. Ça m'était pas venu à l'idée. Comment pouvais-je savoir ?

Maintenant restez avec moi, bonnes gens de Netanya. J'ai besoin de votre soutien. Devant moi, des marches en bois donnent accès au bureau du commandant ; au-dessus de moi, un soleil écrasant et des vautours ; autour de moi, sept États arabes assoiffés de sang ; et ceux-là qui n'en finissent pas de se chamailler : « Moi, je l'amène à Beer-Shev'a, et puis c'est tout. Après, que les services de l'état-major se débrouillent pour le voyage jusqu'à Jérusalem ! » « Bon, d'accord, pauvre type, tu m'as bien pris la tête, maintenant prends l'enfant et dégage, le temps presse, on te dit, démarre ! »

Les gens se redressent un peu sur leurs sièges et recommencent à respirer prudemment. Leur attention est captivée par l'histoire tout comme par le regain d'énergie du conteur, soutenu par la gestuelle énergique de ses mains, ses imitations, ses accents.

Sur scène, Dovalé perçoit aussitôt le nouvel état d'esprit et renvoie de larges sourires. Un sourire en engendre un autre et éclate comme une bulle de savon.

Alors je me relève du sol en terre battue et j'attends. La porte de la baraque du commandement s'ouvre, et une paire de souliers rouges avec dedans un adjudant-chef descend les marches vers moi. Il me fait : « Viens, mon petit, toutes mes condoléances », et il me serre la main. Grand Dieu, *l'adjudant-chef me serre la main* ! En même temps il plisse le bout de son nez, une mimique qui signifie chagrin et/ou deuil convenus : « Rouhama t'a déjà informé, n'est-ce pas ? On est vraiment désolés, mon petit, ça doit pas être facile, surtout à ton âge. Sache au moins que tu es en de bonnes mains, on va te conduire là-bas pour que tu arrives à l'heure. Il faut juste que tu te dépêches de rassembler tes affaires. »

C'est ainsi que m'a parlé l'adjudant-chef, et moi – Dovalé ouvre grand les yeux et la bouche, telle une poupée horrifiée –, je suis dans un état de choc total, je ne comprends absolument rien, tout ce que je vois, c'est qu'on va pas me punir de quoi que ce soit. Et que devant moi c'est plus le terrible adjudant-chef qui nous fout les chocottes mais un homme qui me traite avec une tendresse paternelle : « Viens, mon petit, le véhicule t'attend, mon petit. » Pour un peu il me donnerait du « Merci d'avoir choisi notre base, mon petit, on sait que tu aurais pu en choisir une autre pour devenir orphelin... ».

Bon, en route, je me traîne comme un torchon derrière lui – un colosse de deux mètres, une grande masse de chair. Vous connaissez la démarche des adjudants-chefs ? Robotiques, le menton relevé, les pieds aussi écartés que possible pour que vous vous disiez : « Il doit avoir de vraies couilles de taureau », les poings fermés, le torse, tac, tac, gauche, droite. Il l'imite : Les adjudants-chefs, faut que vous le compreniez, ne marchent pas, ils marquent le pas, non ? Y a-t-il un ex-adjudant-chef dans la salle ? C'est vrai, mec ? Où ça ? Dans les Golani ? Un instant, y a-t-il quelqu'un qui a servi dans les parachutistes ? Parfait, allez, foutez-vous sur la gueule ! Rire de l'assemblée. Deux hommes grisonnants, l'un des Golani, l'autre des paras, de loin lèvent leurs verres l'un vers l'autre.

À propos, monsieur le Golani, vous savez comment le Golantchik se suicide ? Rire de l'homme : « Il fait le grand saut, du test physique au test d'intelligence[1] ? » Ah, bravo, le félicite Dovalé, vous me piquez mon job.

Pour finir, on parvient à la tente, et l'adjudant-chef s'écarte pour me laisser un peu d'intimité, soi-disant. Je fourre dans mon sac tout ce que mon père y a collé. En gros, au cas où vous l'auriez pas encore compris, j'étais le petit chéri de maman, mais le soldat de papa. Et il m'avait équipé de tout ce qu'il y avait de mieux, de sorte que j'avais l'attirail dont un para-commando devait être muni avant de sauter sur Entebbe. Et ma mère aussi l'avait aidé. Et comme on sait, elle avait une vaste expérience des camps. Mais quand elle a entendu à la radio qu'on chantait : « Le camp est une expérience béné-fique à bien des égards », elle avait Birkenau en tête. Bref, quand ils ont eu fini de m'empaqueter, j'étais paré contre l'éventualité du moindre événement dans la région et dans le monde, sans oublier le baume pour égratignure consécutive à la chute d'un astéroïde.

---

1. En Israël, la brigade Golani est réputée accueillir une élite physique plutôt qu'intellectuelle, venue des quartiers défavorisés. En revanche, les parachutistes sont censés être issus de milieux plus aisés et ashkénazes.

Il s'interrompt, sourit à l'évocation d'un souvenir inopiné. Peut-être l'image de son père et de sa mère en train de préparer son sac à dos. Il se donne une légère tape sur la cuisse, rit, il rit ! D'un rire franc cette fois, venu de lui, pas son rire professionnel. Pas son ricanement fielleux, pas ses sarcasmes pervers. Le rire simple d'un être humain. Et dans le public d'aucuns rient aussitôt avec lui. Et moi aussi, comment ne le ferais-je pas, rien que pour barboter avec lui dans le seul instant de tendresse qu'il s'accorde ?

Non mais vous auriez dû les voir, elle et mon père, dans le rôle de « On fait ton bagage ». Un vrai gag de stand-up. Tu penses : C'est quoi, ces deux personnages de BD, et qui est le mec qui les a inventés, et pourquoi diable cet auteur avec son esprit tellement *bizarre** ne travaille pas pour moi ? Et tu te dis : Putain ! Bien sûr qu'il travaille pour moi ! Écoutez comment ça marche : mon père va, vole, court et revient. Ses mouvements... Vous connaissez ces petites mouches qui peuvent voler qu'en ligne droite ? Bzzz ! Bzzz ! À chaque fois qu'il revient de la chambre des parents, il dépose encore quelque chose, là, dans le sac, range, tac-tac, et repart à toute allure pour rapporter encore un truc, une serviette, une lampe torche, une gamelle, bzzz, des roulés au chocolat, bzzz ! Des bouillons cubes, de la pommade pour les coups de soleil, des chapeaux, de la Ventoline, du talc, une paire de chaussettes. Il tasse, plie et replie méticuleusement le tout en quatre. Il me voit plus, j'existe plus. Maintenant la guerre est déclarée au sac, une guerre mondiale. Du dentifrice, de la crème anti-moustiques, un protège-nez en plastique pour éviter les brûlures, bzzz, il va, revient. Les yeux de Dovalé se rapprochent toujours un peu plus l'un de l'autre...

Y avait personne comme lui pour organiser, programmer,

prendre soin de moi. Il était un cador, il était dans son élément. Bien sûr, vous imaginez le stress quand, à trois ans, ton père t'oblige à emprunter chaque matin un itinéraire différent pour tromper la vigilance des tueurs potentiels ?

Rires dans la salle.

Non, je suis sérieux. Quand j'étais au CP, il y avait le bonhomme qui se tenait à l'entrée de la classe pour demander aux élèves : « C'est ton cartable ? Tu l'as rempli tout seul ? Quelqu'un t'a donné un colis à remettre ? »

L'assistance se tord de rire.

Et patatras, voilà maman qui déboule de sa chambre avec un grand manteau en laine, me demandez pas à qui il appartient, il pue la naphtaline à plein nez. Un manteau ? Pourquoi, maman ? Parce qu'on lui a dit que dans le désert, la nuit, il faisait froid. Alors il le lui prend des mains, comme ça, avec délicatesse. *Nou, Souralé, yetst iz zimèr, di nokh zits oun kik*, Allons, Sarah, ma chérie, c'est l'été, maintenant, tu n'as qu'à t'asseoir et regarder. S'asseoir, et puis quoi encore ? Des « chaussures » ? Une minute après, elle réapparaît avec une paire de bottes. Pourquoi ? Comme ça ! Parce que quelqu'un qui a parcouru cinquante kilomètres pieds nus dans la neige ne sort pas sans – et il agite dans notre direction ses bottes ridicules. Sachez que oui, cette femme-là, elle avait jamais vu le désert de sa vie. Depuis son arrivée en Israël, elle était jamais sortie de chez elle, sauf pour aller au boulot et en revenir. Son itinéraire était tracé comme celui d'un coucou suisse, sauf l'épisode Boucle d'Or et les trois ours qu'elle nous a fait quand elle est entrée dans un palace de riches à Rehavia, mais ça, on l'avait déjà oublié. Elle marchait toujours tête baissée, son foulard rabattu sur le visage, afin que jamais au grand jamais personne puisse la voir. Et elle rasait les murs et les clôtures en toute hâte, pour que personne aille rapporter à Dieu qu'elle existait.

Dovalé fait une pause pour se rincer la gorge. Puis il essuie ses lunettes avec un pan de sa chemise, s'accorde quelques secondes de repos. Mes tapas finissent par arriver. Il s'avère que j'ai eu les yeux plus gros que le ventre, la portion suffirait pour deux personnes. J'évite les regards. Je sais bien qu'un gueuleton de ce genre est incongru à cette heure, mais je dois reprendre des forces. Je m'empiffre d'empanadas, de sardines, ceviche et champignons marinés. Il se trouve que j'ai à nouveau choisi pour l'essentiel les plats que *Tamara* aimait, alors qu'ils vont immanquablement provoquer des brûlures dans mon estomac à moi. Et elle de rire et de dire qu'il n'y a pas le choix, que c'est aussi un mode de rencontre. Je dévore les tapas et je lui notifie la bouche pleine d'un ton acide : ce jeu d'ombres avec toi ne me suffit pas. Ça ne me plaît pas de jouer au ping-pong en solo ou d'affronter tout seul l'histoire de Dovalé. Toi et ta nouvelle amie, lui dis-je, et alors que je lui parle, je m'étouffe presque et le wasabi me picote le nez jusqu'aux larmes, d'un coup son sourire du genre simiesque se fait éclatant, faussement modeste, ironique : « Ne dis pas ça... La mort, ce n'est pas une amie, seulement une connaissance, une camarade, tout au plus. »

On parlait de quoi ? balbutie Dovalé. On en était où ? Ah oui, à ma maman, oui, elle avait aucun talent pour les tâches ménagères, ni pour ce que les mères font habituellement, se plaint-il. Brusquement, j'ai l'impression qu'il ébauche une digression, emprunte un sentier de traverse enfoui en lui. Ni pour la lessive, ni pour le repassage, ni pour la cuisine, bien

130

sûr. Je pense que, de toute sa vie, elle n'a pas dû préparer une seule omelette. Et mon père, il faisait ce qu'aucun homme faisait. Vous auriez dû voir comment il rangeait les serviettes au cordeau dans l'armoire, et comment les plis de ses rideaux étaient réguliers, et comment il briquait le carrelage... Son front se plisse et ses sourcils se ruent l'un vers l'autre. Il repassait même nos slips et nos tricots de corps, à nous trois. Écoutez un peu, vous allez rire...

Ce qui nous fait rire, c'est des blagues ! s'écrie un petit trapu aux épaules immenses depuis l'une des tables latérales, et plusieurs voix se joignent à la sienne : Elles sont où, les blagues, où ? Qu'est-ce qui se passe ici ? C'est quoi, ces conneries ?

Une seconde, mon frère, la marchandise fraîche arrive illico, vous allez apprécier, garanti ! Je voulais... Qu'est-ce que je voulais, déjà ? Je me suis emmêlé les pinceaux, vous m'avez embrouillé. Écoutez, l'ami. Écoutez tous, un truc comme ça n'est jamais arrivé jusqu'à vos oreilles. Mon père avait un accord avec les propriétaires d'un magasin de chaussures de la rue Jaffa, à Jérusalem, vous connaissez ? Alors *bravo**, vous êtes un homme du monde ! Ils lui donnaient à repriser les bas nylon des dames ultra-orthodoxes de Méa Shéarim et de Batei Ungarin. Encore une start-up à la Fifi Brindacier aux longues chaussettes. Encore une combine pour arrondir ses fins de mois de quelques sous. Ce bonhomme, je vous jure, aurait été capable de vendre des chaussures à un poisson. Légers rires dans la salle. L'homme aux larges épaules refuse de se rendre à si bon compte. Dovalé essuie la sueur de son front d'un revers de main. Écoutez-moi bien, l'ami, toutes les semaines il rapportait son lot de bas à repriser, des quantités astronomiques, quarante à cinquante paires à la fois, et il avait appris à ma mère à les réparer. Même ça il savait faire, vous pigez ? Repriser des bas nylon, figurez-vous la scène...

Désormais, il ne s'adresse qu'à l'homme baraqué. D'une main il esquisse un geste de supplication. Un peu de patience, mon frère, tu vas l'avoir, ta blague, tout juste à point, sortie du four, ça vient... Et mon père lui avait acheté une aiguille spéciale avec une espèce de petite poignée en bois, waouh, ma parole, comme ça me revient, comme tu as réveillé tout ça, mon super-héros. Et elle enfilait le bas sur son poing et le reprisait à coups d'aiguille, maille après maille, elle reprisait jusqu'à ce que l'accroc disparaisse. Elle travaillait des heures comme ça, des nuits entières parfois, une maille à l'endroit, une maille à l'envers...

Il prononce les dernières phrases presque sans reprendre son souffle, luttant contre l'exaspération montante du public et de l'homme aux larges épaules. Dans la salle règne un silence de mort. Ici ou là, une femme laisse échapper un sourire, peut-être à l'évocation lointaine des bas nylon d'autrefois. Mais personne ne rit.

Voyez comme la mémoire me revient, raille-t-il en guise d'excuse.

Au beau milieu du silence, s'élève une voix masculine : Dis, le rouquin, il va y avoir un stand-up ce soir, ou pas ?

C'est l'homme au crâne rasé et à la veste jaune. J'avais la sensation qu'il allait réapparaître. L'autre, le baraqué, arrive en renfort. Des voix soutiennent les perturbateurs. D'autres, peu nombreuses, des femmes surtout, tentent de les faire taire, et l'homme en jaune lance : Non mais, qu'est-ce qu'on va faire, on est venus pour rigoler, et il nous fait la Journée de la Shoah. Et en plus, dit l'autre, il a le toupet de faire des blagues sur la Shoah.

Tu as raison, tu as raison, pardon, mon frère ! Je te fais mes excuses. À quoi je pensais, vraiment, faut que je vous en raconte une bien bonne. Un type vient sur la tombe de sa grand-mère, le jour anniversaire de sa mort. À quelques pas de là, il remarque devant une sépulture un homme éploré qui se lamente : « Pourquoi ? Pourquoi a-t-il fallu que tu meures ? Pourquoi m'as-tu été arraché ? Après toi, la vie n'a plus aucun sens. Maudite soit la mort ! » Bon, au bout de quelques minutes, le petit-fils, n'y tenant plus, l'aborde : « Pardon de vous déranger, monsieur, mais ça me bouleverse de vous observer. Je n'ai jamais vu un chagrin aussi déchirant. Puis-je vous demander de qui vous déplorez la perte ? Est-ce votre fils ? Votre frère ? » L'homme le regarde et lui répond : « Non, c'est le premier mari de ma femme. »

Rires gras dans l'assistance, plutôt exagérés eu égard à la qualité de la plaisanterie, et ici et là, quelques applaudissements forcés. Il est touchant de constater à quel point les gens s'empressent de l'aider à sauver la soirée.

Attendez, quand y en a plus, y en a encore ! J'en ai toute une cargaison, jusqu'à minuit ! Il exulte et ses yeux tournent dans tous les sens à un rythme effréné. Un type téléphone à une connaissance, un ancien camarade de lycée qu'il n'a pas vu depuis trente ans. Il lui dit : « J'ai un billet pour la finale de football demain, tu as envie de venir ? » L'autre s'étonne, mais un billet pour la finale, c'est un billet pour la finale. Il accepte l'invitation. Les places sont excellentes, l'ambiance exceptionnelle. Ils prennent leur pied, crient à tue-tête, injurient copieusement, font la ola – un match de foot digne de ce nom. À la mi-temps, le copain se tourne vers le type qui l'a invité : « Tu avais personne de plus proche, un parent par exemple, à qui donner le billet ? » « Non », répond l'autre.

« Et tu ne voulais pas, je sais pas, inviter plutôt ta femme ? »
« Ma femme est morte », lui rétorque le type. « Ah, reprend le
camarade de classe, je suis désolé de l'apprendre. Alors peut-
être un de tes amis plus intimes ? Un collègue de bureau ? »
« J'ai essayé, lui dit-il, crois-moi, j'ai essayé, mais ils ont tous
préféré aller à l'enterrement de ma femme. »

Le public rit. Des cris d'encouragement volent vers la scène,
mais l'homme aux larges épaules met ses mains en porte-voix
et hurle de sa voix puissante : Assez avec les enterrements !
Laissez-les vivre ! Et son cri l'emporte sur les applaudissements et les acclamations. Dovalé observe le public avec
attention, et je sens que depuis un moment, dans sa séquence
feu d'artifice de blagues, il est un peu absent. Son visage se
transforme de plus en plus, comme s'il plongeait en lui-même,
comme s'il ralentissait son rythme. C'est mauvais signe, il est
à deux doigts de perdre l'attention du public, de faire un bide
complet. Et personne ne sera là pour le protéger.

Assez avec les enterrements, tu l'as dit, mon frère, tu as
bien raison, c'est noté, je vais rectifier le tir, m'améliorer en
marchant. Écoutez-moi, gens de Netanya, j'éviterai d'être lour-
dingue, mais tout de même permettez-moi d'évoquer devant
vous un souvenir un peu personnel, intime même, je crois
que vous et moi, on a fini par se lier un minimum, ce soir.
Yoav, augmente la clim, on étouffe ici !

Ovation frénétique de la salle en signe d'approbation.

Qu'est-ce qui s'est passé ? Je suis allé faire un tour en ville,
avant le spectacle. Et j'ai repéré les issues de secours, au cas
où, pure hypothèse, vous auriez décidé de me jeter de la scène
– il plaisante, mais son rire a un arrière-fond amer, et toute
l'assistance en est consciente. Soudain j'aperçois un vieux,
environ quatre-vingts ans, tout ridé, un raisin sec, assis sur un

banc public en train de pleurer. Un vieux en larmes. Comment
ne pas l'aborder ? Il faut pas exclure qu'il soit d'humeur à
modifier son testament. Je m'approche avec précaution, lui
demande : « Pourquoi pleurez-vous, monsieur ? » « Comment
ne pas pleurer ? me répond le vieux. Il y a un mois, j'ai rencontré une fille de trente ans, jolie, à rendre dingue, sexy. On
est tombés amoureux et on s'est mis ensemble. » « Super, je
lui dis, et où est le problème ? » « Écoutez, répond le vieux,
depuis, tous les matins, on commence la journée par une
séance de deux heures de *wild sex*. Ensuite elle me fait un
jus de grenade, pour le fer, et je vais à la Sécurité sociale. Au
retour, on refait du *wild sex* et elle me prépare une omelette
aux épinards riches en antioxydants. L'après-midi, je vais
jouer aux cartes avec les amis au club, je rentre et on refait
l'amour comme des fous jusque tard dans la nuit, et ainsi de
suite, jour après jour… » « Ça a l'air génial, je lui dis, je vous
envie. Mais pourquoi pleurez-vous donc ? » Le vieux réfléchit
un instant et dit : « Je sais plus où j'habite. »

Une vague de rire déferle dans le public. Il l'évalue comme
quelqu'un mesurerait la stabilité d'une pierre prise dans le cours
d'un torrent, et avant que les ultimes hoquets s'éteignent il
repart au galop : Où en étions-nous ? L'adjudant-chef robotique
– et il se remet à imiter sa démarche raide, tout en lançant à
la salle un petit sourire flagorneur à donner la nausée. Je sens
le souffle de l'adjudant-chef sur ma nuque : « *Ya Allah*, il faut
bouger, il faut pas te mettre en retard, bon Dieu, grouille-toi. »
Et moi je lui fais : « Quoi, mon lieutenant ? » Et il me fixe
comme si j'étais un demeuré. « Ils vont pas t'attendre toute la
sainte journée, dit-il, tu sais comment c'est, les enterrements,
et à Jérusalem en plus, avec tous leurs règlements. Rouhama a
dit que tu devais être à quatre heures à Givat Shaul. Qu'est-ce

qu'elle fout, Rouhama ? » Je m'assieds sur mon lit et regarde l'adjudant-chef. Jamais, je vous le jure, j'ai vu un adjudant-chef d'aussi près. Sauf peut-être dans les magazines du *National Geographic*. Et il ajoute : « Ils ont appelé de ton école pour prévenir. Le directeur en personne a dit que tu devais être au cimetière à quatre heures. » Ses propos sont incompréhensibles. Tous les mots qu'il prononce, je les entends pour la première fois de ma vie. Et puis qu'est-ce que le directeur a à me communiquer ? D'où le directeur sait-il même qui je suis ? Et qu'est-ce qu'il a dit, au juste ? J'ai encore une autre question à poser à l'adjudant-chef, mais j'ai honte, et je sais pas comment on demande cela, et qui plus est à un adjudant-chef, un homme qu'en réalité je connais ni d'Ève ni d'Adam. Alors, en guise de question, j'ai l'idée de lui demander pourquoi je dois boucler mon sac. L'adjudant-chef regarde en l'air, vers le toit de la tente, comme s'il désespérait déjà de moi. Il me dit : « Mon petit, t'as donc pas encore compris ? Tu ne reviens pas ici. » « Pourquoi ? » je demande. « Parce que quand votre *Shiv'a*, votre semaine de deuil, sera terminée, précise-t-il, tes camarades seront déjà repartis. »

Super, en plus y a une *Shiv'a* au programme. Vraiment, il est chargé, le programme, ils ont pensé à tout, pourquoi je suis pas au courant ? Va-t'en savoir... Je suis pris d'une envie de dormir irrépressible, une envie mortelle. Je bâille en continu. Même devant l'adjudant-chef. J'arrive pas à me retenir. Je m'arrange une niche dans le lit entre tout mon bordel, m'allonge, ferme les paupières et disparais.

Il ferme les yeux sur scène et demeure immobile un instant. Son visage devient plus lumineux, plus expressif, et même plus spirituel. Il froisse distraitement un pan de sa chemise. Je suis attendri. Puis il ouvre de nouveau la bouche : Vous connaissez ces lits de camp qui se replient sur vous en plein milieu de la nuit, en vous avalant comme une plante carnivore ? Le matin, les camarades rappliquent, plus de Dovalé, plus rien, juste les lunettes et un lacet de chaussure, et le lit digère et lâche un rot.

Petits rires disséminés. Le public est perplexe. Fallait-il rire à ce moment précis ? Seuls les deux jeunes vêtus de cuir, eux et seulement eux, font retentir un rire étouffé et continu, un curieux gargarisme, qui provoque un malaise aux tables voisines. Je les regarde et je me demande comment j'ai pu supporter pendant vingt-cinq ans, tous les jours, les ondes émises par ce genre d'individus. Jusqu'au moment – après Tamara, sans Tamara – où apparemment j'ai eu ma dose et j'ai commencé à réagir.

« Debout, me fait l'adjudant-chef, pourquoi tu te couches ? » Alors je me lève et j'attends. Comme s'il allait tout simplement dégager, que je puisse retourner dormir. Pas pour longtemps, jusqu'à ce que tout passe, tout casse, et qu'on revienne à la situation d'avant toutes ces conneries.

Et lui, il commence déjà à s'énerver, l'adjudant-chef, mais avec une certaine retenue. « Tire-toi, qu'il me dit, mets-toi là, laisse-moi faire ton paquetage. » Là, je comprends plus rien. Un adjudant-chef qui va ranger mes affaires ?! Je sais pas. C'est comme si Saddam Hussein vous abordait au restaurant : « Ça vous tente, le soufflé aux fruits rouges fait maison ? »

Il s'interrompt, attend les rires, qui tardent. Ses yeux s'agitent frénétiquement. Il sent le piège dans lequel le public s'est empêtré : l'histoire qu'il raconte assèche toutes les sources d'hilarité. Je le vois ruminer, redéfinir à la hâte les règles du jeu sur le terrain, suppléer à notre manque d'inspiration. Vous connaissez celle de la femme atteinte d'une maladie en phase terminale, dont nous ne citerons pas le nom pour ne pas lui faire de publicité dissimulée ? Il écarte les bras pour une grande embrassade dégoulinant de gaieté. Pour faire court, la femme dit à son mari : « J'ai rêvé que si on pratiquait le sexe anal je serais guérie. » Vous la connaissez pas ? Sur quelle planète vous vivez ? Écoutez bien. Le mari, ça lui paraît quand même un peu bizarre, mais que ne feriez-vous pas pour la santé de votre épouse ? Bon, cette nuit-là ils se couchent, pratiquent la sodomie, tic-tac, puis s'endorment. Au matin, le mari se réveille, tend la main du côté du lit où dort sa femme – personne ! Il se lève aussitôt, persuadé que le pire est arrivé, mais il l'entend chanter dans la cuisine. Il accourt. Sa femme, qui prépare une salade, lui sourit. Elle semble en pleine forme. « Écoute ce qui s'est passé, lui dit-elle. J'ai dormi comme un bébé, je me suis levée tôt en me sentant soudain très bien. Je suis allée à l'hôpital, ils m'ont examinée, radiographiée, m'ont déclarée guérie ! Une miraculée pour la médecine, disent-ils ! » Le mari écoute et verse un torrent de larmes. « Pourquoi pleures-tu ? demande-t-elle. Tu n'es pas heureux que je sois guérie ? » « Heureux, bien sûr que je suis heureux, lui dit-il, toujours en chialant. Mais quand je pense que maman aussi, j'aurais pu la sauver... »

Quelques spectateurs boudent, mais la majorité s'esclaffe. Moi aussi. Que voulez-vous, la blague n'est pas mauvaise. Il faut que je m'en souvienne. Dovalé scrute le public. Il le scrute rapidement. La manœuvre était habile, se dit-il à haute voix. Malgré tout, il te reste encore ça, Dovinou, et il se frappe la poitrine de sa main ouverte. Un tapotement légèrement moins fort que ses coups précédents.

Alors, je me mets debout et je botte en touche. L'adjudant-chef se penche sur mon sac, prend d'assaut mes affaires

138

éparpillées sur et sous mon lit, et se déchaîne comme s'il défonçait la porte d'une maison palestinienne dans les Territoires occupés. Boum ! La guerre ! Il ouvre le sac, le bourre sans ordre, sans méthode, sans réfléchir. Qu'est-ce que papa dira quand il verra mon sac au retour ? Et au moment où cette pensée me traverse, le sol se dérobe sous mes pieds et je m'écroule sur un autre lit.

Dovalé hausse les épaules. Affiche un sourire désolé. J'ai l'impression que même maintenant il respire difficilement.

Ya Allah, on trace, interdit de faire attendre le public, nous sommes des gens qui exigent des satisfactions rapides, bouge ! Je trottine sac au dos derrière l'adjudant-chef et du coin de l'œil je vois que mes copains, sur la plateforme, me regardent comme s'ils étaient déjà au courant de quelque chose. Peut-être ont-ils vu les vautours voler vers le nord. *Les gars* – il parle pour les rapaces avec un accent russe à couper au couteau –, *il y a du cadavre frais à Jérusalem !*

Je l'ai vu partir derrière l'adjudant-chef, figure minuscule, courbée sous le poids du sac. Je me souviens que nous nous sommes tous retournés et que nous l'avons regardé, et j'ai pensé que, mis à part le sac, il avait la même allure que lorsque nous nous quittions à la gare des autobus, quand il rechignait à regagner son quartier.

Un élève de sa classe a laissé échapper une plaisanterie à son sujet, mais cette fois personne n'a ri. On ne savait pas pourquoi on l'avait amené au QG, et pour ma part, j'ignore si, avant la fin du stage au camp, l'un de ses condisciples a découvert le pot aux roses et sa destination. Nos moniteurs ne nous ont rien dit, et nous n'avons pas posé de questions. Ou du moins, moi je n'ai rien demandé. Tout ce que je savais, c'était qu'une soldate était venue le chercher, qu'il s'était levé et l'avait suivie, et qu'au bout d'un moment je l'avais vu s'en aller sac au dos derrière l'adjudant-chef vers une fourgonnette qui l'attendait. Tels sont les faits dont j'ai été le témoin oculaire. Et je l'ai revu pour la première fois ce soir, quand il est entré en scène.

Dans la fourgonnette, déjà pleins gaz au point mort, le chauffeur, à cran et pied au plancher, me fusille du regard. Je monte, jette mon sac à l'arrière et m'assieds à côté de lui. L'adjudant lui fait : « Tu vois ce chouette gamin ? Tu ne le lâches pas d'une semelle jusqu'à ce que tu l'aies déposé à la gare routière de Beer-Shev'a, et jusqu'à ce que des employés de l'état-major le prennent en charge et l'emmènent à Jérusalem, compris ? » Et l'autre répond : « Sur la Torah d'Israël, mon lieutenant, s'ils ne sont pas là quand j'arrive, je le laisse à la consigne. » Et l'adjudant-chef lui pince la joue très fort entre ses doigts et en riant sous cape : « Fais ce qu'on te dit, Tripoli. Tu le lâches pas et tu le largues pas au petit bonheur. Tu le quittes pas d'une semelle avant qu'ils soient venus te le prendre en main propre, et maintenant file ! »

Et pour moi, comprenez, c'était comme au cinéma. Me voilà assis dans une fourgonnette de l'armée, et à l'avant par-dessus le marché. Voilà que des inconnus, tous deux militaires, parlent de moi, mais dans un jargon quasi incompréhensible, et sans sous-titres. Et pendant tout ce temps, il y a une question que je voudrais poser à l'adjudant-chef, une question urgente avant de partir, et j'attends juste qu'il cesse enfin de parler, mais quand il se tait, c'est moi qui peux plus. Les mots sortent plus de ma bouche, je réussis plus à les prononcer. Ils me font une peur d'enfer, ces deux mots.

140

Alors il me regarde, l'adjudant-chef, et je pense : Là, il va le dire, nous y sommes. Et je me prépare déjà, tout mon corps se raidit pour amortir le choc. Et l'adjudant-chef met sa main sur sa tête en guise de kippa et me dit : «Que le ciel t'apporte la consolation, le Tout-Puissant vous consolera entre les affligés de Sion et de Jérusalem», et il frappe de la main la carrosserie, comme pour éperonner un cheval. Le chauffeur répond : «Amen», appuie sur le champignon, et on part.

On entend les mouches voler dans le public. Une femme lève l'index en hésitant, comme à l'école, puis le rabaisse et le laisse pendre dans le vide. À la table d'à côté, un homme regarde sa compagne, bouleversé, et elle hausse les épaules, perplexe.

L'homme à la veste jaune écume de rage. Les manches de sa veste gonflent, il a atteint son point d'ébullition. Dovalé le perçoit aussi et lui décoche des regards inquiets. J'appelle la serveuse pour qu'elle débarrasse ma table, maintenant, tout de suite. Je ne peux supporter un instant de plus le spectacle de ces petites assiettes vides. Je n'arrive pas à croire que je me suis tellement empiffré.

Donc, on roule, mais le chauffeur reste muet comme une carpe. Je connais même pas son nom. Je lui jette des regards de côté. Un jeune homme mince, un peu voûté, avec un nez gigantesque, deux immenses oreilles et un visage couvert d'acné jusqu'à la gorge. Il en a bien plus que moi. On se tait tous les deux. Il est remonté à mort contre moi à cause de cette expédition qu'on lui a imposée. Quant à moi, pas question, même une seule seconde, de parler, et de quoi d'ailleurs ?

Dehors, la température atteint peut-être les quarante degrés, je suis en sueur. Le chauffeur allume la radio, qui est inaudible, de la friture, du bordel, on arrive seulement à capter les stations extraterrestres...

Et là, Dovalé se met à imiter à la perfection le charabia des stations sur lesquelles on passe en accéléré, un méli-mélo d'éclats de phrases et de mots, de bribes de chansons, *Jérusalem d'or, Johnny is the Goy for Me* !, *Itbar el yahoud, Méhaptseh Ménémtseh,* et aussi *Même quand les canons grondent, nous ne cesserons pas de vouloir la paix ! À Joumalan vit un vieux messie, Le mont du Temple est entre nos mains ! Je répète : le mont du Temple est entre nos mains !*

Le public rit, se trémousse de contentement. Dovalé boit à son thermos et jette un coup d'œil dans ma direction, dans l'expectative. Comme s'il voulait connaître l'opinion que j'avais jusqu'à présent de son histoire, et peut-être de l'ensemble du spectacle. Et moi, par une sorte d'instinct stupide, lâche, je garde un visage inexpressif, indéchiffrable, et je détourne le regard. Lui recule, comme si je l'avais frappé.

Pourquoi ce geste ? Pourquoi lui ai-je refusé ma sympathie à un moment pareil ? J'aurais bien aimé le savoir. Je comprends si peu de chose de moi-même, et ces dernières années de moins en moins. Quand on n'a pas d'interlocuteur, quand il n'y a plus de Tamara pour enquêter, creuser obstinément, même les canaux les plus intimes se bouchent. Je me souviens d'un de ses accès de colère après sa venue au palais de justice pour une affaire de père accusé de maltraitance sur sa fille. « Ton visage était impavide, m'avait-elle reproché plus tard à la maison, furieuse. La jeune fille a mis son âme à nu à la barre, elle t'a supplié du regard, elle attendait seulement que tu lui adresses un petit signe, un signe infime de sympathie, de connivence. Un signe montrant que tu étais de son côté du fond du cœur, et toi... »

Je lui avais expliqué que c'était exactement l'attitude que je devais avoir au tribunal. Même si je bouillais intérieurement, il m'était interdit de le montrer, tant que je n'avais pas formé mon intime conviction. Et j'avais eu le même visage de marbre, lui avais-je précisé, lorsque le père avait présenté sa version des faits. « La justice, c'est aussi une question d'apparences, et l'empathie que j'éprouve envers la jeune fille, je l'exprimerai, sois-en sûre, en rendant mon arrêt. » « Mais ce sera trop tard, avait rétorqué Tamara. Elle en avait besoin quand elle te parlait pendant cette épreuve », et elle avait posé sur moi un regard étrange, que jamais je n'avais vu dans ses yeux.

De quoi parle-t-on maintenant, Netanya ? Dovalé infuse une dose d'allégresse dans sa voix. Pour moi, c'est clair, il s'efforce de surmonter la blessure que je lui ai infligée, et je ne me reconnais moi-même tant je suis en colère contre moi. Ah, amis de Netanya, soupire-t-il, ville éternelle et bucolique, c'est vraiment chouette d'être là, parmi vous. Où on en était ? Au chauffeur, bien sûr. Son comportement me fait comprendre qu'il est un chouïa mal à l'aise et qu'il aimerait entamer la conversation. Peut-être qu'il s'ennuie tout simplement, qu'il a chaud, que les mouches le dérangent. Mais moi, qu'est-ce que je pourrais bien avoir à lui dire ? En plus j'ignore s'il sait... Si on l'a informé sur ma situation, si au QG le commandant et l'adjudant-chef lui ont fait des confidences. Et à supposer qu'il sache, à supposer... De toute façon, j'oserai jamais rien lui demander. Je suis pas sûr non plus d'être prêt maintenant à ce qu'on me le dise, alors que je suis seul, sans papa ni maman...

C'est à ce moment-là que ça explose. L'homme au crâne rasé en veste jaune frappe la table de la main, un coup et puis un autre, lentement, les yeux fixés sur Dovalé, le visage figé. En quelques secondes, toute la salle se fige. Lui seul s'agite. Un seul bras. Un coup. Pause. Un coup.

Une éternité s'écoule.

Peu à peu, un murmure craintif de protestation monte depuis le fond de la salle, mais l'homme insiste, un coup, pause, un coup. Le nabot aux larges épaules se joint à lui, tapant lentement de son poing fermé sur la table et manquant de la briser. Ma tête se met subitement à s'échauffer, le sang afflue vers mon crâne. C'est le genre de caractériels à qui j'avais affaire.

Les deux hommes s'encouragent du regard. C'est tout ce dont ils ont besoin. Le murmure alentour se transforme en vacarme. Quelques tables les soutiennent bruyamment, d'autres protestent, la majorité s'abstient d'exprimer son opinion. Une subtile odeur de sueur s'insinue soudain dans l'espace. Les parfums deviennent également plus capiteux. Le gérant de la salle se lève, impuissant.

De tous côtés éclatent des disputes entre les tables : Mais oui, c'est bien des blagues qu'il fait, tout le temps, tout le temps ! proteste une femme. Je le surveille, je l'ai vraiment à l'œil. Et puis un stand-up, c'est pas uniquement des blagues, renchérit une autre. Parfois c'est aussi des histoires drôles tirées de la vraie vie. Des histoires ! Des histoires ! Mais y a pas de chute ! crie un homme d'un certain âge, le mien, soutenu par une dame au bronzage artificiel.

144

Dovalé va et vient et se tourne vers moi, me fixe du regard. Dans un premier temps, je ne saisis pas ce qu'il me veut. Il se tient au bord de la scène, les bras ballants, indifférent à la tempête qui l'encercle, et me regarde.

Il me regarde, moi, qui il y a un instant à peine lui ai claqué au nez la porte de mon visage. Il espère encore que je vais venir à son secours. Qu'est-ce que je pourrais bien faire ? Que peut-on faire contre des individus pareils ?

Et aussitôt je pense à ce que j'aurais pu faire autrefois, à la force dont je disposais face à cette racaille. À la puissance décisive de mon geste, d'une seule phrase dans un arrêt. À la sensation de souveraineté qu'il m'était interdit de ressentir, même en mon for intérieur.

Le bruit et les clameurs gagnent en intensité. Tous ou presque participent au chahut, et déjà l'air s'emplit de l'excitation de la bagarre. Et lui reste sans bouger, à m'observer. Il a besoin de moi.

Cela fait bien longtemps que quelqu'un a eu besoin de moi. J'ai du mal à décrire le sentiment de surprise qui m'assaille. Et l'effroi. Je commence par être saisi d'une toux irrépressible, puis j'écarte la table, me lève et me mets debout sans avoir la moindre idée de ce que je vais bien pouvoir faire. Peut-être vais-je tout simplement me diriger vers la sortie, fiche le camp d'ici. Que fais-je donc dans cet endroit, avec tous ces voyous. J'aurais dû débarrasser le plancher depuis une bonne heure, mais il y a ces deux-là qui mettent leur table en pièces, et Dovalé est ici, et je m'entends mugir : *Laissez-le donc raconter son histoire !*

Dans la salle, les gens se taisent et me fixent, à la fois troublés et inquiets, et je prends conscience que j'ai crié un peu plus fort que je ne le voulais. Bien plus fort, apparemment.

Je reste planté là. Je me sens dans la peau d'un acteur de mélodrame qui attend que quelqu'un lui souffle sa réplique. Mais personne ne me souffle quoi que ce soit. Il n'y a pas non plus de gardes dans la salle pour faire barrage entre le public et moi, et aucun signal d'alarme sous le pupitre. Ce n'est plus comme avant, lorsque je me promenais tranquillement en ville, comme tout un chacun, en sachant que, peu après, j'occuperais une position qui me permettrait de sceller des vies et des destins. Le silence continue à régner tout autour de moi. Je halète sans parvenir à contrôler ma respiration. Les regards convergent vers moi. Mon apparence, je le sais, est trompeuse. Mon front saillant et compact suffit parfois à en imposer, de même que mon corps robuste, mais je ne suis pas un héros pour autant et je ne réussirai pas à garder la pose : si les choses se compliquent.

Laissez-le raconter son histoire ! je répète, lentement cette fois, en détachant chaque syllabe et en avançant la tête dans une position insolite, comme pour marquer un but. J'ai conscience d'être ridicule, mais je maintiens cette position. À ce moment précis, tout mon être recouvre une sensation oubliée. La sensation d'*être*.

L'homme en jaune se tourne vers moi. Pas de problème, monsieur le Juge, Votre Honneur, j'approuve, je respecte votre souhait, mais je voudrais bien qu'il m'explique quel lien il y a entre toute cette confession et les deux cent quarante shekels que j'ai jetés par la fenêtre pour cette soirée ! Ça, c'est pas répréhensible, Votre Honneur ? Vous ne flairez pas la publicité mensongère ? Et Dovalé, dont les yeux brillent sont encore étincelants de reconnaissance à mon égard, celle d'un cadet à son aîné qui a le devoir de le défendre, s'empresse de s'interposer.

146

Parfaitement, l'ami, et comment ! Maintenant le lien est encore plus étroit, je te le garantis. Jusqu'à présent on en était seulement aux préliminaires, d'accord ? Il lui balance un sourire de complicité virile qui n'obtient pas l'effet escompté, mais incite l'homme à détourner les yeux comme s'il avait vu une plaie béante.

Écoute-moi bien, mon frère : je plaque ma tête contre la fenêtre, une fenêtre aux normes militaires, ce qui en gros signifie qu'il est impossible d'une part de la fermer complètement, et de l'autre de l'ouvrir en grand. La vitre fixée au milieu a la tremblote, et justement voilà pile ce qu'il me faut, parce qu'elle ne fait pas que vibrer, elle se déchaîne, trrrr ! Elle fait un bruit terrible, supérieur à celui d'un marteau-piqueur dans un mur de béton armé. Moi, instinctivement, je pose ma tête dessus, et en une seconde elle commence à me démolir le cerveau, trrr ! Je suis sous un rouleau compresseur ! Dans un mixeur ! Trrr ! Trrr !

Il montre au public la manière dont sa tête s'appuie contre la fenêtre. Elle se met à trembler, imperceptiblement d'abord, puis vite et de plus en plus fort, jusqu'à n'être plus que secousses. Un spectacle incroyable : les traits de son visage se déforment, se superposent, les expressions se mêlent comme un jeu de cartes. Tout son corps tressaille, sursaute, et après avoir couru d'une extrémité à l'autre de la scène il tombe à terre telle une poupée de chiffon, reste étendu, suffoqué, soulevant encore un bras ou une jambe dans une convulsion inattendue.

L'assemblée est morte de rire, y compris les meneurs de la révolte, qui ricanent à l'unisson, presque à leur corps défendant. Même la médium minuscule sourit, étonnée, sa bouche entrouverte laissant voir ses quenottes.

Ce trrr m'est tombé du ciel, annonce-t-il au public. Il se relève et nettoie ses mains de la poussière qui s'y est collée en adressant un sourire faussement cordial à l'homme en jaune, et aussitôt après au baraqué. Mais ces deux-là demeurent réfractaires à toute réconciliation, et opposent une expression dubitative et moqueuse.

Trrr ! Impossible de penser, de sentir quoi que ce soit, toute réflexion vole en éclats, je deviens une purée de pensées, trrr ! Il fait saillir son épaule en direction de la femme minuscule et, après une hésitation, celle-ci se met à rire, des larmes roulent sur ses joues comme des perles. Quelques spectateurs observent la scène du coin de l'œil et se réjouissent de cette petite péripétie. Eh, ma puce, je me souviens de toi maintenant, lui dit-il. Tu habitais au-dessus de la veuve avec ses chats.

Elle lui renvoie un large sourire : Je t'avais bien dit que j'étais ta voisine.

Mais le chauffeur, il était pas né de la dernière pluie ! s'écrie Dovalé en tapant du pied et en brandissant un bras en l'air, dans le style d'Elvis. Le tour avec la vitre, il le connaît par cœur à force d'avoir vu défiler les passagers dans sa fourgonnette, tous lui font des crises de Parkinson-fenêtre. Du coup, il se met à me parler de tout et de rien, me montre les voitures qu'on croise sur la route : « Ça, c'est une Dodge D200 qui va au site archéologique de Shivta. Et ça, une M809 d'American Motors qui apporte du ravitaillement à la base d'entraînement n° 1. Là, y a une Studebaker Lark de l'état-major de la région sud, Moshe Dayan en avait une du même genre pendant la guerre des Six Jours. Tu vois, le conducteur me connaît, il me lance des appels de phares. »

Moi, qu'est-ce que j'ai à répondre à tout ça ? Rien du tout. Silence radio. Alors il essaie de trouver une autre approche. Il me jette : « Quoi ! Ils sont venus t'annoncer ça de but en blanc ? » Moi, rien. Trrr... Je triture mes pensées. En une fraction de seconde, sa question a été broyée et ma cervelle réduite en purée. Soudain, mon papa avec ses *lokshen*, ses vermicelles, se présente à mon esprit. J'ignore pourquoi cette image me vient, accordez-moi une seconde avec ça, OK ? Malgré tout, que mon père se ramène à l'improviste avec ses *lokshen* rentre bien dans le tableau, car pourquoi il s'est pointé, à votre avis ? C'est bon ? Mauvais ? Peut-être bien que oui, peut-être bien que non. Qu'est-ce que j'en sais, moi ? Je ferme les yeux encore plus, je cogne ma tête de plus belle contre la vitre. Excellent pour moi de pas réfléchir, de penser à rien ni personne.

Dovalé empoigne sa tête à deux mains, la secoue, et en même temps nous crie à pleins poumons, comme s'il cherchait à couvrir le bruit du moteur et de la fenêtre réunis : J'ai compris ça dès le premier instant, Netanya, que je devais maintenant couper l'interrupteur de mon cerveau ! Que c'était pas bon de penser à mon père ! Et même pour mon papa, c'était pas bon non plus. Et en général, ce serait bon pour personne de se retrouver dans ma cervelle…

Il déploie un sourire large et apaisé, et comme d'habitude écarte les bras en signe d'accolade. Les spectateurs – pas tous – rient, un peu déconcertés. Je contracte tous mes muscles faciaux pour lui sourire. J'ignore s'il le remarque. Je l'équipe pour le chemin qui nous reste à faire. Qu'elles sont limitées, les expressions qu'offre notre visage.

Alors maintenant, qu'est-ce que c'est que cette histoire de *lokshen* ? Merci pour la question ! Vous êtes un public en or ! Un public attentif et sensible ! Écoutez-moi, il faut que vous entendiez ce qui suit. Une fois par semaine, après en avoir terminé avec ses livres de comptes, mon père cuisinait ses vermicelles au bouillon de poule pour les sept jours à venir.

Sur ma vie, je vous le jure, l'histoire est à cent pour cent véridique. Il part d'un rire rauque. Alors d'un coup, dans la fourgonnette, mon cerveau me montre un film, me demandez pas pourquoi. Un cerveau, c'est un cerveau, pas besoin de chercher une logique. Il me montre mon père en train de malaxer la pâte, de l'étaler et de l'étirer, aussi fine qu'une feuille de papier...

Sans bouger un seul muscle de son visage ni de son corps, Dovalé se glisse subrepticement dans le personnage de son père. Ce père, je ne l'ai jamais rencontré, sinon au travers de son imitation grossière pendant la nuit sous la tente, à Beer Ora. Mais à en juger par le frisson qui me parcourt, je suis convaincu que c'est lui, qu'il est bien ainsi.

Et il se précipite, la pâte entre les mains, continue Dovalé, pour la faire sécher sur le lit de leur chambre, il va et revient comme un bolide, zzz, zzz, même à la maison, il court et commente tous ses gestes à haute voix en se donnant des instructions : « Maintenant prendre la pâte, maintenant poser la pâte sur le *lokshenbret*, la planche à vermicelles, maintenant prendre le *walgerhaltz*, le rouleau à pâtisserie, maintenant étirer la pâte. » Dans le public on entend des ricanements, à cause de l'accent, de l'imitation, du yiddish, du rire aigu de Dovalé, mais l'assistance braque majoritairement à nouveau un regard vide sur l'artiste, et moi je commence à sentir que ce regard constitue l'arme la plus efficace pour le public.

Ce bonhomme, je vous jure, à la maison, il faisait que parler tout seul, il se donnait des instructions, émettait un bourdonnement continu. En vérité, si accessoirement il avait pas été votre père, vous l'auriez trouvé plutôt marrant. Et maintenant, imaginez-vous que moi... Oui, moi ? Vous me voyez ? Allô, la Terre ? Debout, là-dedans ! C'est votre Dovalé qui vous parle ! Votre étoile polaire ! Bonnes gens de Netanya, moi je suis assis dans une fourgonnette en plein désert, comme dans un film fantastique, et je le vois soudain en face de moi, mon papa, comme s'il était en chair et en os. Il attrape son couteau et se met à découper la pâte aussi vite qu'une machine, tac tac tac, les nouilles volent sous la lame. Et le couteau passe à chaque fois à un millimètre de ses doigts, sans qu'il se coupe ! Pas de ça chez lui ! Au fait, ma maman avait pas le droit de trancher quoi que ce soit, à la maison. Dovalé laisse monter de l'intérieur un sourire aussi large que possible, et même un peu au-delà de la limite. Éplucher une banane, par exemple, ça, elle en avait le droit qu'en présence d'un chirurgien et d'une équipe médicale d'urgence. Elle aurait pu se couper, se blesser, saigner. Il nous fait un clin d'œil en passant lentement un doigt sur chacun de ses poignets, à l'endroit où il a montré auparavant la broderie des veines de sa mère.

Et soudain, que vois-je, Netanya ? Que vois-je ? dit-il, le visage rouge et trempé de sueur. Il attend la réponse, encourage les spectateurs d'un geste, mais aucun ne réagit. Les lèvres du public demeurent hermétiquement closes. *Elle*, je la vois, elle ! Ma mère ! Il a un rire veule, un rire obséquieux, le visage orienté principalement vers les deux hommes qui l'attendent au tournant. Vous m'avez compris, les super-héros ? Comme si ma cervelle me projetait aussi son image en instantané…

L'homme à la veste jaune se lève. Il jette sur la table un billet, pour payer ses consommations, et tire violemment sa femme afin de l'entraîner avec lui. Étrangement, je me sens soulagé : nous sommes revenus sur terre – et plus généralement, à la réalité. Le couple se fraie un chemin vers la sortie sous les yeux de toute l'assistance. L'autre homme, le baraqué, voudrait sans aucun doute l'imiter. Je vois le combat intérieur qui se déroule sous son polo. Mais apparemment il sent que ce serait déshonorant d'être un suiveur. Quelqu'un essaie d'arrêter le couple et l'exhorte à rester. J'en ai assez ! lâche l'homme. Ma patience a des limites ! On vient se distraire le week-end, on veut se vider la tête, et on se retrouve en plein Yom Kippour. Sa femme, des jambes comme des poteaux, en équilibre précaire sur ses talons aiguilles, sourit, impuissante, et tire d'une main sur sa jupe. Quand le regard de l'homme se pose sur la médium, il hésite un moment, lâche le bras de sa femme, dépasse quelques tables et se penche délicatement vers elle : Je vous conseille de partir vous aussi, madame, lui dit-il, ce type n'est pas normal, il se moque de nous tous, et de vous aussi. Elle se redresse sur sa chaise face à lui, la bouche frémissante : Non, vous avez tort, murmure-t-elle dans un souffle brûlant que tous entendent. Je le connais, il fait semblant.

Dovalé observe ce qui se passe depuis la scène, les pouces coincés dans ses bretelles rouges, et il opine du chef, comme s'il enregistrait avec plaisir les propos de l'homme. Au moment où le couple sort de la salle, il se hâte d'aller vers le petit tableau pour y tracer à la craie encore deux bâtons rouges, l'un particulièrement épais et long, surmonté d'un point de la taille d'une tête d'épingle.

Puis il repose la craie et lentement tourne sur lui-même, les paupières closes, les bras tendus sur les côtés. Une fois, puis deux, puis trois, dans un mouvement précis, au centre de la scène, comme s'il pratiquait un petit rituel d'auto-purification privé.

Il rouvre les yeux, les illumine d'un coup, comme des projecteurs sur un stade. Il insiste, le chauffeur ! Pas question de lâcher prise ! Il me cherche, je le sens, il cherche à happer mes yeux, mes oreilles. Moi, tel un bunker, je tourne pas la tête, je lui concède aucun point d'appui.

Et sans cesse mes dents cognent en rythme contre la vitre, en-terre-ment, en-terre-ment, je vais à l'en-terre-ment... Maintenant, faut que vous me compreniez bien, mes frères. Jusqu'à cet instant, j'avais jamais au grand jamais assisté à des obsèques, et ça suffisait à me donner les forces, car comment j'aurais pu savoir ce qui allait se passer là-bas ?

Dovalé fait une pause. Il observe les visages d'un air étrange, provocateur. Un moment, j'ai l'impression qu'il défie les gens, les encourage à se lever et partir, à les abandonner, lui et son histoire.

Et même un mort, ajoute-t-il à voix basse, j'en avais jamais vu. Ni une morte, d'ailleurs.

On dirait qu'il s'étonne que personne ne se lève et ne se dirige vers la sortie. Allez, *amigos*, soyons pas lourds avec ça, avec toute cette affaire d'enterrement, hein ? On va pas laisser cette histoire prendre le dessus. « Et la mort n'aura point d'empire », comme l'a écrit le poète Dylan Thomas. Pas vrai ? Ils ont raison ! Dommage qu'elle se débrouille toujours pour former des coalitions. À propos, vous avez remarqué qu'il y a des proches qu'on rencontre seulement aux mariages et aux enterrements ? Chacun est persuadé que l'autre est maniaco-dépressif !

Rire modeste du public.

Non, je suis sérieux. J'avais même pensé proposer que, de même qu'il y a dans les journaux des chroniques télé ou gastronomiques, il pourrait y en avoir une pour les semaines de deuil. Pourquoi pas, après tout ? Quelqu'un assisterait tous les jours à des veillées funèbres et rédigerait sa critique pour le lendemain : comment c'était, comment était l'ambiance, s'il

UN CHEVAL ENTRE DANS UN BAR

y avait, disons, des anecdotes croustillantes sur le défunt, le comportement de la famille, si on se chamaillait déjà à propos de l'héritage, si le buffet était bon ou pas, et quelles étaient généralement les réactions de l'assistance à la cérémonie...
Le rire se diffuse à travers la salle.

D'ailleurs, ça me fait penser : vous connaissez l'histoire de la femme qui arrive au funérarium pour voir une dernière fois son mari avant qu'on l'enterre ? Le croque-mort lui montre le corps, et voilà-t-i'pas qu'on l'a habillé d'un complet noir. C'est pas dans nos traditions, cette plaisanterie – il lève un doigt –, c'est un truc piqué aux chrétiens. La femme se met à chialer : « Mon James aurait tellement voulu être enterré dans son costume bleu ! » Le croque-mort répond : « Voyez, madame, nous les enterrons toujours en noir, mais revenez demain, on verra ce qu'on peut faire. » Elle revient le lendemain et l'employé des pompes funèbres lui montre James revêtu d'un splendide costume bleu. La femme, éperdue de reconnaissance, lui demande comment il a réussi à obtenir précisément ce vêtement. Réponse de l'employé, écoutez bien : « Hier, dix minutes après votre départ, on a apporté un autre macchabée, plus ou moins de la taille de votre époux, en costume bleu, et sa femme m'a confié que le rêve de son mari était d'être enterré en noir. » Parfait, la veuve de James, émue jusqu'aux larmes, remercie encore une fois le croque-mort. Elle lui glisse un pourboire généreux. « Facile, lâche l'employé, il ne me restait plus qu'à intervertir les têtes. »

Le public rit, reprend vie. Non sans ressentir une joie mauvaise à l'égard de l'homme à la tête rasée qui a renoncé précipitamment à un spectacle si divertissant. C'est bien connu qu'il met du temps à s'échauffer, dit une femme à son conjoint à la table d'à côté.

Quant à moi, ce voyage commence à me prendre sérieusement la tête. Ça rumine, ça rumine, j'ai toute une purée dans le crâne, un bol alimentaire de pensées que ma cervelle en ébullition parvient plus à digérer. Vous connaissez cette impression quand, avant de vous endormir, vos pensées partent dans tous les sens ? Est-ce que j'ai éteint le gaz, oui ou non ? Bon, y a pas le choix, il faut faire un plombage sur la molaire supérieure. Et cette fille qui a rajusté son soutif dans le bus, waouh, ça m'a mis de bonne humeur ! Ce fils de pute de Yoav va me payer en quatre-vingt-dix jours. Qui sait si je serai encore de ce monde dans trois mois ? Un chat sourd peut-il attraper un oiseau aveugle ? C'est peut-être pas si mal qu'aucun de mes enfants me ressemble. Pourquoi coupe-t-on les arbres sans anesthésie préalable ? Est-ce qu'un employé des pompes funèbres a le droit d'attacher un autocollant sur son fourgon : « 100 % de clients satisfaits » ? Qu'est-ce qui lui a pris de faire sortir Benayoun dix minutes avant la fin du match ? On pourrait rédiger le faire-part comme suit : « Dovalé et la vie se sont séparés » ? J'aurais vraiment pas dû bouffer cette mousse...

Rires. Gênés, confus, mais rires tout de même. Le climatiseur fatigué vrombit et répand subitement dans la salle un souffle d'air froid au parfum de gazon fraîchement tondu. Qui sait de quelle planète lointaine il est parvenu jusqu'ici ? Je l'inhale, je m'enivre. Le souvenir de la petite maison de mon enfance à Guedera me submerge.

Le chauffeur se tait, continue Dovalé. Silence durant une, deux minutes. Combien de temps va-t-il pouvoir la fermer ? Alors à nouveau il recommence à parler, comme si la conversation ne s'était jamais interrompue. Vous les connaissez, ces mecs qui n'ont personne à qui parler dans leur vie, les esseulés, les solitaires ? Ceux-là, ils cherchent à t'arracher une parole avec une ventouse. Tu es leur dernière chance, après toi y a plus que le GPS pour aveugles. Imaginons que vous faites la queue à la Sécu à sept heures du matin parce que vous devez faire une prise de sang... Le public confirme qu'il a partagé cette expérience. À cette heure-là, vous êtes pas bien réveillé, vous avez même pas encore bu votre premier café de la matinée, alors que vous réussissez à soulever la paupière gauche qu'à la troisième tasse. En gros, vous demandez qu'une chose : qu'on vous laisse agoniser tranquille. Et puis y a le vieux à côté de vous, avec la braguette ouverte et tous ses bijoux de famille dehors, son flacon d'urine à la main... Au fait, vous avez remarqué les gens qui déambulent dans les dispensaires avec leur flacon ?

Les spectateurs échangent des commentaires. Ils sont désormais bien disposés, prêts à se détendre. Même la médium rit, tout en jetant des regards gênés à la dérobée. Dovalé l'observe en esquissant un sourire.

Non, soyons sérieux un instant... Vous en avez qui se baladent comme ça, avec leurs selles dans un bocal. Un type passe devant vous dans le couloir en direction du chariot des analyses d'urine. Vous, vous êtes assis sur une chaise le long du mur, et lui ne daigne pas vous regarder. Il est complètement perdu dans ses pensées. Faut juste veiller à ce qu'il tienne le bocal du côté opposé à vous et le plus bas possible, vrai ou faux ?

Le public satisfait braille son approbation.

Comme si, de cette manière, on pouvait ne pas remarquer qu'au bout de sa main le bocal en plastique contient un peu de caca. Zoomez maintenant sur son visage, hein ? Il paraît complètement indifférent, pas vrai ? C'est seulement un courrier, un agent secret du Mossad qui a pour mission de livrer du matériel biologique destiné à la recherche. Je vous le jure sur la tête de mes victimes favorites, en particulier mes collègues : acteurs, metteurs en scène, scénaristes, tous ces connards avec lesquels je travaillais autrefois. Si je croise l'un d'eux dans ce genre de situation, je me lève, lui tends les bras et le salue : « Bien le bonjour, monsieur Chocolat ! » Lui, il fait semblant de pas me reconnaître et de pas comprendre d'où je débarque. Mais qu'est-ce que ça peut me faire ? Je me souviens pas depuis combien de temps j'ai perdu tout sens de la dignité ou de la honte. J'enchaîne à plein volume : « Salut, très cher ! Qu'est-ce qui amène monsieur dans notre modeste dispensaire ? Au fait, j'ai lu dans la presse que vous nous concoctiez un nouveau chef-d'œuvre. Mes compliments. Nous brûlons tous d'impatience de voir votre nouvelle production ! Bon, chacun sait que chez vous c'est profond, ça vient de l'intérieur, non ? Des tripes… »

Les gens suffoquent de rire, sèchent leurs larmes en se tapant sur les cuisses. Même le directeur de la salle ricane bruyamment. La dame minuscule est la seule à ne pas se rallier au mouvement.

Bon alors, de quoi parle-t-on, maintenant ? demande-t-il, lorsque les clameurs du public commencent à retomber.

Tu l'as humilié, dit-elle.

Dovalé me regarde d'un air impuissant, comme s'il demandait : « Qu'est-ce qu'on va faire de celle-là ? » Et tout à coup j'ai une illumination : Euryclée.

C'est ce nom-là que j'essaie de me rappeler depuis que la petite femme a marqué un tournant dans la marche du spectacle, en révélant qu'elle avait connu Dovalé enfant. Euryclée est la vieille nourrice d'Ulysse, qui lui lave les pieds à son retour à Ithaque déguisé en mendiant. Elle découvre alors la cicatrice qui date de sa jeunesse et le reconnaît.

J'inscris ce nom sur la serviette, en majuscules. Je ne sais pas pourquoi, mais cette petite réminiscence me comble de joie. Aussitôt je me demande ce que je pourrais apporter ce soir à Dovalé. Ce que je pourrais bien être pour lui.

Je commande encore un *shot* de tequila, je n'ai pas bu comme ça depuis des années et il me vient une envie subite de légumes farcis. Et d'olives. Quelques instants plus tôt, j'avais l'impression que je ne pourrais plus rien avaler, apparemment je me suis trompé. Le sang circule soudain dans mes artères. J'ai bien fait de venir, vraiment. Et j'ai encore mieux fait de rester.

Et alors, après quelques kilomètres... Vous me suivez ? Dovalé tend soudain son visage vers nous, comme s'il passait la tête à travers la vitre d'une voiture en pleine course, et nous, c'est-à-dire le public, nous rions et confirmons que oui, nous sommes avec lui, bien que certains spectateurs semblent surpris de l'être.

Brusquement, le chauffeur me lance : « Écoute-moi, mon petit, je ne sais pas si tu as la tête à ça en ce moment, mais moi, le mois prochain, je participe à une compétition interarmes pour représenter notre région militaire. »

Je lui réponds pas. Que pourrais-je bien répondre, du reste ? Le maximum serait un « Humm » derrière la moustache que j'ai pas. Mais au bout de quelques minutes, j'ai presque pitié de lui, je sais pas, peut-être qu'il a besoin d'attention. Alors je lui demande s'il s'agit d'une course automobile.

« Une course automobile ? » s'esclaffe-t-il. Le rire révèle ses dents qui partent en avant. « Moi dans une course automobile ? Je suis sous le coup de soixante-treize infractions, je me suis pris six mois de suspension de permis. Non, pas d'auto, c'est un concours de blagues. »

Et moi, je fais : « *Quoi ?* », parce que, je vous jure, j'en crois pas mes oreilles. « Des blagues, des blagues qu'on raconte. On organise un concours annuel, pour toute l'armée. »

Moi, à dire vrai, je suis un peu sous le choc. Mais qu'est-ce qu'il me raconte ? Je suis là, assis, en train d'attendre qu'il me dise soudain… Vous avez saisi ? Qu'il comprenne de lui-même ce qui m'arrive, *qu'il me le dise*, et le voilà qui me sort une histoire de blagues ?!

Le voyage continue en silence. Peut-être l'ai-je offensé, mais lui prêter attention est au-dessus de mes forces. Je m'aperçois à ce moment-là à quel point sa conduite est calamiteuse. Le véhicule zigzague, frôle les bas-côtés, n'évite pas un seul nid-de-poule. Et j'en viens à penser que si maman se trouvait à côté de moi, elle me dirait de lui souhaiter bonne chance pour le concours. Cette idée m'obsède au point de bloquer ma respiration. J'entends la voix de ma mère, ses intonations. Je sens son souffle dans mon oreille. Et je lance au chauffeur : « Bonne chance. »

« Aux sélections, nous étions une vingtaine, me raconte-t-il, provenant de toutes les bases du commandement sud. Ensuite, plus que trois, et à la fin j'ai été choisi pour représenter la région. »

« Et sur quels critères ils vous ont sélectionnés ? » je lui demande. Cette question est juste pour maman, car moi, j'en ai rien à battre des critères de sélection, mais je sais qu'elle l'aurait plaint à cause de sa dentition, de ses boutons et du reste.

« La sélection, eh bien, on nous a fait entrer dans une pièce, me dit-il, et là, quatre types derrière une table nous ont demandé de raconter des histoires drôles sur différents thèmes. »

Le chauffeur continue à parler, mais je m'aperçois qu'il a la tête ailleurs, son front se plisse, il mordille la chaîne de son matricule. Moi, je me prépare : tout cela, toute cette histoire de concours, était peut-être qu'une diversion de sa part. Peut-être que maintenant, alors que je suis déconcentré, il va tout me raconter. Ça me pénétrera comme un couteau.

« Un des sélectionneurs était journaliste pour la revue militaire *Bamahané*, me dit-il, il y avait aussi un célèbre humoriste de la radio que je ne connaissais pas, et encore deux autres types. Ils nous donnaient un thème et nous, on devait broder une blague dessus. »

« Oui, bien sûr. » À sa voix j'entends qu'il ment. J'attends qu'il en finisse avec ses conneries et qu'il le dise enfin.

« Ils te lancent, disons : Blonde ! Et tu as trente secondes pour en faire une plaisanterie. »

« Blonde ? »

Une fois de plus, Dovalé fixe un point dans le vide, son truc le plus sûr. Ses paupières sont à demi fermées, et son visage figé dans une expression de stupeur face au caractère tordu de la nature humaine. Plus il prolonge sa mimique, plus le public rit. Pourtant, ce rire est de nouveau hésitant, décousu. Il me semble qu'une fine pellicule de désespoir s'infiltre dans l'assemblée, qui prend conscience que l'artiste s'obstine à raconter son histoire envers et contre tout.

Pendant ce temps-là, le véhicule continue à zigzaguer. Mon chauffeur est complètement perdu dans ses pensées, au point d'en oublier où il se trouve. Une chance que la route soit déserte, on croise même pas une voiture tous les quarts d'heure. De la main droite, je cherche la poignée

160

de la portière, je la tire un peu. Et je pense : maintenant j'ouvre et je saute dehors.

« Écoute, bonhomme, me fait le chauffeur, tu n'as peut-être pas la tête à rire en ce moment, mais si malgré tout tu as un peu envie d'entendre des blagues... Ça peut te faire du bien, qui sait ? »

Quel bien ? me dis-je, le crâne sur le point d'exploser.

« Lance un sujet », insiste le chauffeur, les deux mains posées sur le volant, et je vois bien qu'il plaisante pas, tout son visage s'est subitement métamorphosé, ses oreilles virent au rouge flamboyant. « Ce que tu veux, pas besoin que ça ait un rapport avec ce que nous venons de dire. La première chose qui te vient à l'esprit, ta belle-mère, la politique, les Marocains, les avocats, les travelos, les bêtes. »

Maintenant, comprenez-moi bien, mes frères, dit Dovalé. Regardez-moi, concentrez-vous un instant sur mon cas. Je suis coincé pour plusieurs heures avec ce dingue qui me conduit à un enterrement et s'apprête à me raconter des blagues. Vous vous êtes jamais retrouvés dans une situation pareille ? demande-t-il.

Et une voix féminine, quelque part sur ma gauche, commente : Nous, oui, et ça fait une heure et demie que ça dure. Fort heureusement, Dovalé ne l'entend pas. Et il n'entend pas non plus les ricanements étouffés et découragés qu'elle suscite.

Pour la première fois, dit-il à voix basse, comme s'il parlait tout seul, pour la première fois je commence à ressentir ce que signifie être orphelin, sans personne pour veiller sur toi. On roule, on roule. Le véhicule se transforme en fournaise. La sueur me coule dans les yeux. « Sois gentil avec lui, me chuchote à l'oreille ma maman. Souviens-toi que la vie est brève et qu'il faut rendre agréable le peu de temps dont nous disposons. » Je l'entends, et dans ma cervelle commencent alors à affluer des images d'elle, des souvenirs, et aussi des photos, de ma mère et de mon père. En fait plutôt de lui que d'elle, parce qu'elle s'est pour ainsi dire jamais laissé photographier. Elle se mettait à hurler dès qu'elle l'apercevait avec un appareil. Mon cerveau m'inonde d'images que j'avais complètement oubliées. Des images de moi bébé, de mes six premiers mois passés seul avec mon père. Il m'emmenait partout, il avait cousu pour ça une sorte de petit sac de toile qu'il accrochait à son cou, il y a une photo de cette époque où on le voit raser un client, moi suspendu à lui dans le sac, en train de lorgner sa figure. Ma mère était plus avec nous, ça, je vous l'ai dit, elle allait et venait, elle était dans un établissement de convalescence. Ça, c'était la version officielle fournie par la famille. En la pinçant avec le doigt, Dovalé tire la peau sous son œil. Ou dans un nid de coucou. Ou chez le tailleur de veines. Où en étions-nous, Netanya, où ? Ça fait rien, vous embêtez pas. Soudain, en un instant, j'ai froid dans le véhicule. En plein sirocco, je suis frigorifié. Je tremble, je claque des dents. Le chauffeur me jette un regard de côté. Je suis sûr et certain qu'il pense : « Je le lui dis ou je le lui dis pas ? Je lui annonce maintenant ou je m'amuse encore un peu avec lui ? » Je me sens oppressé. Qu'est-ce qui va arriver s'il dit vraiment les choses ? Qu'est-ce qui va se passer s'il me parle dans la voiture, alors que je suis tout seul avec lui ? Aussitôt je m'efforce de penser à autre chose, de pas l'entendre. Mais il me vient alors une idée qui m'avait jamais traversé l'esprit, comme si mon cerveau avait commencé à jouer aussi contre moi, à déverser en moi des réflexions, des questions. Je me demande s'il est possible de se trancher les veines deux fois exactement au même endroit. Comment ça s'est passé ? Avec quoi elle l'a fait ? Était-elle seule à la maison quand c'est arrivé ? D'autres pensées se précipitent, un vrai déluge. Par exemple, quand j'étais au camp, mon père est-il rentré un peu plus tôt que d'habitude du salon de coiffure ? Et sinon, qui donc a bien pu la prendre à la station de bus ? Qui pouvait y aller comme je le faisais ? Comment ai-je pu oublier d'interroger papa à ce sujet avant de partir à Beer Ora, et comment se sont-ils arrangés tous les deux pendant mon absence ?

« Des bêtes ! » dis-je précipitamment au chauffeur, en criant. Et le chauffeur de répéter : « Des bêtes, des bêtes. » J'ai presque une attaque en entendant ce seul mot. L'avoir prononcé est probablement un mauvais signe. Soudain, tout devient un signe pour moi. Même respirer.

« Reçu cinq sur cinq », me fait le chauffeur. Ses lèvres remuent, et je comprends que sa cervelle s'est mise en marche. « Toto se balade dans les bois. Soudain, il voit un animal inconnu. Il lui demande : "Bête, bête, qui es-tu ?" L'animal répond : "Je suis un chien-loup." "C'est quoi, un chien-loup ?" demande Toto, étonné. "Très simple, répond la bête. Mon père était un chien et ma mère une louve, donc moi je suis un chien-loup." "OK." Toto continue sa promenade et tombe sur un éléphant. "Bonjour, l'éléphant", dit Toto. "Bonjour, Toto." Il va un peu plus loin et croise un renard. "Bonjour, le renard." "Bonjour, Toto." Il continue et aperçoit un nouvel animal inconnu qui vient à sa rencontre. "Eh, l'animal, qui es-tu ?" demande Toto. "Un moustique-tigre", dit la bête. "Faux, réplique Toto, je ne marche pas." »

La salle rit.

Ben voilà, vous avez ri. Bravo, Netanya. Pas vraiment

déchaînés, mais on a bien entendu des rires. Dommage que vous ayez pas été à ma place dans le véhicule, vous auriez fait plaisir au chauffeur. Moi, j'ai même pas décoché un sourire, je tremblais toujours comme une feuille dans mon coin. Et soudain j'ai pensé : Pourquoi il me raconte justement une blague sur deux animaux incompatibles ? Pourquoi une histoire sur un moustique-tigre ? Quant au chauffeur, il arrête de parler et rit de sa propre plaisanterie. Que dis-je, rit ? C'est un braiment qui lui échappe. À dire vrai, son rire était bien plus marrant que sa blague. Peut-être a-t-il été sélectionné pour ça. Moi j'ai pas ri et j'ai vu qu'il était un peu déçu, mais tenace. Son obstination m'a rendu dingue. Comment quelqu'un peut-il être aussi débile ? ai-je pensé. « Y en a une à mourir de rire, me dit-il. Chaque fois que je la raconte, je dois me retenir pour ne pas me tordre, sinon je suis disqualifié. Un cheval entre dans un bar et demande au barman une bière pression. Le barman le sert, le cheval boit et commande un whisky. Il s'enfile son verre, puis demande de l'arak. Il boit. Puis une vodka, puis une autre bière... »

Pendant que le chauffeur me joue les *Mille et Une Nuits*, je cherche juste à faire abstraction de sa présence et à m'en donner à cœur joie avec ma tête, qui rebondit sur la vitre. Au milieu du grésillement, j'entends tout à coup une voix lointaine, venant du désert, difficile à discerner. Ça ressemble un peu à la comptine chantée par maman quand j'étais petit, quand j'avais trois ou quatre ans. D'où vient-elle ? Pas de moi, je vous le jure, ça fait des lustres que j'ai oublié cette berceuse yiddish. Elle me la chantait quand je réussissais pas à m'endormir, ou quand j'étais malade. Elle me prenait dans ses bras et me berçait : *Aï liou-liou, shlof máin kind, shlof máin taïeré, máin shepsele, makh tsou di kleine oygalakh[1]...*

Silence dans la salle. La petite mélodie s'évapore lentement comme une volute de fumée.

Maintenant, il faut que je pense à lui, mon père. Dovalé se secoue et s'encourage sévèrement, le front plissé. J'ai que des belles choses à dire de lui, à penser de lui, mais quoi ? Nous y sommes, des footballeurs, les faire jouer par équipes, les ligues, israéliennes d'abord, ensuite européennes, puis sud-américaines. J'ai été un champion toutes catégories, grâce à lui, quoi qu'il advienne. Dès l'âge de cinq ans, dès le CP, il a commencé à m'apprendre un tas de choses sur le foot. Il y a mis tout son cœur. Bon, ça suffit avec papa. Maintenant c'est le tour de maman. Mais rien me vient à l'esprit. Y a que lui qui se présente. Chaque fois que je pense à elle, il est déjà là. Que fait-il en ce moment ? Il est dans la cuisine et prépare une omelette. Peut-être un bon présage, je me dis, un signe qu'il est à la maison et que tout va bien de son côté. Je me reprends aussitôt : Quel bon signe, crétin ? Quel est le bon présage dans ta tête ? Et là, il lève les yeux de son omelette et me regarde fixement en souriant comme on sourit à la caméra. Il me fait son numéro, jette l'omelette en l'air et tient l'autre main en hauteur comme un chef d'orchestre. Soudain on dirait qu'il cherche à m'amadouer. Pourquoi m'amadouer ? En quoi puis-je encore lui être utile ? Ça dépend sûrement pas de moi, mais il continue à me regarder comme si c'était le cas. Et moi, dans ma tête, je le supplie d'arrêter, d'arrêter de me faire peur. Qu'est-ce qu'il attend de moi ? Au moins qu'il se

---

1. « Lalala, dors mon enfant, dors mon chéri, mon petit agneau, ferme tes petits yeux.

présente pas seul, et aussi que maman se présente pas seule. Mais lui, il s'en va pas. Il est rivé dans ma tête. Maintenant il m'apparaît dans la pièce aux jeans, je vous ai raconté, il y a là une table avec un filet carré et une scie montée sur la table. Et lui il est debout et se tient bien droit...

Pourquoi une scie ? Qui a posé la question ? Bravo, table douze, vous êtes prof ? Je l'entends à votre accent. Donc, pourquoi une scie ? demandez-vous. Et tout le reste vous semble logique, madame le professeur ? Trois cents falzars en viscose venus de Marseille puant la poiscaille, dont il est clair que les fermetures éclair ont été cousues sur le derrière, est-ce que c'est dans l'ordre des choses ? Et un gosse d'à peine quatorze ans qu'on expédie au camp comme ça, sans...

Dovalé s'enroue, suçote son thermos.

Ses yeux s'empourprent au même instant. Il gonfle longuement ses joues et sa tête bringuebale d'un côté et de l'autre. Moi aussi je ressens, une brûlure dans la gorge. Dovalé boit encore, à grands traits, cul sec. Je devrais me rappeler ce que je faisais, au même moment, à Beer Ora, alors qu'on le conduisait à l'enterrement. Mais comment pourrais-je me remémorer ce genre de détail, après tant d'années ?

J'essaie néanmoins de m'arracher à cette situation. Je tente de mettre de l'ordre dans mes pensées. Je fais mon examen de conscience, sans concession. Je cherche, de toutes mes forces, à faire revivre en moi l'adolescent que j'étais alors. Mais sans cesse il se dissout dans ma conscience, comme s'il refusait de se saisir, matérialiser, de se soumettre à mon enquête. Je ne renonce pas. Je concentre toutes mes forces sur ce moment de ma vie. Ces pensées ne viennent pas facilement. Dovalé n'a encore rien dit. Peut-être ressent-il, avec l'hypersensibilité qui le caractérise, que je ne lui prête pas une oreille assez attentive en cet instant précis. Mais au moins je me force à me poser les questions essentielles : ai-je pensé à lui au cours de ces quelques heures-là, après qu'il a disparu dans un véhicule de l'armée ? Au moins une fois au cours de cette journée ? Je n'en ai aucun souvenir. Quand ai-je compris qu'il ne reviendrait pas au camp ? Aucun souvenir. Comment est-il possible que je n'aie même pas eu l'idée de demander où on l'avait emmené ? Ai-je éprouvé du soulagement après son départ, ou même de la joie ? Aucun souvenir, aucun souvenir.

Je sais juste que c'étaient les premiers jours de mon histoire d'amour avec Liorah et qu'elle a estompé tout autre sentiment ou pensée. Je sais aussi qu'après le camp je n'ai plus voulu reprendre les cours particuliers de mathématiques. J'ai déclaré à mes parents, avec une véhémence et une dureté qui les ont effrayés, que je ne voulais pas retourner chez ce professeur. Ils se sont inclinés, m'ont lâché la bride, et ont tout mis sur le compte de la mauvaise influence de Liorah.

Sur scène, Dovalé écarte les bras de toutes ses forces, étire le plus possible un sourire sur ses lèvres. Justement, cette scie se trouvait là pour une raison précise. Figurez-vous, madame le professeur, que mon papounet s'avérait être un magnat du textile, mais oui, mais oui. Il s'était fait un nom dans le domaine des textiles recyclés, chiffonnier.com – il était revendeur de fripes. Il s'adonnait à une noble besogne au moment de la fermeture du salon de coiffure, pendant la pause de midi ou ses heures de loisir. Une autre de ses prestigieuses initiatives…

Un bruit monte de la salle depuis quelques instants. Mais il est difficile pour moi d'en discerner la provenance exacte. Tous ceux que j'observe paraissent rivés à la scène, au récit et au narrateur – rivés à leur corps défendant peut-être, non sans une expression de réserve et de crainte pour certains.

Malgré cela, depuis peu je perçois un bourdonnement semblable à celui d'une ruche lointaine.

Mon père faisait le tour de Jérusalem avec sa mobylette Sachs et rachetait des fripes aux gens : chemises, pantalons... Maintenant, Dovalé paraît lui aussi entendre le murmure. Sa voix s'élève pour imiter le cri bien connu : « Vieux habits, vieux galons ! » Sans vergogne, il flatte le public, fébrilement, désespérément : « Cou-ver-tu-res, taies d'o-reil-lers, ser-vi-ettes, draps, lan-ges u-sa-gés... » Après les avoir lavés, il les triait en fonction des textiles et de leur taille...

Le bourdonnement évolue en rumeur provenant de tous les coins de la salle.

Et mon père – écoutez-moi, mes frères, la chute arrive tout de suite, restez avec moi – s'asseyait par terre, dans la pièce aux jeans, et triait ses chiffons comme on abat des cartes à jouer, à toute allure, un ici, un là, zzz, zzz, un tas de ceci, un tas de cela. Une sacrée entreprise que la sienne, à ne pas sous-estimer. Puis il passait les chemises, les pantalons, les manteaux intégralement à la scie, et mettait de côté les boutons, les fermetures éclair, les agrafes, les boucles et les boutons-pressions. Rassurez-vous, tout était réintégré dans la chaîne, il allait vendre tout ça à un tailleur de Méa Shéarim. Dans son univers, rien ne se perdait. Après quoi, il entassait les fripes par paquets de cent. Je l'aidais et, à la fin, on comptait ensemble, *akht un neyntzig, nayn un neyntzig, hundert,* quatre-vingt-dix-huit, quatre-vingt-dix-neuf, cent ! On ficelait le plus serré possible les paquets, et papa sortait proposer ses chiffons aux garages, aux imprimeries, aux hôpitaux...

Le murmure expire imperceptiblement. Même les bruits de la cuisine s'éteignent. Un silence profond s'installe, comme le calme qui précède la tempête. Dovalé est de nouveau tellement captivé par son récit qu'il ne se rend probablement pas compte de ce qui fait bouillir les gens. Je commence à craindre que quelqu'un ne s'en prenne à lui physiquement, ne lui balance un verre à la figure, ou une canette, ou une chaise, pourquoi pas. Tout est possible, désormais. Il se tient au bord de la scène, trop près du public, ses bras enserrant sa poitrine maigre, avec un sourire lointain, transparent.

Soir après soir je m'asseyais dans la cuisine pour faire mes devoirs à côté de maman, qui reprisait ses bas nylon, et j'observais mon père aux prises avec la scie, ses yeux qui s'arrondissaient et devenaient plus noirs, jusqu'à ce qu'il relève la tête et regarde maman. Aussitôt, quelle que soit sa position, il redevenait un être humain. Et revoilà maman. Coucou, maman. Regarde, Netanya...

Alors d'un coup la salle explose. Les spectateurs se lèvent, repoussent les chaises. Un cendrier tombe à terre en tintinnabulant. Murmures, protestations, soupirs de soulagement, suivis immédiatement de voix éparses en dehors de la salle, rires débridés, claquements de portière, vrombissements de moteur et crissements de pneus. Dovalé s'élance vers le tableau, dans sa main la craie vole comme la baguette d'un chef d'orchestre exalté. Cinq. Huit. Dix. Au moins dix tables ont déserté. Le processus n'était pas prémédité. L'exaspération est spontanément parvenue à son comble, sans concertation. Les spectateurs continuent à se précipiter vers la sortie, se bousculent, quittent la place en toute hâte, comme une colonne de réfugiés. Le baraqué qui tapait du poing sur la table passe devant moi et beugle aux oreilles de sa femme : Tu as vu comme il nous a escroqués, avec ses conneries ? Et elle répond : « Quelle bouillie de chat ! Et je te passe les bas nylon ! Il nous a fait un festival, avec ses histoires de merde ! »

169

Trois minutes plus tard, la majeure partie du public a disparu et la petite salle, avec ses parois et son plafond bas, donne l'impression d'être abasourdie. Ceux qui sont restés à leur place suivent des yeux les derniers fugitifs, certains avec lassitude, voire réprobation, d'autres avec envie. Mais quelques rares spectateurs se redressent aussi sur leur chaise et se retournent vers Dovalé attendant la suite avec une fraîcheur nouvelle. Quant à lui, le dos tourné aux fuyards, il achève de tracer ses ultimes bâtons rouges sur son tableau noir, pareils au gribouillage d'un fou. Il repose la craie et tourne ses yeux vers la salle dépeuplée. À ma grande surprise, son visage affiche un certain soulagement.

Vous vous souvenez du chauffeur ? demande-t-il, comme si de rien n'était. Et il répond à notre place : Oui, on s'en souvient. Le chauffeur arrête pas de raconter des blagues, et je persiste à pas l'écouter. Je lui concède même plus le sourire minimum. J'en suis incapable. Mais lui, comme un roc, en *showman* infernal qu'il est, rien le démonte. Un millier de passagers pourraient sortir de son véhicule en rase campagne qu'il continuerait à raconter ses blagues. Je le regarde en coin, guette les changements sur son visage, durci, terriblement sérieux. Il tourne pas la tête, cherche pas à croiser mon regard, juste encore une blague, et encore une… Putain, quel imbécile !

Et tout ça, là, le voyage, le chauffeur, l'adjudant-chef qui avait réellement dit : « convoyer l'orphelin », une chose qui m'est pas encore rentrée dans la caboche, aucun risque ! Elle m'échappe à tout instant comme une anguille qui se débat. Un orphelin, c'est quelqu'un qui prend un coup de vieux, une sorte de handicapé, non ? Un orphelin, c'est Élie Stiglitz de 3e C dont le père, qui travaillait dans une usine de la mer Morte, s'est tué en tombant d'une grue – ce qui fait que, depuis, Élie bégaie. Peut-être que je vais me mettre à bégayer moi aussi ? Comment peut-on être orphelin ? Y a-t-il une différence entre être orphelin de père ou de mère ?

Dovalé plaque ses poings fermés sur sa bouche. Les spectateurs tendent l'oreille pour mieux l'entendre. Nous sommes si peu nombreux. Égaillés dans toute la salle.

Et croyez-moi, gens de Netanya, je ne voudrais pas pour rien au monde changer quoi que ce soit à mon existence. Tout va bien jusque-là, le mieux du monde. Tout à coup, notre appartement ressemble à un paradis, aussi minable, sombre et suffocant soit-il, à cause de l'odeur des fripes, des pantalons arrivés de Marseille et de toute la popote que mon père prépare. Mais même cette odeur, je me mets à l'aimer. Bien sûr que tout est merdique, un asile de tarés, et c'est vrai que je me prends des dérouillées, et après ? Tous les enfants étaient battus dans ce temps-là. La belle affaire ! Lequel ne prenait pas de raclées, à cette époque ? C'était ainsi. On ne connaissait rien d'autre ! Et ça nous a fait du mal ? Ça a retardé notre croissance ? On est pas devenus des hommes quand même ?

Ses yeux regardent à travers les verres de ses lunettes qu'ils remplissent, comme si les événements qu'il raconte se produisaient devant nous.

La famille, c'est comme ça : une fois on t'embrasse, une autre fois on t'écorche à coups de ceinturon, mais tout ça par amour, car comme dit le proverbe : « Qui aime bien châtie bien. » « Et crois-moi, mon petit Dodo, une petite beigne vaut parfois mieux que mille mots », et toc ! Vous venez d'entendre la réplique favorite de mon père. Dovalé essuie la sueur de son front d'un revers de la main et se force à sourire. Où en étions-nous, mes loukoums ? Pourquoi

171

faites-vous cette tête ? On dirait des enfants battus. Comme je voudrais vous chouchouter, vous gâter, vous suçoter, vous chanter *Quand tout se tait sous la ramure.* Vous connaissez celle de l'escargot qui entre dans un commissariat ? Non ? Celle-là non plus ? Un escargot entre dans un commissariat de police. « J'ai été attaqué par deux tortues », dit-il. L'agent de service ouvre un dossier et lui dit : « Décrivez-moi exactement ce qui s'est passé. » « Je ne m'en souviens pas bien, répond l'escargot, tout est arrivé si vite. » L'assistance rit, circonspecte. Moi aussi, du reste. Pas seulement à cause de la blague. En fait, rire devient pour moi un prétexte pour reprendre ma respiration.

Et moi, reprend Dovalé, j'ai tout le temps la main sur la poignée de la portière, et toujours sans un regard pour moi, le chauffeur me jette...

Tout à coup, la dame minuscule éclate d'un rire joyeux. Dovalé la regarde, surpris : Qu'est-ce qui se passe, la voyante ? J'ai enfin réussi à te dérider ?

Oui, répond-elle, la blague avec l'escargot, elle est tordante.

Vraiment ? Les yeux de Dovalé scintillent de plaisir.

Oui, quand il lui dit que tout s'est passé si vite...

Il la fixe par-dessus la monture de ses lunettes. Des vaguelettes se creusent çà et là sur son front. Je sais qu'il rumine une pique pour la lui planter dans le dos, genre : « On t'a déjà dit que tu ressemblais à un coffre de banque ? Lui et toi, vous avez en commun le système à retardement d'ouverture réglé sur dix minutes... »

Mais il se contente de lui sourire et lève les deux mains en signe de reddition : Y en a pas deux comme toi, ma puce.

Elle se redresse. Son cou étroit s'allonge sous mes yeux : Tu l'as déjà dit.

172

Je t'ai dit quoi ?

Un jour que je pleurais, tu es passé par là...

Pourquoi pleurais-tu ?

Parce qu'on m'avait frappée. Et tu as dit...

Pourquoi t'avait-on frappée ?

Parce que je n'étais pas grande. Tu es venu derrière la maison, près des bonbonnes de gaz...

Sur les mains ?

Évidemment. Et tu as dit que j'étais unique en mon genre et que, comme toi tu voyais tout à l'envers, quand je pleurais, c'était comme si j'étais contente.

Et tu t'en souviens ?

J'ai beau être petite, ma mémoire est grande, affirme-t-elle en hochant trois fois la tête.

Changeons de sujet ! clame Dovalé, mais cette fois son cri est contenu. Peut-être veut-il la ménager. Soudain le chauffeur se flanque une grande tape sur le front. Il me fait : « Mais quel imbécile je suis ! Ce n'est peut-être pas le moment de plaisanter. Je voulais juste te distraire un peu. J'aurais pas dû, je suis désolé, OK ? Tu m'en veux pas ? Sans rancune ? » « D'accord, je lui dis, pas de problème. »

« Et maintenant, pionce, il me dit. Ça suffit, je ferme ma gueule, silence radio jusqu'à Beer-Shev'a, chuuuuttt ! »

Et à nouveau Dovalé nous mime la scène : son corps ondoie en épousant les zigzags du véhicule, qui roule dans les ornières et cahote. Les yeux du passager se ferment petit à petit, sa tête retombe sur sa poitrine, roule au gré des secousses. Il feint de se réveiller : « Non, je dormais pas ! » Puis il replonge. Sa pantomime est raffinée et précise. C'est un artiste en son genre. Si réduit soit-il, le public sourit jusqu'aux oreilles : une petite faveur qu'il lui accorde.

173

Et alors, une seconde avant que je réussisse à m'endormir, le chauffeur me lance : « Dis donc, je peux te poser une dernière question ? » Je me garde bien de lui répondre. Seconde tentative. « Ben réponds, me dit-il, tu te retiens volontairement ? » « Je me retiens de quoi ? » « Je sais pas. De ça. De pleurer. » Moi, je ferme tout de suite ma bouche hermétiquement. Presque à me mordre. Je refuse de lui adresser la parole. Je préfère encore qu'il me balance une autre blague, sans mettre le nez dans mes affaires. Le voyage se poursuit. Sauf que, comme vous l'avez déjà compris, il est pas du genre à renoncer. Une minute après, il me redemande si je fais exprès de pas pleurer ou si ça ne vient tout simplement pas.

À dire vrai, je suis incapable de me comprendre moi-même. Le chauffeur a raison. Je suis censé éclater en sanglots, comme le font les orphelins, non ? Mais j'ai pas de larme à l'œil, rien, mon corps est comme une ombre, privé de sensations. Comment dire ? C'est comme si je ne pouvais rien éprouver tant que l'on ne m'avait pas réellement informé, c'est vrai, non ?

Dovalé fait une pause, comme s'il guettait notre réaction, celle de son public réduit.

Et pendant tout ce fichu périple, continue-t-il imperturbablement, il n'y a que mes yeux qui menacent d'éclater. Mais pas de pleurs. Pas de larmes. De la douleur. Je sens une pression mortelle dans mes yeux.

Il se frappe les yeux avec les jointures par-dessous les lunettes. Il se les frotte longuement avec force, comme s'il essayait de les sortir de leurs orbites.

« Chez nous, on a perdu un frère, bénie soit sa mémoire, me confie le chauffeur. Un enfant de cinq ans, il s'est noyé dans la mer. Je ne l'ai pas connu, je suis né après lui, en guise de lot de consolation. Mais même si je ne l'ai jamais connu, je le pleure toujours. »

Et à peine a-t-il fini sa phrase qu'il se met à chialer. Ses larmes tombent dru et droit. « Je me demande comment tu fais », me dit le chauffeur. Maintenant il est incapable de parler, confie-t-il. Il pleure la bouche ouverte, toutes dents dehors, il sanglote comme un gosse. Et moi je fixe du regard les sillons de larmes qu'il n'essuie pas, qui lui trempent la joue, dégoulinent sur sa chemise d'uniforme et lui rentrent dans le col. Il ne s'essuie plus, ni avec la main ni avec rien. Les larmes se fraient un passage, il leur donne libre cours. Il n'y a que chez moi que c'est bouché. Comme si j'avais un blocage dans le cerveau, une obturation, une pierre. Si cette pierre se mettait à bouger, alors je pourrais commencer à pleurer. N'oubliez pas que pendant tout ce temps je suis persuadé qu'il est au courant, le chauffeur. Qu'il a peut-être saisi au vol un mot, au QG. Et pourquoi il me dit rien ? Et pourquoi je lui demande pas, tout simplement ? Il suffirait de deux mots, putain de ta mère, de fermer fort les yeux et de poser une petite question, et que tout aille au diable.

Hé, les amis, les amis ! Dovalé élève la voix et brandit les bras. Nous, les spectateurs, sommes sous le choc, comme si nous étions tirés d'un rêve. Nous laissons alors échapper un rire gêné. Il sort de sa poche un mouchoir rouge, essuie la sueur sur son front, puis fait semblant de l'essorer et sifflote pour lui-même, comme en passant. Qu'est-ce que j'ai pensé ? fredonne-t-il. Voyez comme ma cervelle n'arrête pas un instant de bosser, week-ends et jours fériés compris, et même à Kippour. De quel contrat de merde il a écopé, ce cerveau-là, *comment il y a pas pensé* ? Mais qu'est-ce que je voulais dire… ? Imaginez un pays sur terre dont le système judiciaire tout entier fonctionnerait de la façon suivante : le juge cogne avec son marteau et dit : « Accusé, levez-vous ! » Dovalé se redresse, se raidit de tous ses membres, et me regarde furtivement. « La cour vous déclare coupable de vol à main armée et vous condamne au cancer de la glande thyroïde ! » Ou disons plutôt : « Un trio de magistrats vous déclare coupable de viol et vous inflige comme peine la maladie de Creutzfeldt-Jakob ! » Ou alors : « La cour prend acte d'un arrangement préalable entre l'accusation et la défense. Par conséquent, au lieu de la maladie de cet Allemand, Alzheimer, l'accusé écopera seulement d'un AVC et d'un ulcère à l'estomac pour destruction de preuves. »

La chétive assemblée rit de bon cœur, et lui nous lance un regard sournois. Vous connaissez tous cette situation : vous chopez une saloperie vraiment sérieuse, qui se développe et dégénère, et là tout le monde vous dit que c'est pas si grave, au contraire. Chacun a entendu parler de l'homme qui a vu l'homme qui a vu l'homme qui vit très bien avec une sclérose en plaques ou un cancer depuis vingt ans déjà, et qui s'éclate dans l'existence ! Même que ça a amélioré sa vie ! Et on cherche tellement à te convaincre que c'est bon, super, génial, que tu en viens à penser : Quel idiot j'ai été de ne pas avoir attrapé cette sclérose en plaques plus tôt ! Quelle vie de dingue j'aurais pu avoir avec elle ! Quel duo merveilleux nous aurions formé !

À ces mots, il se lance dans un petit numéro de claquettes surprise qu'il termine par un « clic-clac » sonore en écartant les bras et en pliant un genou. La sueur ruisselle sur son visage, aucun des spectateurs restants n'a plus la force d'applaudir. Les gens ravalent leur salive, le regardent avec consternation.

176

Allez, le voyage continue ! s'écrie Dovalé en faisant un effort pour se relever et en n'y parvenant qu'à la troisième tentative. Le chauffeur et votre serviteur infidèle – maudit soit l'infidèle – ont chaud et soif. Des insectes nous rentrent dans les yeux, dans la bouche. En fait, ce que je vous ai dit tout à l'heure, c'était pas vrai, j'ai pas beaucoup de souvenirs de ce trajet, du moins quand je suis réveillé, mais je sais pas, de temps en temps, j'ai des flashs : la vitre de la portière et ma tête qui tremblait quand je m'y appuyais. Ou le chauffeur qui n'arrêtait pas de se pincer les lèvres pour cacher ses dents. Ou le petit trou dans le tissu du siège de la fourgonnette dans lequel j'ai introduit le doigt pendant toute la route, on sentait la mousse synthétique moelleuse, et, vous allez vous foutre de moi, j'avais jamais connu jusque-là ce genre de matière. À la maison, les matelas étaient rembourrés de paille, et la sensation de la mousse synthétique me plaisait. Pendant tout le voyage, j'ai eu l'impression d'être en contact avec une substance mystérieuse, venue d'ailleurs, une sorte de matériau noble qui me protégeait, et je croyais que, sitôt mon doigt retiré du trou, tout allait s'effondrer sur moi d'un seul coup. Voilà les bêtises que je me rappelle encore aujourd'hui. Mais quand je rêve, des fragments de ce voyage me reviennent très souvent, et là en version intégrale. Le plus drôle, c'est que ça revient presque toutes les nuits. Vous imaginez l'ennui : « Eh, toi, le projectionniste ! Pourquoi tu changes pas de bobine ? » Et à ce moment, le chauffeur, sans me regarder, me jette : « Mais tu ne m'as pas encore dit qui... »

Dovalé nous fixe d'un air interrogateur. Il contracte fortement les commissures de ses lèvres et essaie de nous contraindre à sourire avec lui. Mais personne dans la salle n'a le cœur à cela. Il écarquille encore plus les yeux et bat des cils à toute allure. Maintenant il présente au public une face de clown intégrale. Il secoue sa tête à plusieurs reprises et demande par un mouvement muet des lèvres : C'est pas drôle ? Vraiment pas ? Si ? Je vous fais plus rire ? Ça marche plus ? La tête inclinée sur sa poitrine, Dovalé soliloque en silence, en agitant les bras en exagérant ses mimiques.

Puis il se pétrifie, ne bouge plus.

La petite dame sait avant nous tous ce qui se prépare. Elle se rétracte et couvre son visage avec ses mains. Le poing vole si vite que je distingue à peine la main. J'entends le coup sur les dents de Dovalé qui s'entrechoquent, et toute sa figure se détache presque de son cou. Les lunettes tombent par terre.

Sans modifier son expression, il suffoque sous la douleur. De ses deux doigts, il relève les commissures de ses lèvres : Même ça, c'est pas drôle ? Non ? Les spectateurs sont attérés. Les deux jeunes motards en cuir noir sont assis, les traits tendus, tout ouïe, et j'ai dans l'idée qu'ils savaient que ce moment arriverait, et qu'ils sont venus pour cela.

Il se met à répéter en hurlant : *Non ? Non ? Non ? Non ?* Il se frappe, les mains grandes ouvertes, les doigts raidis : la figure, les côtes, l'estomac. On dirait un match de catch. Dans ce tourbillon de membres et d'expressions, je reconnais beaucoup de traits de son visage qui ont subi tant de métamorphoses au cours de la soirée : il est piégé par son agresseur. Il se frappe lui-même avec les mains, comme si ce n'étaient pas les siennes.

La bourrasque humaine continue à se déchaîner pendant une vingtaine de secondes peut-être. Il cesse d'un coup. Sans bouger, comme statufié, son corps se dégage de lui-même avec dégoût. Après quoi, d'un mouvement d'épaule, il se dirige vers la porte par où il était entré en scène au

178

début du spectacle, direction la sortie. Il marche comme une poupée en carton désarticulée, ses genoux se soulèvent, ses coudes fendent l'air. Au troisième pas, il piétine ses lunettes. Sans s'arrêter. Seules ses épaules se dressent un instant et retombent. Il nous montre son dos, mais je peux deviner le sourire moqueur qui accompagne le bris de ses lunettes et son murmure venimeux : *Crétin.*

Je comprends qu'il s'apprête à quitter la scène en nous laissant une histoire inachevée. Alors qu'un pied et la moitié de sa personne ont déjà disparu dans l'embrasure de la porte, il s'arrête. L'autre moitié est encore là. Il nous restitue un peu de son visage, bat des cils dans l'expectative, avec un sourire suppliant. Aussitôt je me redresse et ris à haute voix. Je suis conscient de l'effet produit, et néanmoins je ris de plus belle. D'autres rires se joignent au mien, timides, effarés, mais suffisants pour le faire revenir.

Il sautille vers nous allégrement, comme une jeune fille gambadant dans un champ de marguerites, ramasse au passage ses lunettes écrabouillées et tordues, et les pose sur son nez. Elles rappellent maintenant le symbole des pourcentages. Deux filets de sang lui coulent du nez vers la bouche et maculent sa chemise. Maintenant, je vous distingue vraiment pas à plus d'un mètre, exulte-t-il. Pour moi, vous n'êtes plus que des taches noires. Sentez-vous libres de quitter les lieux quand vous voudrez. Je ne m'en apercevrai même pas.

Comme je le pressentais, et comme Dovalé le savait, et peut-être l'espérait, un groupe de quatre spectateurs se lève et part, visiblement bouleversé. Ils sont instantanément imités par trois autres couples. La désertion s'accomplit en toute hâte, sans un regard en arrière. Dovalé fait un pas vers le tableau et la craie, mais renonce d'un geste de la main.

179

La route défile à toute allure ! s'écrie-t-il, comme si sa voix cherchait à rattraper les fuyards. Le chauffeur, une boule de nerfs, tout son visage secoué de tics, tout son corps agité de soubresauts, frappe le volant : « Dis-moi au moins, c'est ton père ou ta mère ? »

Moi je me tais, obstinément. Le voyage continue. La route est toujours défoncée. Je sais même pas où on est, combien de kilomètres il reste à parcourir. La vitre cogne contre mon oreille, le soleil me brûle le visage. J'ai du mal à garder les yeux ouverts. Je ferme alternativement un œil, puis l'autre. À chaque fois le monde paraît sous un jour différent. Après quoi, il y a un moment où je rassemble toute la force qui me manque pour lui demander : « Toi, tu le sais pas ? »

« *Moi ?* s'écrie le pauvre chauffeur, à deux doigts de perdre le contrôle du véhicule. Et comment je saurais ? »

« Tu étais avec eux dans le bureau. »

« Pas quand ils en ont parlé... Et après ça, ils s'en sont pris à moi... »

On roule. Je respire de nouveau. Donc le chauffeur est donc pas au courant. Au moins il m'a fait aucune cachotterie. Je l'observe à la dérobée, il me semble être finalement un homme bien ordinaire, légèrement barjo mais normal. Il a fait des efforts pour me dérider, et peut-être que ce voyage le stresse, et bien sûr moi aussi je le stresse. Comment pourrait-il prévoir mes réactions ? Moi-même j'en suis bien incapable.

Je me dis alors que maintenant il me faudra vraiment attendre l'arrivée à Beer-Shev'a. L'accompagnateur qui viendra me cueillir le saura, bien sûr. À lui, ils auront lâché le morceau, bien sûr. Je rumine pour savoir s'il est utile de demander au chauffeur combien de temps il reste d'ici à Beer-Shev'a. La faim commence à me tenailler. J'ai rien avalé depuis le matin.

180

Je balance ma tête en arrière et ferme les yeux. Petite pause, finalement j'ai encore un peu de temps. Jusqu'à ce que ceux de Beer-Shev'a me disent tout, je peux faire comme si de rien n'était, comme si rien n'avait changé depuis mon départ de la maison. Je suis plus qu'un passager convoyé dans un transport militaire pour Beer-Shev'a par un chauffeur débitant des blagues, et pourquoi ? Comme ça, parce que ça me branche. Parce que, figurez-vous, y a justement un concours de blagues dans la région et que je meurs d'envie d'y assister.

Quelque part dans la zone industrielle, on entend soudain des bruits étouffés de sirènes. L'une des serveuses, près d'une table abandonnée, dévisage Dovalé. Il lui renvoie un sourire las : Non, regarde un peu de quoi tu as l'air, ma mignonne ! Qu'est-ce qui vous est arrivé encore ? Yoav refusera de me payer un seul shekel si vous tirez une telle tronche. Vous avez perdu un être cher ? C'est juste une soirée de stand-up qui a viré un peu *alternatif*, avec l'anecdote du camping de la Gadna. Beaucoup d'eau a passé sous les ponts depuis quarante-trois ans, camarades ! Y a une loi pour la prescription, et cet enfant a disparu depuis des lustres, paix à son âme. Je me suis déjà presque complètement guéri de lui ! Allez, souriez un peu, quoi, pensez un peu à moi. À mon cachet. Aux pensions alimentaires que je dois payer. Où sont les gars qui étudient le droit, les amis ? Il met sa main en visière au-dessus de ses lunettes tordues, mais la compagnie des étudiants en droit a fichu le camp depuis longtemps. Bon, bougonne-t-il, c'est pas grave, peut-être avaient-ils un procès urgent à boucler. À propos, vous savez quel est le sens du mot « alimentaire » en latin ? Dans la traduction hébraïque, ça signifie « système pour arracher les couilles à un mec par le biais du portefeuille ». Pas mal, hein ? Poétique. Oui, vous pouvez rire… Moi, ça me fait plutôt pleurer. Y a des femmes qui arrivent pas à tomber enceintes ; moi, j'arrive pas à rester marié. Je voudrais, mais ça marche pas… À chaque fois c'est la même histoire… Je jure, je promets, et de nouveau avec toutes mes salades, allez donc, audience de divorce, partage des acquêts, droit de visite… Vous connaissez celle du lapin et du serpent tombés ensemble au fond d'un puits ? Même celle-là, vous l'avez jamais entendue ? Sur quelle planète vous vivez, dites ? Le serpent tâte le lapin et dit : « Que ton pelage est doux, que tes oreilles sont longues et que tes dents saillent, tu es un vrai lapin ! » Le lapin le palpe à son tour et lui dit : « Tu as une langue bien pendue et elle est fourchue, tu rampes et tu es glissant, tu es un avocat ! »

Dovalé tend son index et interrompt notre rire ténu. Voici pour vous une question de dovalisme zen : si un mec se retrouve seul en pleine forêt et voit personne autour de lui, pas âme qui vive, est-ce qu'il est toujours coupable ?

Les femmes rient, les hommes ricanent.

De la main, le chauffeur frappe son volant. « Qu'est-ce que c'est que cette histoire ? s'exclame-t-il. Comment se fait-il qu'ils ne t'aient rien dit ? » Je reste coi. « Bon Dieu », dit-il. Il allume une cigarette, ses mains tremblent. Il me lance un œil torve, de côté : « T'en veux une ? » J'en tire une du paquet, comme un grand. Il me l'allume avec un briquet. Ma première vraie cigarette, une Time. Au camp, les copains, ils m'en donnaient pas. « T'es encore un bébé », disaient-ils. Ils se les passaient au-dessus de ma tête. Les filles faisaient de même, et voilà que le chauffeur m'en allume une avec son briquet orné d'une femme en mouvement qui s'habille et se déshabille. J'avale la fumée, toussote, ça brûle, bien, si ça pouvait tout brûler. Que ça brûle le monde entier.

On roule encore. On fume. On est silencieux comme des hommes, des vrais. Si mon père me voyait comme ça, il m'allongerait une beigne sur-le-champ. Alors maintenant, c'est son tour à elle, à maman, vite, peu importe quoi. Je pense à son visage, le soir, quand elle débarquait du bus de l'usine d'armement, comme si elle avait passé la journée au service de l'Ange de la mort – elle ne s'y habituait pas. L'odeur des balles disparaissait seulement après sa douche, et seulement alors elle revenait dans le monde des humains. Ensuite elle s'asseyait dans son fauteuil, et moi je lui faisais mon spectacle, la « représentation du jour », comme on l'appelait. Un spectacle que je préparais toute la journée : sur le chemin de l'école, pendant l'école et après. Une représentation spéciale rien que pour elle, avec des personnages, des déguisements, des chapeaux, des foulards, des fringues que je piquais sur les cordes à linge des voisins, ou que je ramassais dans la rue. Bon sang paternel ne saurait mentir.

Autour de nous, il fait déjà sombre, mais elle et moi, on a pas besoin de lumière. Le voyant rouge du chauffe-eau nous suffit amplement. Elle, l'obscurité, elle adore, comme elle le dit souvent, et c'est vrai que ses yeux s'agrandissent dans le noir comme jamais. Comme deux poissons bleus à la lueur du chauffe-eau. Quand on la croise dans la rue couverte de son châle, avec ses bottes, la tête baissée, on se rend pas compte à quel point elle est belle. Mais à la maison, c'est la plus belle femme au monde. Je lui refaisais des sketches et des imitations de comiques israéliens des années 1960. Avec un balai en guise de micro, je chantais pour elle des rengaines, ça pouvait durer toute une soirée, parfois deux, et mon père en savait rien. Il nous a jamais surpris. Parfois, il rentrait à la maison juste une seconde après la fin, il flairait quelque chose sans trop savoir quoi, et il se postait devant nous en hochant la tête comme un vieux professeur, pas plus. Il pouvait pas imaginer comme ma mère se transformait quand elle me regardait faire mes sketches.

Dovalé se penche en avant, s'incline, comme s'il s'enroulait autour de son histoire.

Et moi, dans la fourgonnette, je commence à sentir que c'est peut-être pas bon de penser à elle aussi longtemps d'affilée, mais d'un autre côté je refuse de m'arrêter à mi-chemin, je crains de l'affaiblir. Comme ça, je la sens déjà faible. Ce sera bientôt le tour de papa. Faudra être équitable. Pas dévier d'un millimètre.

Elle était assise, les deux pieds posés sur un petit *tabouret**, en peignoir blanc, une serviette du même blanc nouée autour de la tête. Elle avait l'air d'une princesse, comme la Princesse Grace de Monaco. Voyez-vous, dit-il en se tournant vers nous avec la voix soudain différente, limpide d'un homme qui discute simplement avec nous : Je l'avais rien que pour moi une heure par jour peut-être, jusqu'à ce que mon père rentre. Peut-être moins d'une heure, peut-être un quart d'heure, allez savoir. Le temps s'écoule différemment lorsqu'on est enfant. Ces instants que j'ai passés avec elle ont été si précieux qu'il est possible que je les aie un peu amplifiés... Il poursuit, hilare : J'imitais tous les sketches en vogue, Shayke Ophir ou les Gashashim, etc., et elle, elle restait assise, la clope au bec, le sourire un peu sur moi et un peu dirigé vers le mur de derrière, et je savais même pas ce qu'elle pouvait comprendre de mon hébreu, avec tous les accents et l'argot. Je suis sûr que la majeure partie lui passait au-dessus de la tête, mais soir après soir, durant trois ou quatre années, peut-être cinq, elle s'est assise pour me regarder, en souriant. Je suis le seul à l'avoir vue sourire ainsi, et je pèse mes mots. Jusqu'à ce que soudain elle en ait marre, au beau milieu d'un mot. Peu lui importait où j'en étais de mon show, même au moment le plus intense, je voyais ça venir, j'étais devenu un expert en la matière : son regard devenait vague, ses lèvres commençaient à trembler, sa bouche se tordait, je cavalais pour atteindre la chute de l'histoire, tentant d'arriver avant elle, de la coiffer au poteau, je voyais sous mes yeux son visage se refermer, et pof, fini ! Plus rien. J'avais encore mon foulard sur la tête, mon balai à la main, je me sentais comme un crétin, un clown. Et déjà elle retirait la serviette de sa tête, écrasait sa cigarette. « Mais qu'est-ce qu'on va bien pouvoir faire de toi ? criait-elle. Va faire tes devoirs, va jouer avec tes camarades... »

Trois tours de scène sont nécessaires à Dovalé pour qu'il reprenne son souffle, et, moi, inopinément, j'éprouve une douleur subite, venue d'ailleurs : si au moins j'avais pu avoir un enfant avec Tamara, je me dis pour la millième fois, mais cette fois la douleur se situe à un autre endroit que d'habitude, une espèce d'organe interne dont j'ignorais jusque-là la présence. Un enfant qui lui aurait ressemblé, même de manière infime : par l'arrondi de la joue, par une mimique de la bouche. Pas plus. Je le jure. Ça m'aurait suffi.

Drin-dring, debout là-dedans ! Où en étions-nous ? s'écrie-t-il, la gorge sèche. Où en étais-je ? Allez, mélange les ingrédients, Dovalé, Beer Ora, chauffeur, cigarette, papa, maman, convoi express, on en est déjà à 120, 130 au compteur. Le châssis du véhicule se met à vibrer, le conducteur, nerveux, continue à bourrer le volant de coups de poing et à faire non-

non de la tête. C'est la première fois que je vois un chien factice qui remue la tête à la place du conducteur, et non sur la plage arrière. À chaque centième de seconde, il me lance un regard en coin, comme si moi... comme si j'avais, que sais-je ?, une sorte de maladie...

Moi, rien. Je tire sur ma cigarette. J'aspire fort la fumée, ça me brûle la cervelle et toutes les pensées avec. D'un autre côté, quand je fume, je peux penser à eux sans vraiment y penser, car elle aussi, elle fumait et papa itou, elle le soir, lui le matin. Et sous l'effet de cette pensée la fumée des deux fusionne, ma tête s'emplit de fumée, comme si un incendie s'était déclaré en moi. Je finis par jeter la cigarette par la fenêtre et j'étouffe, j'étouffe.

Dovalé arpente la scène d'un air absent, se rafraîchit la figure avec ses mains en éventail. Parfois, on dirait que son histoire le revigore et, l'instant d'après, qu'elle aspire toute son énergie. Et tout à coup, peut-être à cause du remue-ménage occasionné par son récit, quelque chose surgit en moi, une idée : peut-être lui écrirai-je, brièvement, dans les grandes lignes, le déroulement de la soirée. Une fois rentré chez moi avec les serviettes gribouillées, j'essaierai de rédiger de façon ordonnée une synthèse des événements.

Pour qu'il la conserve. En souvenir.

Et soudain il stoppe la fourgonnette, le chauffeur. Pas avec délicatesse mais dans un crissement de pneus, comme un chauffeur dans un cambriolage. Dovalé nous fait la démonstration, se jette en avant et retombe en arrière, la bouche grande ouverte : Chicago, la poursuite de Steve McQueen dans *Bullitt*. Toc ! Il s'arrête sur le bas-côté. Quel bas-côté ? Où ça, un bas-côté ? C'était il y a quarante-trois ans, c'est à peine s'ils avaient inventé les routes, les gens en étaient encore à applaudir aux accidents, demandaient un bis, bada-boum ! Le cahot du véhicule nous projette en l'air, tous les deux en même temps. Il y avait là-haut une capote tendue sur des tiges d'acier, on se prend un coup sur la tête, on hurle, les dents comme des paires de castagnettes, la bouche pleine de sable, et pour finir, quand la voiture se redresse, la tête du chauffeur retombe sur le klaxon, son front appuie dessus durant quelques secondes, un cri déchire le désert... Il relève ensuite la tête, donne sur le volant un coup de poing si brutal que j'ai peur qu'il le réduise en bouillie, et il me fait : « Et si on faisait marche arrière ? »

« Hein ? dis-je. Pourquoi marche arrière ? Je dois aller à Jérusalem. »

« Mais c'est pas normal que toi, tu ne sois pas au cou-rant... » Il commence à bredouiller à mes oreilles : « C'est contre le... Je ne sais pas, c'est même contre Dieu, contre la Torah, c'est pas normal, je peux pas conduire comme ça, ça me pose problème, je te jure, ouais, ça me rend malade... »

« Continue d'avancer, je lui dis, comme si ma voix avait mué. À Beer-Shev'a, ils nous diront tout. »

« Tu parles, qu'ils nous diront tout », et il crache par la fenêtre. « Ceux-là, j'ai compris comment ils fonctionnent. Des trouillards. Ils se repassent tous le bébé. »

Le chauffeur descend pisser. Je reste dans la fourgonnette. Enfin seul. C'est la première fois que je suis ainsi, seul avec moi-même, depuis que la sous-off m'a laissé devant la baraque du QG. Aussitôt je m'aperçois qu'il est pas bon que je sois seul. Je manque d'oxygène. J'ouvre la portière et saute à toute allure, de l'autre côté du véhicule. Je suis debout, en train de pisser, et en une seconde mon père me vient à l'esprit, il s'insinue en moi, il se fourre partout, plus que ma mère. Qu'est-ce que ça signifie et pourquoi elle est plus faible à ce point pour moi ? Je la convoque de force, et lui s'amène derrière elle. Pendant un moment j'ai pas le droit de demeurer en tête à tête avec ma mère. Qu'est-ce que ça veut dire ? Je pense à elle très fort, cherche à la visualiser pour de bon, et à sa place, qui se présente ? Comme elle blêmit quand on annonce aux informations radiodiffusées que nos forces ont éliminé un terroriste, ou qu'il y a eu des échanges de tirs, et que toute une cellule a été tuée sous nos balles. Immédiatement, elle va à la salle de bains. Même si elle sort à peine de sa douche, elle y rentre et recommence, elle s'y enferme peut-être une bonne heure, se frotte la peau de ses deux mains, nous vide tout le chauffe-eau, ce qui a le don de mettre papa hors de lui. Il marche dans le couloir de long en large, il est à bout de nerfs. Grrr ! Grrr ! Autant pour l'eau chaude que parce qu'elle ne soutient pas nos forces armées. Mais quand elle sort, il lui dit rien, pas un mot. Et voilà, une fois de plus j'ai pensé à lui, il me laisse pas une seconde d'intimité avec elle.

Dovalé marche, arpente la scène. J'ai l'impression qu'il trébuche légèrement. La cruche de cuivre derrière lui absorbe et renvoie son reflet encore et encore, en accéléré, frénétiquement.

Ma tête travaille à un rythme dément. Qu'est-ce qui m'attend ? Qu'est-ce qui va se passer ? Que vais-je devenir ? Qui va s'occuper de moi ? Pour vous donner une idée : quand j'avais environ cinq ans, papa s'est mis à m'apprendre le foot, je vous l'ai dit. Pas à jouer, vous plaisantez, il en avait rien à battre. Il m'apprenait les événements sportifs, les règles du jeu, les résultats de la Coupe du monde et de la coupe nationale, et le nom des joueurs de l'équipe d'Israël, et ensuite les sélections anglaise, brésilienne, argentine, hongroise. En clair : du monde entier, sauf de l'Allemagne, bien sûr, et de l'Espagne à cause de l'expulsion de 1492 qui lui était restée en travers de la gorge. Parfois, alors que je faisais mes devoirs et qu'il tronçonnait ses chiffons, il me lançait soudain : « France ! Le mondial de 1958 ! » Et moi je répondais : « Fontaine, Roger Marche, Jonquet ! » Et lui : « Suède ! » Moi : « Quelle année ? » Lui, du tac au tac : « Toujours 1958 ! » Moi : « Liedholm ! Simonsson ! » Il avait une case en moins. Il faut que vous sachiez que le bonhomme a jamais mis un pied dans un stade. C'était une perte de temps, d'après lui. Pourquoi fallait-il un temps réglementaire de quatre-vingt-dix minutes et pas de vingt ? Pourquoi ne pas se contenter du premier but ? Mais j'étais petit et malingre, et il se disait que si j'avais une bonne connaissance du foot, les autres gosses me montreraient du respect, me protégeraient, ils me casseraient pas trop la gueule. Voilà comment ça se passait dans sa tête, à mon père, toujours un peu intéressé, toujours un loup en embuscade. Jusqu'au bout vous saviez jamais où papa voulait en venir. Était-il de votre côté ? Contre vous ? Je crois que son mode de raisonnement a déteint sur moi, qu'au final, c'était chacun pour sa pomme. Telle était sa vision de la vie, un résumé du patrimoine que papounet a légué à son petit.

Qu'est-ce qu'on disait, Netanya ? De quoi je me souviens encore ? Ah oui, bien sûr que je me souviens, mais oui, maintenant seulement je prends conscience de mon trop-plein de mémoire... Par exemple, après avoir fini de pisser, j'ai fait comme il me l'avait appris, mon papa, secouer une fois, deux fois. Et j'ai pensé qu'il m'avait appris pas mal de petites choses, mine de rien, comme réparer un store, forer des murs, vidanger un radiateur, déboucher un évier, reconnecter des fusibles, et parfois même il mourait d'envie, j'ai l'impression, de discuter de certains trucs avec moi, et pas seulement de foot, lequel ne l'intéressait pas, de toute façon. D'autres sujets que peuvent aborder un père et son fils, disons par exemple des souvenirs de son enfance à lui, ce genre de choses, ou d'idées. Ou simplement de me serrer dans ses bras. Mais il sait pas faire, ou il est timide, ou peut-être qu'il sent qu'il m'a trop laissé dans l'orbite de maman, et changer maintenant de direction, c'est difficile, et voilà, une fois encore c'est lui qui occupe mes pensées et pas elle, et je suis à peine remonté dans la fourgonnette qu'il recommence à me donner le tournis.

Bonsoir, Netanya ! brame Dovalé, comme s'il venait d'entrer en scène. Mais sa voix enrouée trahit sa fatigue. Vous êtes encore ici, avec moi ? Vous vous rappelez probablement – quelqu'un ici est assez vieux pour s'en souvenir – que quand on était enfants, il y avait un jeu qui s'appelait « Le cinéma à portée de main », un petit appareil pour passer des diapositives en appuyant dessus. Cela remonte encore à la préhistoire du cinéma, ironise-t-il. C'est comme ça qu'on a vu *Pinocchio*, *La Belle au bois dormant*, *Le Chat botté*...

Des vestiges du public, seuls deux spectateurs ébauchent un sourire – la dame de haute taille aux cheveux gris et moi. Nos regards se croisent le temps d'un instant. Elle a les traits doux, des lunettes à fine monture, et une coupe très courte.

Alors regardez-moi, maintenant. Le chauffeur et moi dans la fourgonnette. Clic. Le désert nous entoure. On croise un véhicule de l'armée une fois toutes les demi-heures, et alors on entend ce vroum quand on passe l'un à côté de l'autre. Clic.

Cinq jeunes spectateurs, garçons et filles, assis près de la scène, se regardent les uns les autres, se lèvent et sortent.

190

Sans dire un mot. Pourquoi sont-ils restés jusqu'à maintenant ? Mystère. Qu'est-ce qui les a décidés à lever le camp à ce moment précis ? Je n'en ai pas la moindre idée. Dovalé s'approche du tableau noir et se place en face de lui. Il me semble que cette dernière défection l'affecte plus que les autres. Les épaules contractées, il trace un bâton puis un autre, jusqu'à cinq.

Or voici que sur le seuil l'une des jeunes filles, celle qui n'a pas de petit ami, s'arrête et, en dépit des protestations de la bande, se sépare du groupe pour revenir s'asseoir près de la table abandonnée. Le gérant de la salle fait signe à la serveuse d'aller vers elle pour prendre sa commande. Elle demande juste un verre d'eau. Dovalé se hâte de retourner au tableau avec une démarche de poulet – petit clin d'œil à Groucho Marx –, efface avec insistance l'un des traits et, ce faisant, tourne la tête en arrière et sourit à pleines dents à la fille.

Soudain, je demande abruptement au chauffeur : « Raconte-moi une blague. » Lui se contracte, comme si je lui avais flanqué un direct. « T'es cinglé, hurle-t-il, une blague, maintenant ? » « Qu'est-ce que ça peut bien te faire ? je lui dis. Une seule et puis basta. » « Non, non, impossible maintenant », objecte-t-il. « Et pourquoi avant tu pouvais ? » « Avant, je savais pas, maintenant je sais. » Il tourne même pas son visage vers moi. Il a peur de me regarder. Comme s'il craignait la contagion. « Lâche-moi, poursuit-il, ça m'a déjà suffisamment pris la tête, ce que tu m'as raconté tout à l'heure. » J'insiste : « Allez, fais-moi plaisir, juste une blague sur les blondes, le monde va pas s'écrouler, y a que nous ici, personne en saura rien. » « Non, Dieu m'est témoin, j'en suis pas capable. »

« Pas capable, pas capable… » Je lui lâche les baskets. Je repose ma tête sur la vitre, en tentant de faire le vide complet dans ma cervelle. Trrrr. De pas penser, de plus exister, rien de rien. Ni maman, ni papa, ni orphelin. Mais à peine je ferme les yeux qu'il me saute dessus, mon papa. Transformé tout à coup en parachutiste, sans attendre une seule seconde. Le vendredi matin, quand maman faisait son premier huit, il me réveillait à l'aube et nous allions au jardin, je vous l'ai déjà raconté ? Non ? Un bout de jardin rien qu'à nous, derrière notre immeuble, un mètre carré. Tous les légumes qu'on mangeait chez nous en provenaient. On s'asseyait, enroulés dans une couverture, lui avec son café, sa clope et ses joues sombres mal rasées, et moi encore à demi endormi, légèrement appuyé contre lui, presque sans m'en rendre compte. Et lui trempait des biscuits dans son café et me les fourrait dans la bouche. Autour de nous régnait un silence total. Au-dessus, tout était encore ensommeillé, personne ne bougeait dans les appartements, et nous deux, on parlait à peine.

Dovalé lève l'index en l'air, pour que nous puissions nous aussi entendre le silence.

Et lui, en cette heure matinale, les symptômes de la danse de Saint-Guy, zzzz, ne se manifestaient pas encore chez lui. On restait là, à regarder les oiseaux en plein réveil, les papillons et les scarabées. On réduisait les biscuits en miettes pour nourrir les moineaux. Il savait même siffler comme un oiseau. Qui aurait cru cet homme capable de siffler ?

Tout à coup, j'entends le chauffeur qui s'est mis à parler : « Un bateau fait naufrage, et un seul passager réussit à sauter à l'eau. Il nage, nage, boit la tasse, nage encore. À bout de forces, il échoue sur une île et découvre qu'un chien et une chèvre sont arrivés en même temps que lui. »

J'entrouvre un œil. Le chauffeur continue à déblatérer sans remuer les lèvres, j'ai du mal à le comprendre. « Une semaine

192

passe, deux semaines, l'île est déserte. Pas âme qui vive, sauf le jeune homme, la chèvre et le chien.» Il semble que le chauffeur raconte sa blague, mais pas sur le ton de la plaisanterie. L'homme parle comme si tous les muscles de sa bouche étaient contractés.

«Au bout d'un mois, le naufragé commence à avoir le feu au cul. Il regarde à droite et à gauche, aucune femelle à l'horizon, à part la chèvre. Une semaine encore, et le jeune homme sent qu'il n'en peut plus, qu'il va craquer.»

Moi, je commence à penser que je devrais tendre l'oreille. Le chauffeur me raconte une histoire cochonne. Qu'est-ce que ça veut dire ? J'ouvre l'autre moitié de l'œil. Le chauffeur, recroquevillé sur le volant, la figure collée au pare-brise, est d'un sérieux à faire peur. Je ferme les yeux. Il y a ici quelque chose à comprendre, mais où trouver la force ? Je me contente d'imaginer l'île avec le garçon, la chèvre et le chien, et je plante mentalement dans le décor un superbe palmier, j'y accroche des noix de coco, et puis un hamac. Je rajoute une chaise longue. Des raquettes de badminton.

«Une semaine plus tard, le garçon finit par craquer pour de bon. Il va vers la chèvre, dégaine ses bijoux de famille, mais le chien s'amène illico et lui fait : grrrr ! Comme pour dire : "Pas touche, t'approche pas de la chèvre !" Bon, se dit le jeune homme, choqué, en remballant son bazar. La nuit, pendant que le chien pioncera, je pourrai passer à l'action. À la nuit tombée, le chien ronfle, et lui, avec des ruses de Sioux, rampe vers la chèvre. À peine a-t-il commencé à la monter que le chien s'élance comme une panthère, aboie, découvrant des crocs aiguisés comme des couteaux, les yeux injectés de sang... Alors le jeune, le pauvre, il n'a plus le choix, il n'a plus qu'à aller se rendormir avec les couilles tellement endolories qu'il a mal jusqu'aux cils. »

Tandis que Dovalé parle, je promène mon regard sur les visages des spectateurs. Surtout ceux de la gent féminine. Je m'arrête sur la femme très grande. Ses cheveux courts forment une auréole autour de sa belle tête ciselée. Trois ans déjà se sont écoulés depuis la maladie de Tamara. Trois ans de catalepsie totale. Je me demande si les femmes peuvent percevoir ce qui m'arrive, et si cela explique le fait que depuis longtemps je ne capte plus d'ondes, aucun signal émanant d'elles.

Faut vous dire, poursuit Dovalé, que j'avais jamais vu quelqu'un raconter une blague de cette manière. En expulsant chaque syllabe comme si un seul mot, une seule lettre en moins, le disqualifierait, lui ôterait à vie le permis de raconter des blagues.

Et Dovalé de se lancer dans un numéro d'imitation assez réussi du chauffeur, presque vautré sur le volant. L'homme a l'air de planer littéralement devant nous : « Et sur l'île, ça continue de plus belle encore un jour, puis un autre, une semaine, un mois. Et à chaque fois que le jeune homme fait un millimètre en direction de la chèvre, aussitôt le chien gronde : grrrr... »

Quelques sourires dans l'assistance. La petite dame pouffe et plaque sa main contre sa bouche. Grrr ! lui lance Dovalé à nouveau, rien que pour elle. Une variante du Trrrr ! de tout à l'heure. Elle se régale. Son rire se déploie comme s'il la chatouillait. Dovalé la dévisage avec tendresse.

« Un jour, le garçon s'assoit, désespéré, face à la mer. Soudain il aperçoit au loin de la fumée : encore un naufrage ! Une blonde au corps de rêve, avec tout ce qu'il faut au bon endroit, saute du navire qui coule. Le jeune homme n'hésite pas un instant : il saute à l'eau, nage, nage, et arrive à la hauteur de la blonde. Elle est sur le point de se noyer, il la saisit et la ramène à l'île, la couche sur le sable. Elle ouvre les yeux. Elle est belle à mourir, un vrai top-modèle. "Mon héros, lui dit-elle, je suis à toi. Tu peux me faire tout ce que tu veux." Le garçon jette alors un regard prudent de côté et lui souffle à l'oreille : "Dites, madame, vous pourriez pas tenir le chien un moment ?" »

Dovalé ne nous laisse même pas le temps de rire comme il se doit, comme nous en aurions tous tant besoin. Il continue son histoire : Et moi, écoutez donc, filles de Netanya, je suis tout à coup pris d'un fou rire. Je suis plié en deux, là, dans la voiture, peut-être parce que pendant deux minutes il m'avait vidé la tête et permis de plus penser à ce qui m'attendait. Peut-être aussi parce qu'un type plus âgé que moi m'avait raconté une blague pour adultes, avait considéré que j'étais assez mûr pour ça. D'un autre côté, je commençais à me demander pourquoi, bordel, le chauffeur pensait que j'étais déjà un adulte. Et si j'avais pas envie de grandir aussi vite ?

Mais ce qui importe, c'est que je ris au point d'avoir des larmes dans les yeux. Enfin elles coulent, c'est l'essentiel. J'espère que cela aussi me sera compté. Et tout à coup, en plein fou rire, je me rends compte que ça me fait du bien, justement, de penser à une blonde en train de se noyer, à un chien et à une chèvre. Je les vois désormais à côté du hamac et des noix de coco, sans personne que je connaisse.

Quant au chauffeur, je remarque qu'il est un peu stressé que je me marre comme un fou. Il a sans doute peur que j'aie perdu la boule. Mais en même temps il est content que sa blague me fasse rigoler. Comment ne pas l'être ? Il se redresse aussitôt sur son siège et se pourlèche les babines à toute vitesse – un geste bien à lui parmi d'autres. Je repense à lui de temps en temps aujourd'hui encore, à sa manière de replacer sans arrêt ses lunettes de soleil sur son front, ou de se pincer le nez avec ses deux doigts pour le rapetisser… « Ben Gourion, Nasser et Khrouchtchev sont dans un avion, reprend-il avec empressement, avant que je me refroidisse. Tout à coup, le pilote annonce qu'il y a une panne de carburant et qu'il n'y a qu'un parachute pour trois… »

Que vous dire ? Ce garçon était le roi de la blague. Il savait bien mieux raconter que conduire, c'est certain, mais moi, ça m'était égal, pourvu qu'il continue comme ça jusqu'à Beer-Shev'a, où on allait enfin m'annoncer les choses… Forcément : là-bas je commencerais véritablement à être un orphelin. Mais jusqu'à l'arrivée je pouvais respirer un peu, comme si on m'avait octroyé un bref sursis, que l'on avait différé l'exécution de quelques minutes. C'était l'impression que j'avais.

Dovalé relève la tête et me regarde longuement et acquiesce. Et moi je me remémore sa réserve et même son trouble quand au téléphone je lui avais demandé s'il voulait que je rende ma sentence.

Et il poursuit : À mon avis, ça lui convenait aussi, au chauffeur, de continuer à blaguer. Peut-être à cause de la pression que je lui mettais. Peut-être qu'il voulait tout simplement me distraire. Quoi qu'il en soit, à partir de ce moment, il ne s'est pas arrêté un instant, même pour respirer. Blague après blague, il m'a farci la tête. À dire vrai, je les ai presque toutes oubliées, mais quelques-unes se sont enracinées et me sont restées en mémoire, et ces messieurs assis près du bar – salut, les amis ! Vous venez de Rosh HaAyin, pas vrai ? Ah, pardon, je suis bête, de Petah Tikva, mes respects ! –, ces

fans qui me suivent depuis une quinzaine d'années au moins
– à votre santé, *muchachos* ! –, ils connaissent les deux ou
trois blagues que je sers à chaque représentation, que ce soit
nécessaire ou pas. Maintenant, vous savez d'où elles viennent.
Comme celle du type qui avait un perroquet atteint de copro-
lalie, écoutez-la, vous allez aimer. Depuis le matin quand il
ouvrait l'œil jusqu'à ce qu'il aille se coucher, il sortait les
gros mots les plus... Oh ! Qu'est-ce qui m'arrive ? Dovalé se
mord la lèvre. Non, attendez, me dites pas que je vous l'ai
déjà racontée ce soir ?

Les gens sont assis immobiles, leurs yeux vitreux.

Oui, tu l'as déjà racontée, lui dit la voyante sans le regarder.

Il... il s'agit d'un autre perroquet, balbutie-t-il, mais bon,
vous êtes tombés dans le panneau. Parfois je teste l'attention du public. Bravo, vous avez passé l'épreuve, vous êtes
un public d'élite, proclame-t-il avec un rire amer, le visage
mortifié, effrayé. Où en étais-je ?

Au chauffeur, suggère la petite dame.

C'est à cause des médicaments, dit-il en sirotant le contenu
du thermos.

Effets secondaires, répond-elle, toujours sans le regarder.
Moi aussi, ça m'arrive.

Écoute, ma puce, écoutez tous, j'ai bientôt terminé, restez encore quelques minutes avec moi, OK ? Le chauffeur,
donc, me sort blague sur blague et se bidonne comme un
bossu, et dans ma tête règne la plus grande confusion : le
prêtre, le rabbin et la pute ; le bouc ventriloque ; le *mohel*,
le circonciseur, qui troque par erreur sa sacoche contre celle
du bûcheron ; le perroquet – le deuxième, je veux dire –, et
cette journée complètement folle. Je crois qu'à un moment
je me suis endormi.

Et à mon réveil, qu'est-ce que je vois ? Que nous sommes dans un endroit qui est certainement pas la gare routière de Beer-Shev'a. Une simple cour de ferme avec des poules et des coqs en liberté, des chiens qui se grattent et des pigeons en cage. À côté de la fourgonnette, une femme filiforme, la tignasse noire toute bouclée, tient dans ses bras un bébé tout aussi maigre en couche-culotte. Elle est postée près de ma vitre et me regarde comme si elle avait devant elle un animal à deux têtes. Et la première chose que je pense, c'est : Qu'est-ce qu'elle a sur le visage ? Qu'est-ce qui est peint sur sa figure ? Puis je comprends que ce sont des larmes. Et chez elle aussi, les larmes coulent verticalement et sans arrêt. Le chauffeur se tient debout près d'elle et mange un sandwich. Il me fait : « Bonjour, toi ! Je te présente ma grande sœur, on la prend avec nous. Figure-toi qu'elle n'a jamais vu le Mur des Lamentations. Mais rassure-toi, on va d'abord te déposer à l'endroit convenu. »

Où suis-je ? Que se passe-t-il ? Que vient faire le Mur dans cette histoire ? Où est Beer-Shev'a ? Comment a-t-on atterri ici ? Le chauffeur, hilare, dit : « Tu as ronflé la moitié du chemin. Un vrai somnifère, mes blagues. » La jeune fille intervient alors : « Je peux pas le croire. Même lui, tu lui as fait le coup de tes blagues débiles ? Crétin. Tu n'as pas honte de lui avoir raconté ça, dans sa situation ? »

Même quand elle pleure, sa voix reste dure, irritée. Le chauffeur dit : « J'ai continué à lui raconter des blagues même pendant son sommeil. Je ne l'ai pas laissé sans blaguer un seul instant. C'était ma garde rapprochée à moi. Allez, en voiture. »

Elle monte à l'arrière avec son bébé et son grand sac.

« On a dépassé Beer-Shev'a depuis un bon bout de temps, explique-t-il. Je ne voulais pas que tu continues seul le voyage…

Tu m'as fait pitié, toi. Je te conduis jusqu'à la maison, service spécial. » « Mais sans blagues, cette fois, s'il te plaît, précise sa sœur. Et ne regardez pas, je dois donner le sein au bébé. Et rabats ce rétroviseur aussi, espèce d'obsédé ! »

Elle lui colle une petite tape par-derrière, et moi je suis assis là, comme un idiot, et je me dis : C'est quoi, ce truc pour repousser le moment d'être orphelin ? À chaque fois ils repoussent le moment. C'est peut-être le signal que je dois faire quelque chose. Mais quoi ?

Lentement, Dovalé se dirige vers le fauteuil rouge et s'assied au bord. Derrière ses verres brisés, on distingue ses yeux révulsés. J'inspecte la salle pour lui. Une quinzaine de personnes environ sont restées. Certaines femmes dardent sur lui des yeux vagues et perçants à la fois, comme si elles revoyaient une autre époque à travers lui. Ce regard ne laisse pas de place au doute : elles le connaissent bien, ou l'ont bien connu autrefois. Je me demande comment elles ont su, pour la soirée. Leur a-t-il téléphoné ? Les a-t-il invitées ? Ou viennent-elles systématiquement à son spectacle, quand il est dans les parages ? Je prends conscience qu'un élément manque au tableau : la table des deux jeunes motards est vide. Je ne les ai pas vus partir. Je subodore qu'après la pluie de coups qu'il s'est infligée, ils ont deviné qu'il n'y en aurait pas davantage.

Donc, je suis assis et je fixe du regard le pare-brise, terrorisé à l'idée de glisser un œil en arrière par inadvertance, continue Dovalé. Certes, elle a pris soin de s'asseoir à l'arrière. Mais aujourd'hui, les mères donnent le sein en public quand ça leur chante, paf ! Tout le monde donne la tétée n'importe où, paf ! Non, figurez-vous, c'est pas du tout drôle. Vous êtes avec une fille, elle a l'air normale, elle tient son bébé dans les bras, et peu importe qu'il ait l'air d'avoir huit ans, qu'il ait déjà du poil au menton...

La voix de Dovalé est neutre, presque atone.

Et elle et vous, vous parlez de tout et de rien, par exemple de la physique quantique, quand subitement, sans crier gare, elle sort un sein – un sein véritable, authentique, en direct du producteur ! – et le fourre dans la bouche du bébé tout en continuant à causer du cyclotron suisse, que vous entendez nettement et distinctement crier aux particules, si vous tendez l'oreille : « Allez, les copines, on se dépêche, on n'a pas le temps, on ferme, paresseuses... »

Dovalé fait ses adieux. Je le sens. Je sens qu'il raconte ses blagues pour la dernière fois. La jeune fille qui a failli partir et a fait demi-tour appuie sa tête dans le creux de sa main, les yeux dans le lointain. Quelle est son histoire ? L'a-t-elle raccompagné un soir jusque chez lui, après son spectacle ? Ou peut-être est-ce sa fille, l'une de ses cinq enfants, et est-ce la première fois qu'elle entend l'histoire de son père. Et les motards en noir ? Une idée incroyable me traverse l'esprit : se peut-il qu'eux aussi aient un lien quelconque avec lui ? Je repense à ce qu'il a raconté auparavant : qu'il jouait aux échecs avec les gens dans la rue. Chacun remplissait une fonction à son insu. Qui sait quelle partie d'échecs complexe il joue avec nous ce soir ?

Et la jeune fille, la sœur, continue à allaiter son bébé, et au même moment elle farfouille dans son sac et me dit : « Bien sûr, tu n'as rien mangé aujourd'hui. Donne-moi ta main, mon petit. » Je la lui tends par-derrière et elle y dépose un sandwich emballé, et après ça un œuf dur déjà décortiqué, et un bout de journal plié avec une pincée de sel dedans, pour l'œuf.

Autant elle paraît dure à l'extérieur, autant la paume de sa main est douce. « Mange, me dit-elle. Comment est-il possible qu'ils t'aient expédié comme ça, sans rien dans le ventre ? » Je me jette sur son sandwich, garni d'une tranche épaisse de saucisson – un délice ! – et d'une sauce tomate qui me brûle la langue. Ça me fait du bien. Ça me donne un sacré coup de fouet et je reprends du poil de la bête. Je saupoudre l'œuf de sel et l'avale en deux bouchées. Sans rien dire, elle me passe un petit bretzel, sort de son sac une bouteille et me sert un verre d'orangeade. Elle est comme Mary Poppins. Je vous jure. J'arrive pas à comprendre comment elle peut faire tous ces gestes d'une seule main. Et encore moins comment elle peut nous nourrir, son bébé et moi, en même temps. « Les biscuits sont un peu secs, prévient-elle, trempe-les dans l'orangeade. » Et j'obéis.

La voix de Dovalé... Mais qu'est-ce qui lui arrive ? Ses mots deviennent difficiles à saisir et depuis peu le timbre de sa voix est ténu et fluet, presque comme celui d'un enfant.

Le chauffeur tend lui aussi la main par-derrière, et elle y dépose un biscuit. Il recommence le geste, encore et encore. Je sens qu'il fait ça pour m'amuser, car elle lui a interdit de me raconter des blagues. Le voyage se poursuit en silence. « Ça suffit avec les biscuits, lui dit-elle. Tu as tout mangé, laisses-en un peu pour lui. » Mais il retire pas sa main et m'adresse un clin d'œil, la bouche pleine. Elle lui donne une tape sur la nuque, et lui il crie : « Aïe ! » et se marre. Mon père aussi, après m'avoir coiffé, me donnait une tape que j'appréhendais. Une petite tape qui me brûlait, surtout après le passage du coton imbibé d'alcool. Il me l'administrait du bout des doigts, puis il me disait à l'oreille, pour que les clients entendent pas : « Parfait, les cheveux courts. Ma vie. » Et maintenant c'est au tour de maman. Pense aux belles choses *chez elle*. Quelle pourrait être la plus belle chose chez ma maman ? Qu'est-ce qui pourrait m'aider ? Tout à coup, penser à elle me terrorise. C'est comme si elle avait perdu toutes ses couleurs. Qu'est-ce que j'ai fait de mal ? Je la convoque de force. Elle résiste. Mais je l'attrape des deux mains pour l'attirer à moi. Il faut qu'elle aussi ait une place dans ma tête. Pas seulement mon papa. Accroche-toi, maman ! je lui crie. Cède pas. Au bord des larmes, je me rencogne contre la portière du véhicule pour que le chauffeur et sa sœur me voient pas. Et ça y est, la voilà, Dieu soit loué, elle est assise dans la cuisine avec un tas de bas à repriser. Je suis assis près d'elle en train de réviser mes leçons. Tout est normal, elle passe et repasse l'aiguille, un point après l'autre. Un moment, elle s'arrête, s'égare, s'oublie, fait le vide, ne me voit plus, ni moi ni personne. À quoi pense-t-elle quand elle est dans cet état ? Je lui ai jamais posé la question. J'en ai eu mille fois l'occasion lorsque j'étais seul avec elle, mais je lui ai jamais rien demandé. Qu'est-ce que je sais d'elle ? Presque rien. Ses parents étaient riches, ça, je le tiens de mon père. Elle était une excellente élève et jouait du piano. On parlait déjà de concerts publics. Et puis fini. Au sortir de la Shoah elle avait vingt ans. Pendant six mois, durant la guerre, elle était restée cachée dans un train, comme je vous l'ai déjà raconté. Pendant six mois, trois cheminots polonais l'avaient planquée dans une sorte de niche, dans un train qui faisait la navette sur la même ligne. « Ils veillaient sur moi à tour de rôle », m'a-t-elle dit, avec une espèce de rire amer que j'avais jamais entendu. J'avais peut-être douze ans, et on était tous les deux seuls à la maison, elle et moi. Je lui faisais mon spectacle quand elle m'a interrompu pour me raconter ça d'une traite. Sa mâchoire s'est tordue plusieurs secondes sans pouvoir se remettre en place, tandis qu'une partie de son visage partait de côté. Au bout de six mois, ils ont décrété qu'ils en avaient assez d'elle, allez savoir pourquoi. Qu'est-ce qui a bien pu se passer ? Un beau jour, au terminus, ces voyous l'ont jetée sans ménagement directement sur la rampe.

On continue ? demande Dovalé d'une voix tendue. Çà et là, des têtes acquiescent.

Je me souviens pas précisément dans l'ordre, beaucoup de choses sont confuses, mais, par exemple, j'entends toujours la sœur du chauffeur à l'arrière marmonner : « *Allah Yustour* », Dieu me garde, et je me rappelle que son frère a prononcé les mêmes mots. J'ignore ce qu'ils signifiaient dans leur langue et pourquoi ils les ont dits tous les deux. En gros, je commence à me rendre compte qu'elle arrête pas de gamberger. Elle rumine à mon sujet et je me demande ce qu'elle peut bien penser. Dès que je l'ai vue me regarder près de la fourgonnette, j'ai remarqué qu'elle avait entre les yeux deux rides profondes, sombres. Je me tasse encore un peu sur mon siège, pour pas apparaître dans son angle de vue. Et pendant ce temps-là, j'entends le nourrisson suçoter et, entre deux tétées, soupirer comme un vieux. Ça aussi, ça me rend nerveux. On en prend soin, on s'en occupe, on s'inquiète pour lui, alors qu'est-ce qu'il a à soupirer ? Et, tout à coup, la sœur me demande : « Ton père, il fait quoi, comme métier ? »

« Il a un salon de coiffure, je lui réponds sans réfléchir, avec un associé. » Je sais pas ce qui m'a pris d'évoquer son associé. Quel idiot je suis. Un moment encore, et je lui aurais confié que mon père arrêtait pas de le charrier sous prétexte qu'il était amoureux de maman, et lui collait ses ciseaux sous le nez, comme pour lui signifier ce qu'il leur ferait s'il les chopait ensemble.

« Et ta maman ? » demande-t-elle.

« Ma maman quoi ? » je réponds, un peu plus méfiant.

« Elle travaille elle aussi dans le salon de coiffure ? »

« Non... pas du tout ! Elle travaille dans une usine d'armements, elle trie les munitions. » J'ai subitement l'impression que cette femme joue une partie d'échecs avec moi. Chacun avance ses pions pour sonder l'adversaire. « J'ignorais qu'on employait des femmes dans l'industrie militaire. » « Si, y en a. » Elle se tait. Alors moi aussi. Après quoi, elle me propose encore un biscuit. Je commence à croire que ça fait partie de sa tactique et qu'il vaut mieux refuser. Mais je prends le biscuit quand même, et aussitôt je sens que j'ai fait une bourde. Je sais pas pourquoi, mais une super bourde.

« Mange donc », dit-elle, contente d'elle. J'introduis le biscuit dans ma bouche, je mâche et j'ai envie de vomir.

« Et tu as des frères ou des sœurs ? » demande-t-elle.

Dehors entre-temps le désert a disparu depuis belle lurette. On longe des prés verts, on croise des véhicules normaux, civils, pas militaires. J'essaie de deviner d'après les panneaux combien de temps il reste avant d'arriver à Jérusalem, mais je connais pas tous ces axes routiers périurbains. J'arrive même pas à savoir si on a encore une heure, une demi-heure, ou trois heures de trajet, et j'ai pas l'intention de demander. J'ai sans arrêt des renvois de sandwich, d'œuf et de biscuits.

Laissez-moi vous raconter une petite blague ! s'exclame Dovalé, épuisé, comme s'il disait : « J'ai un besoin urgent d'en raconter une, juste une petite pour m'adoucir la bouche. » Mais deux femmes, à deux tables différentes, crient presque d'une

seule voix : Continue ton histoire !, puis aussitôt après elles se
regardent, embarrassées. L'une d'elles louche en direction de
son compagnon. Dovalé pousse un soupir, s'étire, fait craquer
ses jointures et inspire profondément.

Et alors la sœur me dit comme ça, au débotté, comme si de
rien n'était : « Et comment ça se passe, avec ton papa ? Vous
vous entendez bien, tous les deux ? » Je me souviens que, d'un
seul coup, mon estomac s'est retourné. Je m'étais absenté. J'y
étais plus. J'étais plus nulle part. Être quelque part, ça m'était
interdit. Pour que vous compreniez, ouvrons juste une petite
parenthèse. J'ai plein de tours dans mon sac pour pas être,
je suis un champion catégorie du non-être. Mais tout à coup,
je parviens pas à me rappeler un seul de ces tours. Non, je
vous balade pas : quand papa me battait, je m'entraînais à
ralentir les battements de mon cœur, à redescendre à vingt ou
trente pulsations par minute, comme en hibernation. C'était
mon objectif. Mon rêve. Et je m'exerçais aussi, vous allez
rire, à diffuser la souffrance depuis le lieu de l'impact vers
d'autres parties du corps. À la répartir un peu partout. Un
partage des tâches équitable, en somme... Pendant sa danse,
je me figurais une colonne de fourmis qui émiettait la douleur
et qui en une seconde transférait ces miettes du visage et du
ventre vers des régions du corps moins sensibles.

Dovalé se balance légèrement d'avant en arrière, perdu dans
ses pensées. La lumière du plafond l'enveloppe dans une espèce
de patine brumeuse. Il ouvre alors les yeux et fixe la dame
minuscule, puis – voilà, il le refait – il reporte le regard sur
moi, avec la même concentration que s'il allumait une bougie
avec la flamme d'une autre. À nouveau je ne saisis pas le sens
de son geste, ou ce qu'il veut que je pense de cette femme.

Mais je devine qu'il a besoin d'un signe d'encouragement de ma part et je lui confirme d'un regard que lui, elle et moi tenons les extrémités d'un triangle dont un jour, peut-être, je percevrai le sens.

Mais la sœur du chauffeur est aussi têtue que son frère. Elle se déclare pas vaincue. « Je n'ai pas bien entendu, dit-elle en posant une main sur mon épaule. Qu'est-ce que tu as dit ? » Je serre fort la poignée de la portière. Pourquoi m'a-t-elle mis la main sur l'épaule ? C'est quoi, toutes ces questions ? Peut-être bien que le chauffeur est quand même au parfum et qu'il lui a tout révélé ? Ma cervelle s'emballe : combien de temps ai-je dormi, en réalité, quand la voiture était garée dans la cour, avant qu'ils me réveillent ? Et combien de temps s'est écoulé pendant qu'elle préparait les sandwichs, les œufs durs et la boisson dans la cuisine ? Peut-être qu'il était à côté d'elle à ce moment-là et lui a tout balancé. Y compris des choses que j'ignore ? Encore une fois j'ai des renvois. Si j'ouvre la portière, là, je roulerai un peu en boule sur la route, je me ferai quelques plaies et bosses sans gravité, je m'enfuirai dans la campagne, et personne me trouvera avant la fin des funérailles. Alors tout sera terminé et j'aurai plus rien à faire. Du reste, qui a prétendu que je devais faire quelque chose ? D'où me vient cette idée saugrenue que c'est moi qui devrais tout décider ?

« Papa et moi, je lui réponds, on s'entend bien. Mais c'est mieux avec maman. »

Pourquoi ces mots-là sortent-ils de ma bouche ? J'en ai aucune idée. J'ai jamais fait la moindre confidence sur notre vie quotidienne à la maison, jamais, à personne, même pas à mes camarades de classe, même pas à mes meilleurs copains, pas un mot m'a échappé. Alors comment se fait-il que je me livre à un tel déballage avec une étrangère ? Avec une fille dont je connais même pas le nom ? Et en quoi ça la regarde que je m'entende mieux avec ma mère qu'avec mon père ? Je me sens mal. Ma vue se brouille. Je commence à croire, vous allez rire, qu'il y a dans ses biscuits un sérum de vérité qui t'oblige à parler comme dans un interrogatoire de police, jusqu'à ce que tu avoues.

Le visage de Dovalé exprime une peur panique. Il est là-bas. Tout entier.

Et le chauffeur dit calmement à sa sœur : « Lâche-le donc, peut-être qu'il n'a pas envie de parler de ça maintenant. » « Bien sûr que oui, réplique-t-elle. De quoi veux-tu qu'il parle en pareille circonstance ? Des nègres d'Afrique ? De tes blagues stupides ? N'est-ce pas que tu as envie d'en parler, mon petit ? » Et elle se penche à nouveau vers moi et repose sa main sur mon épaule. Je sens son odeur dont j'arrive pas à me rappeler pourquoi elle m'est familière, un parfum doux émane d'elle, du bébé peut-être ? Je le respire profondément et lui réponds : « Oui. »

« Je te l'avais dit », lance-t-elle au chauffeur en lui tirant l'oreille de toutes ses forces. Il s'écrie : « Aïe ! » et attrape son oreille. Je me souviens de ce que j'ai pensé : Même s'il se chamaillent, on voit qu'ils sont frère et sœur, et c'est bien dommage que je sois fils unique. Et pendant tout ce temps, je me dis qu'elle, elle a connu ce frère mort, celui après lequel est né le chauffeur. Ça me paraît étrange que dans son cerveau il y ait de la place pour l'un et l'autre.

Dovalé fait une pause, observe la petite dame. Elle n'arrête pas de bayer aux corneilles et tient sa tête entre ses mains, mais elle s'efforce de maintenir ses yeux grands ouverts, avec intensité et sollicitude. L'artiste vient s'asseoir au bord de la scène, ses pieds pendants dans le vide. Le sang qui coulait de son nez s'est coagulé autour de sa bouche et de son menton, laissant deux traits colorés sur sa chemise.

Soudain, tout me revient en mémoire, dit-il. C'est ça qu'il y a d'extraordinaire dans cette soirée. Faut que vous le sachiez. Vous m'avez rendu un immense service, aujourd'hui, en restant ici. Tout me revient, et pas dans mon sommeil, mais comme si ça se produisait ici et maintenant. Je me rappelle, quand j'étais assis dans la fourgonnette, avoir pensé que jusqu'à l'arrivée je devrais être comme un animal qui sait rien de la vie des hommes. Un singe, une autruche ou une mouche, le tout était de pas comprendre le langage et le comportement des êtres humains. Et de pas penser. La chose la plus importante était de pas penser, de rien désirer ni personne. Peut-être qu'il me serait permis malgré tout de penser à des choses agréables. Mais qu'appelait-on choses agréables désormais ? Agréables à papa ? À maman ? J'étais terrifié à l'idée de commettre la moindre erreur.

Dovalé parvient, non sans un effort considérable, à ébaucher un sourire. Sa lèvre supérieure est gonflée, et son propos devient de plus en plus confus. Parfois j'ai l'impression qu'il raconte les choses pour lui seul. Où... où en étais-je, balbutie-t-il, où donc ?

Personne ne répond. Il pousse un soupir et continue.

D'un coup d'un seul, j'ai une idée. Je me mets à penser à des œufs à la coque. Me regardez pas comme ça. Quand j'étais petit, je les détestais, je trouvais le blanc dégoûtant, trop liquide, et mes parents s'emportaient contre moi, disaient que j'étais obligé d'en manger, que les œufs à la coque étaient bourrés de vitamines. Ils criaient et les gifles volaient. Du reste, dès qu'il s'agissait de nourriture, même maman avait la main leste. Pour finir, à bout d'arguments, ils me menaçaient : si je mangeais pas mon plat tout de suite, ils partiraient et reviendraient pas à la maison. Je touchais pas plus à mon plat. Alors, ils enfilaient leurs manteaux tous les deux, me montraient bien la clé et me lançaient un « au revoir » depuis la porte d'entrée. Moi qui avais pourtant tellement peur de rester seul, je cédais pas. Je sais pas où je trouvais le courage de résister, de discuter avec eux, de gagner du temps. Je voulais juste faire durer cette situation éternellement : tous les deux l'un à côté de l'autre, qui me disaient la même chose…

Dovalé sourit. Balance ses jambes, se recroqueville, me semble-t-il.

Alors je pense à l'œuf à la coque : ça pourrait être une belle scène à voir et à revoir, comme un film qui finit bien. Je regarde par hasard dans le rétroviseur du chauffeur et m'aperçois que les yeux de sa sœur sont encore remplis de larmes. Elle pleure en silence. Et là tout me remonte dans la gorge : le saucisson, les biscuits. Je crie au chauffeur de stopper tout de suite. Je saute du véhicule et dégueule tripes et boyaux sur la roue. Je vomis tout ce qu'elle m'a donné, et ça en finit plus, encore et encore. Maman me tient toujours le front, quand je vomis. C'est la première fois de ma vie que je vomis seul.

Dovalé effleure légèrement son front. Dans la salle, des spectateurs lèvent la main par réflexe et se touchent eux aussi le front. Je fais de même. Il y a un moment de silence bizarre. Les spectateurs se sont perdus dans leurs propres pensées. Mes doigts cherchent à déchiffrer ce qui s'est creusé sur mon front. Un contact qui n'est pas facile. Ces dernières années, j'ai commencé à perdre mes cheveux à un rythme accéléré, et des rides profondes se sont gravées sur mon visage. Comme si quelqu'un me les avait tatouées de l'intérieur, des droites, des losanges et des carrés. « Un front de taureau », aurait ironisé Tamara, si elle l'avait vu.

Venez, venez avec moi, dit Dovalé en nous réveillant avec douceur. Allez, je remonte dans la fourgonnette. La sœur me tend une lange propre et me dit de m'essuyer la figure. La lange sent bon. Je l'applique comme un bandage. Dovalé étend ses mains sur son visage. Maintenant, c'est le tour de maman. Je l'ai laissée trop longtemps toute seule. Je dois penser à des choses plaisantes, des choses agréables d'elle. Au parfum de sa crème pour les mains 'Anouga' qui embaume toute la maison, à ses doigts interminables, à la façon dont elle touche sa joue quand elle réfléchit et quand elle lit, à la manière dont elle tient toujours ses mains croisées l'une sur l'autre pour qu'on voie pas ses cicatrices. Même quand elle est avec moi. J'ai jamais réussi à compter s'il y en avait six ou sept. Un jour six, un autre sept. Maintenant, au tour de papa. Non, c'est encore celui de maman. C'est plus urgent. À chaque instant elle disparaît de nouveau de mon univers. Elle a plus du tout de couleur. Elle est complètement blanche, comme exsangue. Comme si elle avait déjà renoncé, désespérée peut-être, parce que je pense pas assez fort à elle ? Pourquoi je pense pas plus fort à elle ? Pourquoi j'ai tant de mal à évoquer son image ? Je le veux, sûr que je le veux. Viens, maman…

Dovalé s'interrompt, redresse la tête, le regard tourmenté. Une ombre venue de l'intérieur passe lentement sur son visage. Il ouvre la bouche, inspire et replonge. À cet instant précis, une pensée m'envahit, un vœu : que Dovalé puisse lire ce que j'ai l'intention d'écrire sur cette soirée. Qu'il ait assez de temps pour le lire. Que cette lecture l'accompagne aussi *là-bas*.

Que, quelle que soit la forme qu'il prenne – une forme que je ne comprends pas et en laquelle je ne crois même pas –, ce texte continue d'exister même *là-bas*.

Mais elle nous faisait honte aussi, marmonne-t-il. Elle faisait de ces scènes. Ses hurlements nocturnes, ses crises de larmes à la fenêtre finissaient par réveiller tout le quartier. De ça, je vous ai pas du tout parlé, mais on a besoin d'en tenir compte, de le prendre en considération avant de prononcer un jugement. Dès le plus jeune âge, j'ai compris que, elle et moi nous étions bien quand nous étions ensemble, enfermés dans la maison, avec nos conversations, nos spectacles, et les livres qu'elle me traduisait du polonais et dont elle me racontait l'intrigue. Elle adaptait Kafka pour moi, avant que je m'endorme elle me racontait aussi Ulysse et Raskolnikov (rire étouffé), Hans Castorp, Michael Kohlhaas et Aliocha. Tous les trésors de la littérature, elle les adaptait à mon âge, ou plutôt non, elle les adaptait pas. D'ailleurs elle non plus était pas adaptée. Mais le plus dur, c'était quand elle sortait. Dès qu'elle s'approchait de la porte ou de la fenêtre, j'étais sur le qui-vive, mon cœur battait à cent à l'heure, et je sentais une boule anormale, ici, dans le ventre...

Il pose sa main sur son ventre. Il y a de la nostalgie dans ce petit geste.

Qu'est-ce que je peux vous dire ? J'avais la tête en feu à cause de mes parents, tous les deux ensemble, et maman en particulier. Car tout d'un coup elle s'était réveillée, comme si elle avait compris que le temps était écoulé, que j'étais sur le point d'arriver à destination, qu'elle tenait une dernière occasion d'avoir une influence. Alors vite, vite, elle s'est mise à hurler, à supplier, à évoquer je ne sais plus

211

quel souvenir. Et lui en rajoutait. À chaque souvenir de maman, papa en évoquait deux. Elle me tirait d'un côté, lui de l'autre, sans arrêt. Plus nous approchions de Jérusalem, plus ils devenaient fous.

Colmater, colmater, bredouille Dovalé frénétiquement, il faut colmater tous les orifices de mon corps. Si je calfeutre mes yeux, ils me rentrent par les oreilles ; si je ferme la bouche, ils s'introduisent par le nez. Ils se bousculent, hurlent, me rendent hystérique, ils semblent être redevenus des petits enfants qui piaillent, pleurnichent « *et moi, et moi* ».

Son discours devient presque incompréhensible. Je me lève et m'installe à une table proche de la scène. C'est curieux de le voir de si près. En moins de temps qu'il n'en faut pour le dire, quand il relève le visage vers le projecteur, la lumière engendre une illusion : un gamin de cinquante-sept ans se reflète dans un vieillard de quatorze.

Et tout à coup, je vous le jure, c'est pas le produit de mon imagination, j'entends le bébé qui me susurre des mots à l'oreille. Pas comme un nourrisson mais comme un garçon de mon âge, voire plus âgé que moi. Et il me déclare posément : « Tu dois vraiment te décider maintenant, mon petit, car on arrive d'ici peu. » Et moi je me dis que j'ai pas pu entendre une chose pareille, et plus encore, Dieu veut pas que le chauffeur et sa sœur l'aient aussi entendue. Ça, c'est interdit, Dieu pourrait tuer pour cela. Je me mets donc à hurler : « Fermez-lui son clapet, qu'on soit tranquilles ! » Le silence se fait. Le chauffeur et sa sœur se taisent, comme s'ils avaient peur de moi, et là le bébé se met à crier, cette fois comme un nourrisson ordinaire.

Dovalé prélève encore une lampée de son thermos, puis le retourne. Quelques gouttes tombent par terre. Il fait un signe au gérant de la salle et celui-ci, l'air peu aimable, arrive au bord de la scène et verse dans le thermos le contenu d'une bouteille de vin. Dovalé l'invite à en servir plus. Le petit groupe assis près du bar, venu de Petah Tikva, des fans de longue date, profite du moment où ses yeux sont concentrés sur le jet pour s'éclipser en douce. Il ne s'en aperçoit même pas, à mon avis. Un garçon au teint basané, en tricot de corps, sort de la cuisine, s'appuie sur le zinc déserté et regarde Dovalé en fumant.

Durant cet intermède, la femme à la chevelure argentée et aux lunettes à fine monture croise mon regard. Nous tissons entre nous une toile invisible et surprenante pendant un long moment.

Chers et chères camarades, dit Dovalé, peut-être savez-vous pourquoi je vous raconte cette histoire aujourd'hui ? Comment en est-on arrivés là ? Il respire difficilement, son visage s'embrase d'un rouge insolite.

J'ai presque fini, rassurez-vous, on voit le bout du tunnel… Il ôte ses lunettes et me regarde dans le brouillard, d'un œil qui à nouveau me rappelle sa requête : « Quelle impression a-t-on quand on me voit ? Qu'est-ce que les gens perçoivent en me regardant ? Qu'est-ce qui émane de moi ? » Et moi, je pense qu'il est impossible de l'exprimer avec des mots. Que c'est probablement sa particularité. Et lui m'interroge : « Mais tu crois que tous la voient quand même ? » Et je fais oui de la tête. Et lui : « Et chacun de nous sait que cette chose est seule et unique ? » Oui, oui, rétorqué-je en pensée. Chacun de nous le sait au plus profond de son cœur.

213

Le chauffeur me dépose devant chez moi, à Romema, mais à peine ai-je mis un pied hors de la fourgonnette qu'une voisine me houspille par la fenêtre : « Dovalé, qu'est-ce que tu fais là ? Va vite à Givat Shaul, peut-être que tu arriveras juste à temps… »

De Romema, on file à Givat Shaul. La distance n'est pas grande, peut-être un quart d'heure tout au plus. Une course folle, sans frein ni feux rouges. Je me souviens que le silence régnait dans le véhicule, personne ne mouftait. Et moi…

Il se tait. Inspire profondément.

Dans mon cœur, mon cœur tout noir, j'ai commencé à faire mes comptes. C'était ainsi. Le temps était venu de faire mes comptes. Des comptes mesquins et nauséabonds.

À nouveau il se tait, se replie encore plus sur lui-même.

Puis il émerge, soudain dur et tendu.

Je suis un vrai fils de pute, souvenez-vous-en. Inscrivez-le sur vos tablettes, Votre Honneur, vous pourrez l'ajouter sur votre liste au moment de la sentence. Ne me considérez pas comme je suis maintenant, sympathique, joyeux et blagueur, une source inépuisable de rire, l'empereur du rire. Depuis ce temps-là jusqu'à aujourd'hui, je suis resté un fils de pute. Un gamin d'à peine quatorze ans, avec une âme de merde, assis dans cette fourgonnette à faire des comptes sordides, les plus pourris qu'un être humain ait pu faire dans sa vie. Vous auriez du mal à imaginer tout ce que j'ai introduit dans ces comptes. Les choses les plus minables, les plus répugnantes, je les ai fait tenir dans les quelques minutes qu'a duré le trajet de la maison au cimetière. Des comptes d'épicier concernant sa vie à lui, sa vie à elle et puis ma vie avec eux.

Le visage de Dovalé se déforme, comme si quelqu'un le lui comprimait d'une main de fer.

À vrai dire, jusqu'à cet instant, je savais pas quel sacré fils de pute j'étais. J'avais pas pris la mesure de ma pourriture intérieure, jusqu'à ce que je sois putréfié jusqu'à l'os, de la tête aux pieds. J'ai appris ce que c'est qu'un homme et ce qu'il vaut. En quelques secondes, j'ai tout assimilé, tout compris, j'ai fait un bilan. Mon cerveau s'est mis à évaluer ici les actifs, là les passifs. Et puis ça suffit. J'aurai à traîner cette chose toute ma vie. Elle me suivra toute mon existence.

Il se tord les mains. Dans le silence qui s'est abattu sur nous, je m'efforce de me remémorer, ou au moins de deviner, où je me trouvais à ce moment-là, à seize heures, à l'heure précise où le véhicule de l'armée approchait du cimetière. Peut-être venais-je de rentrer du stand de tir avec ma section ? Ou peut-être étions-nous à l'entraînement, sur le terrain de rassemblement ? Je dois comprendre comment j'ai fait ce jour-là, tard dans la matinée, lorsque je l'ai vu revenir de la tente sac au dos et marcher derrière l'adjudant-chef vers la fourgonnette, pour ne pas me lever et courir vers lui. J'aurais dû me précipiter à sa rencontre, l'accompagner à la fourgonnette, lui demander ce qui se passait. N'étais-je pas son ami ?

Le chauffeur appuie sur le champignon, le corps penché sur le volant. Il est pâle comme un fantôme. Les gens dans les voitures qu'on croise, les piétons me regardent. Je vois que tout le monde sait exactement où je vais et ce qui se passe en moi. Comment le savent-ils ? Franchement, je le sais pas moi-même car j'ai pas fini de faire mes comptes, à chaque instant je me rappelle encore telle ou telle chose que je dois ajouter à ma liste de merde, à ma sélection : colonne de droite, gauche, gauche, gauche…

Dovalé ricane en guise d'excuse, freine de la paume de sa main le mouvement de sa tête.

Je vous jure que je comprends pas comment tous les passants dans la rue savaient avant moi ce que j'avais décidé, et quel sale mec j'étais. Je me souviens qu'un vieux a craché sur le trottoir au passage de la fourgonnette. Qu'un jeune religieux à papillotes s'est littéralement enfui en me voyant lorsque le chauffeur s'est arrêté pour demander le chemin jusqu'à Givat Shaul, et qu'une femme a détourné la tête de l'enfant qui l'accompagnait. Des signes, tout ça.

Et je me souviens que le chauffeur, pendant toute la durée du voyage jusqu'au cimetière, m'a pas regardé dans les yeux, même pas en coin, et qu'il s'est pas tourné d'un millimètre vers moi. Quant à sa sœur, c'était comme si elle s'était volatilisée, j'entendais même plus sa respiration ni celle du bébé. Et c'est justement à cause du silence du bébé que j'ai commencé à me demander ce qui se passait, ce que j'avais fait et pourquoi ils se comportaient comme ça.

Et j'ai compris que quelque chose de moche était survenu dans la dernière ligne droite, entre la maison et le cimetière. Ou depuis mon départ de Beer Ora. Mais quoi ? Qu'est-ce qui s'était passé, que me voulaient tous ces gens ? J'étais assailli par ces pensées qui se bousculaient comme des mouches dans ma cervelle. Mais ce ne sont que des pensées sans conséquences, et puis personne peut contrôler les pensées, ni mettre un cerveau en pause et lui dire de raisonner comme ceci ou comme cela. Pas vrai ?

Silence dans la salle. Il ne lève pas la tête pour nous regarder. Comme s'il craignait la réponse.

Je comprenais rien de rien. Et j'avais personne à qui demander. J'étais tout seul, et alors une nouvelle pensée a surgi, s'est fixée dans mon crâne : que ça y était, ça y était, j'avais probablement déjà décidé, mon verdict était déjà tombé.

Il retend les bras vers le haut, vers le bas, de côté. Il essaie de libérer sa respiration. Il ne me cherche pas des yeux, mais je sens que plus que jamais il quémande mon regard.

Et figurez-vous que j'ignorais de quelle manière j'avais déjà pris la décision. Aussitôt j'ai essayé de l'inverser, je vous jure que j'ai essayé. Qu'est-ce qui m'a pris ? Alors que, tout le temps, j'avais eu quelque chose de complètement différent en tête. Toute la vie cela avait été comme ça, sans avoir besoin de réfléchir. Qui avait jamais réfléchi à une chose pareille ? La voix se brise dans un cri d'effroi. Et pourquoi à la dernière minute j'ai décidé le contraire de ce que je voulais vraiment ? Comment mon existence entière a été bouleversée en une seconde à cause des idées stupides d'un gosse débile… ?

Dovalé s'écroule dans le fauteuil.

Ces… ces quelques instants, bredouille-t-il, et tout ce voyage et mes calculs de merde… Il tourne lentement ses mains et les contemple avec étonnement, avec un air émerveillé qui renferme une vie entière. Comment je me suis sali. Mon Dieu, comment j'ai pu me souiller ainsi jusqu'aux os…

Si seulement je m'étais levé avant qu'il monte dans la fourgonnette ! Même au beau milieu d'un entraînement. Même si cela aurait fait hurler l'adjudant-chef. Même si, je n'ai aucun doute là-dessus – et probablement n'en avais-je alors aucun –, tous se seraient foutus de moi et si je serais devenu le souffre-douleur du camp. À la place de Dovalé.

Lui se prend la tête entre les mains, se presse les tempes. Je ne sais pas à quoi il pense maintenant, mais je me lève et cours à sa rencontre. Je revois le chemin blanchi à la chaux, étonnamment lumineux. Un sentier pavé de pierres. Le terrain de rassemblement avec le drapeau. Les superbes et grandes tentes. Les baraquements. L'adjudant-chef qui hurle, menaçant. Je l'ignore. Je rejoins Dovalé, lui emboîte le pas. Il m'observe et continue à avancer, ployant sous le poids de son sac à dos. Hébété. Je tends la main et lui touche l'épaule, il s'arrête et me fixe du regard. Peut-être cherche-t-il à comprendre ce que je lui veux après tout ce qui s'est passé, où en est notre relation désormais. Je lui demande : « Qu'est-ce qu'il y a ? Où t'emmènent-ils ? » Alors il redresse les épaules, affronte le regard de l'adjudant-chef et lui pose la question. Et l'adjudant-chef le lui dit.

Et si l'adjudant-chef ne le lui dit pas, je repose la question à Dovalé.

Et lui à l'adjudant-chef.

Et ainsi de suite jusqu'à ce qu'il lâche le morceau.

Parfois, dit Dovalé, je pense que jusqu'à aujourd'hui toute la saleté de ces calculs ne s'est pas encore délayée. Comment l'aurait-elle pu ? Comment donc ? Une souillure pareille – il cherche le mot juste, ses doigts trayant l'air –, radioactive, oui, un Tchernobyl privatisé, rien que pour moi, un instant qui suffit pour une vie tout entière et qui encore aujourd'hui pollue toute chose, tout être humain que je touche.

Silence total dans la salle.

Toutes celles que j'épouse. Tous les êtres que j'engendre.

Je me tourne et épie à la dérobée la jeune femme qui

s'apprêtait à sortir et a fait marche arrière. Elle pleure en silence, le visage entre ses mains. Ses épaules tressaillent.

Continue, lance discrètement une dame bien en chair coiffée d'une masse de cheveux bouclés. Il jette un regard brumeux en direction de la voix et approuve faiblement. Et à cet instant seulement je me rends compte d'une chose inestimable : à aucun moment de la soirée il n'a mentionné le fait que j'étais avec lui au camp. Il ne m'a pas montré du doigt.

Que dire de plus ? On a fini par arriver à Givat Shaul, c'était comme une usine, travail à la chaîne, trois enterrements à l'heure, tactactac, allez donc trouver le nôtre... On a garé la fourgonnette sur le trottoir, la femme et son bébé sont restés à bord, et le chauffeur et moi, on a couru d'un bout à l'autre du cimetière. Oubliez pas que c'étaient mes premières obsèques, je savais même pas où ni quoi chercher. Où un mort était censé se trouver, d'où il allait surgir, si on pouvait le voir ou s'il était recouvert. Il y avait des groupes de personnes à divers endroits et je savais pas ce qu'ils attendaient et qui décidait ici de ce qu'il y avait à faire.

De loin j'ai aperçu un Bulgare rouquin qui travaillait avec mon père, un représentant en crèmes et shampooings, et, à côté de lui, une collègue de ma mère de l'usine d'armement, une chef d'atelier dont maman avait une peur panique, et un peu derrière eux Silviu, l'associé de mon père, une gerbe de fleurs à la main.

J'ai dit au chauffeur qu'on était arrivés. Il s'est arrêté pour me laisser passer et m'a dit quelque chose du genre « Sois courageux, mon garçon ». Et moi, honnêtement, ça m'a fait de la peine de me séparer de lui dont j'ignorais jusqu'au nom. Si par hasard il est parmi vous ce soir dans la salle, qu'il lève la main, la maison lui offre un verre.

À en juger par le regard intense et scrutateur qu'il projette dans le public, on dirait qu'il croit effectivement à cette éventualité.

Où es-tu ? raille-t-il. Où es-tu, mon « protecteur des simples[1] », toi qui m'as raconté des blagues tout au long de la route et as inventé cette histoire de concours ? J'ai vérifié y a pas longtemps. En ce moment je suis en train d'archiver des dossiers, voyez-vous, je range le bureau. J'ai entrepris des recherches par-ci, questionné par-là, j'ai googlelisé, j'ai même farfouillé dans de vieux exemplaires de la revue militaire de cette époque. Ça a jamais existé. Pas de concours de blagues à l'armée. Une pure invention, juste pour moi. Cette canaille de chauffard a voulu atténuer le coup. Où es-tu, âme sensible ?

Maintenant, restez avec moi, me lâchez pas la main une seconde. Le chauffeur est retourné à sa fourgonnette, et moi je me suis dirigé vers les gens attroupés. Je me rappelle que j'ai marché lentement, comme sur des éclats de verre. Seuls mes yeux remuaient convulsivement. Tiens, une voisine d'immeuble, toujours en bisbille avec nous parce que notre lessive – toutes les fripes de mon père – dégorgeait sur la sienne, elle est ici. Et voilà le docteur qui soignait la tension artérielle élevée de mon père, et ici la compatriote du même shtetl que ma mère, qui lui apportait des livres en polonais, et celui-ci, et celle-là. Il y avait environ une vingtaine de personnes assemblées là. J'ignorais que nous connaissions autant de monde. Dans notre quartier, les gens nous parlaient à peine. Peut-être y avait-il des clients du salon de coiffure. Je sais pas. Je me suis pas approché d'eux. Je voyais ni mon père ni ma mère. Les gens ont tout à coup remarqué ma présence, m'ont montré du doigt,

1. Allusion au psaume 116, 6.

ont chuchoté entre eux. J'ai laissé tomber mon sac par terre. J'avais plus la force de traîner tout ce barda.

Dovalé enserre son corps avec ses bras.

Soudain s'amène un grand type, la barbe noire taillée en brosse, de la _Hevra Kaddisha_, un employé des pompes funèbres, qui me demande : « C'est toi, l'orphelin ? L'orphelin Grinstein ? Où étais-tu passé ? On n'attend plus que toi ! » Et il m'attrape vigoureusement par la main, me la broie, me tire derrière lui et, tout en marchant, me colle une kippa en carton sur le crâne...

Dovalé me regarde, est pris dans le faisceau de mes yeux. Je lui donne tout ce que j'ai et tout ce que je n'ai pas.

Il m'a conduit jusqu'à une sorte de bâtiment en pierre où il m'a fait entrer. J'ai pas regardé. J'ai fermé les yeux. J'ai pensé que peut-être papa et maman seraient à l'intérieur, à m'attendre. Qu'ils m'appelleraient par mon nom. J'ai rien entendu du tout. J'ai rouvert les yeux. Ils étaient pas là. Il y avait là qu'un gros garçon, un religieux aux manches retroussées, qui a pris la tangente par une porte latérale. Le type à la barbe noire m'a entraîné plus loin. On a traversé la salle et on a franchi encore une porte. Je me suis retrouvé dans une pièce plus petite, avec de grands lavabos sur le côté, un seau, plusieurs serviettes ou draps mouillés, et une espèce de long chariot avec un paquet posé dessus, enveloppé d'un tissu blanc. J'ai immédiatement compris qu'il y avait là quelqu'un, un être humain. Et le type m'a dit : « Demande pardon », et moi...

Dovalé incline la tête sur son torse, s'étreint avec plus de force encore.

J'ai pas bougé. Le type m'a planté son doigt dans l'épaule par derrière. « Demande pardon », a-t-il répété, et je lui ai répondu : « Mais à qui ? » sans regarder le lit. À un moment j'ai pensé que le paquet était pas très long, alors peut-être que c'était pas maman, c'était pas maman. Peut-être que j'avais eu tout simplement peur pour rien. Ma cervelle m'avait joué un tour. Et là, j'ai ressenti un bonheur inouï, que j'avais jamais connu, ni avant ni après, un bonheur dingue, comme si moi aussi, à cet instant, j'avais échappé à la mort. À nouveau il m'a pressé l'épaule. « Eh bien, demande pardon. » Et je lui ai redemandé : « Mais à qui ? » Alors tout à coup il a eu un déclic, il a arrêté de me planter son doigt dans l'épaule et m'a demandé : « Tu ne sais pas ? » Je lui ai répondu : « Non. » Et lui, stupéfait : « On ne t'a rien dit ? » « Non. » Il s'est penché vers moi, m'a regardé droit dans les yeux et a murmuré avec délicatesse : « C'est ta mère qui est là. »

Et ensuite, de quoi je me souviens ? Souvenirs, souvenirs... Je préférerais ne pas en avoir autant, avoir de la place dans ma tête pour autre chose. Le type des pompes funèbres m'a aussitôt ramené dans la grande salle où étaient réunis les gens que j'avais vus à l'extérieur. À mon arrivée, ils se sont divisés en deux et j'ai vu mon père appuyé sur l'épaule de son associé. Il peinait à tenir debout sur ses deux jambes. Il s'accrochait à Silviu comme un bébé et s'est même pas aperçu de ma présence. Et moi, j'ai pensé... Qu'est-ce que j'ai bien pu penser... ?

Dovalé inspire profondément, du tréfonds de ses entrailles.

J'ai pensé que je devais aller vers lui, l'embrasser. Mais j'étais incapable de marcher, et encore plus de le regarder droit dans les yeux. Les gens derrière moi ont dit : « Allez, va voir ton papa, va donc, *Qaddishel*[1] ! » Et Silviu lui a glissé

---

1. Diminutif désignant l'endeuillé astreint à réciter la prière des morts, le *Qaddish*.

à l'oreille que j'étais là. Mon père a levé la tête et ses yeux se sont agrandis comme s'il avait vu le Messie. Il a lâché Silviu et est venu vers moi d'un pas chancelant, écartant les bras, criant le nom de maman et le mien. Et soudain je l'ai vu vieux. Il pleurait devant tout le monde, disait en yiddish que nous restions tous les deux seuls, et comment un tel malheur avait-il pu se produire, et pourquoi ça nous arrivait à nous qui n'avions jamais fait de mal à personne. J'ai pas bougé, j'ai pas fait un mouvement vers mon père. Je me suis contenté d'observer son visage et de penser qu'il était un idiot qui comprenait pas que ç'aurait pu être tout le contraire. À un ou deux millimètres près, la situation aurait été inversée. Et s'il m'avait pris dans ses bras à cet instant ou s'il m'avait effleuré, je l'aurais tué, je le pouvais, j'étais tout-puissant, tout ce que je disais se réalisait. Et à la seconde où j'ai eu cette pensée, mon corps a basculé, j'ai fait une culbute pour atterrir sur les mains, tête en bas. La kippa est tombée et j'ai entendu la respiration de tout le monde. Et puis, le silence.

J'ai commencé à courir, suivi de papa. Il comprenait pas encore et me criait en yiddish de m'arrêter, de me remettre debout, de revenir. Et moi, la tête toujours en bas, je voyais tout à l'envers, j'inversais tout. Par en dessous, j'ai vu comment les gens s'écartaient pour me céder le passage. Je suis sorti et personne a osé m'arrêter. Mon père m'a poursuivi en criant et en pleurant, jusqu'à ce qu'il atteigne le seuil de la pièce. Alors moi aussi je me suis arrêté sur le terre-plein et nous sommes restés à nous regarder, lui comme ci et moi comme ça. Et à cet instant j'ai vu que sans elle il valait vraiment plus rien, que toute sa force vitale, il la puisait en elle. En l'espace d'un instant, il était devenu l'ombre de lui-même.

Ses yeux me fixaient, ils se rapprochaient lentement l'un

de l'autre, et je me suis rendu compte qu'il commençait à comprendre. Je sais pas comment. Pour ce genre de chose, papa avait un sixième sens. Vous me convaincrez pas du contraire. En une seconde il avait saisi tout ce que j'avais fait pendant le voyage et mes calculs sordides. Il a levé les deux mains et je suis persuadé, qu'il m'a maudit car il a poussé un cri comme j'en ai jamais entendu chez aucun être humain. Un cri, comme si je l'avais assassiné. À ce moment je suis tombé. Mes deux bras se sont repliés et je me suis retrouvé par terre, sur le bitume.

Des gens qui se trouvaient sur le terre-plein nous regardaient, lui et moi. Je sais pas ce qu'il m'a dit, quelle malédiction il a proférée. Peut-être tout cela n'était-il que le fruit de mon imagination. Mais à en juger par son expression, c'était une sacrée malédiction. Je n'avais alors pas encore conscience qu'elle allait me poursuivre durant toute mon existence. Mais cela a bien été le cas, où que j'aille, où que je fuie.

Figurez-vous que pour la première fois j'en viens à penser que j'avais peut-être rien compris. Que papa aurait été prêt à s'allonger là, sur la civière, à la place de maman. Avec elle, il calculait pas. Il l'aimait vraiment.

Dovalé est épuisé. Alors, quoi ? murmure-t-il. Et il se tait pendant un long moment.

Alors mon père a eu un geste de résignation, il s'est retourné et a regagné l'intérieur de l'édifice pour assister à la suite de la cérémonie. Et moi je me suis relevé et j'ai pris la poudre d'escampette au beau milieu des gens et des voitures. Je savais que c'était fini, que je rentrerais pas à la maison. La porte était fermée pour moi.

Il pose le thermos à ses pieds, lentement. Laisse aller sa

tête en avant comme au moment où il a commencé à raconter son histoire.

Où pouvais-je bien aller ? Qui m'attendait ? La première nuit, j'ai dormi dans le préau du lycée. La deuxième dans la remise d'une synagogue, et la troisième je suis retourné à la maison, la queue entre les jambes. Mon père m'a ouvert la porte. Il n'a pas dit un mot à propos de ce qui s'était passé. Il m'a préparé le dîner comme d'habitude, en silence, sans parler avec moi, ni avec lui-même.

Dovalé se redresse. Sa tête dodeline sur son cou étroit.

Voilà comment notre vie commune sans maman a commencé. Moi et papa, seuls. Mais ce sera pour une autre fois, maintenant je suis un peu fatigué.

On entend les mouches voler. Personne ne bouge.

Un ange passe, puis un autre. Le gérant regarde à droite et à gauche, se racle la gorge, tapote ses cuisses épaisses des deux mains, se lève et commence à retourner les chaises. Les spectateurs se lèvent à leur tour et sortent en silence, sans se regarder. Quelques femmes font un signe de tête à l'intention de Dovalé. Lui a le visage éteint. La femme élancée aux cheveux argentés s'approche de la scène et prend congé de lui en inclinant la tête. Quand elle passe devant ma table, en allant vers la porte, elle laisse tomber un billet plié. Je remarque les rides d'un sourire autour de ses yeux pleins de larmes.

Nous ne sommes plus que trois. La petite dame, debout à côté de sa chaise, s'appuie sur une jambe et serre son sac rouge des deux mains. Elle est si minuscule... Une Euryclée en modèle réduit. Elle attend, regarde Dovalé, pleine d'espoir. Lui revient lentement de sa lointaine retraite, relève la tête et lui sourit.

Bonne nuit, ma puce, dit-il. Reste pas là et repars pas chez toi à pied. Le coin est pas sûr. Yoav ! crie-t-il en direction du hall d'entrée. Appelle-lui un taxi et mets-le sur mon compte, s'il est encore approvisionné…

Elle demeure immobile. Plantée là.

Lourdement, il descend de la scène et s'approche d'elle. Il est encore plus petit qu'il ne le semblait pendant le spectacle. Il fait une révérence au charme démodé, l'embrasse sur la joue et fait un pas en arrière. Elle reste résolument sur place. Elle se dresse sur la pointe des pieds, les yeux clos, tout entière tendue vers lui. Il se rapproche à nouveau d'elle, l'embrasse sur les lèvres.

Merci, ma puce, lui dit-il, merci pour tout. Tu n'as pas idée à quel point.

Je t'en prie, répond-elle avec le sérieux prosaïque qui la caractérise. Mais son visage vire au rouge et sa poitrine d'oisillon se gonfle. Elle tourne sur elle-même et sort en boitillant, sa bouche élargie en un sourire de pur bonheur.

Maintenant, dans la salle, nous sommes seuls. Dovalé me fait face en s'appuyant d'une main sur le bout de ma table, et je m'empresse de me rasseoir pour ne pas l'accabler de mon corps massif.

« Et c'est pourquoi, sache ceci, je te condamne en cet instant à la noyade », dit-il en citant les mots du père à son fils dans *Le Verdict* de Kafka. Et il lève son thermos au-dessus de sa tête et s'asperge avec les dernières gouttes. Quelques-unes m'éclaboussent au passage. Le jeune noiraud en maillot de corps est retourné à sa cuisine pour laver la vaisselle et chante à tue-tête « Let It Be ».

Tu as encore une minute ? me demande Dovalé. De ses

bras qui tremblent sous l'effort, il se hisse de nouveau sur la scène et s'y assoit.

Même une heure.

T'es pas pressé de rentrer ?

Je ne suis pressé d'aller nulle part.

Juste le temps que l'adrénaline retombe un petit peu, dit-il en souriant faiblement.

Sa tête retombe sur sa poitrine. Encore une fois il semble s'être endormi.

Soudain, Tamara est là, elle m'enveloppe. Sa présence est si forte que j'en ai le souffle coupé. Je me concentre sur elle. Je l'écoute murmurer à mon oreille, citant notre auteur préféré, Fernando Pessoa : « Pour être parfait il suffit d'exister. »

Dovalé se secoue et ouvre les yeux. Il a besoin d'un instant pour revenir à lui.

J'ai vu que tu as pris des notes, dit-il.

J'ai pensé que j'allais tenter d'écrire quelque chose.

Vraiment ? Un sourire illumine son visage.

Je te le donnerai, quand j'aurai fini.

Quelques mots resteront donc après moi, laisse-t-il échapper avec un rire embarrassé. Comme la sciure après la chute d'un arbre...

C'est drôle, dit-il ensuite en frottant ses mains pour en ôter la poussière, je suis pas quelqu'un qui éprouve de la nostalgie. Pour personne.

Je suis un peu surpris, mais ne dis mot.

Et ce soir, je sais pas, pour la première fois depuis qu'elle est morte...

Il passe un doigt sur les verres de ses lunettes posées à côté de lui sur la scène.

J'ai vécu des moments ici où j'ai senti sa présence... Pas seulement comme mère, je veux dire, mais comme être humain. Un être humain qui avait été ici, sur cette terre. Quant à mon père, poursuit-il d'une voix douce, il a tenu encore près de trente ans après elle. Je me suis occupé de lui à la fin de sa vie. Au moins il est mort à la maison, près de moi.

Où ça, à Romema ?

Dovalé hausse les épaules : Je suis pas allé bien loin.

Je les vois, lui et son père, se croiser dans le couloir. La poussière du temps s'accumule sur eux.

Et si je te raccompagnais chez toi ? lui proposé-je.

Il réfléchit un instant. Hausse encore les épaules.

Si tu insistes...

On y va alors, prépare-toi, lui dis-je en me levant, je t'attends dehors.

Un instant, réplique-t-il, pas si vite. Assieds-toi. Fais-moi encore le public une minute.

Il se rengorge et pose ses mains aux commissures de ses lèvres, en porte-voix.

C'est tout pour aujourd'hui, Césarée...

Du fond de la scène, il m'adresse son sourire le plus radieux.

Voilà tout ce que j'ai à vous donner, bonnes gens. Y a plus de Dovalé pour aujourd'hui, et demain non plus. Fin de partie. Vous êtes priés de vous disperser dans le calme en suivant les instructions des ouvreuses et des agents de sécurité. On me signale qu'il y a la queue à la sortie. Bonne nuit.

Janvier 2013-juin 2014

L'éditrice remercie Emmanuel Moses pour son aide précieuse

Du même auteur

Le Vent jaune
récits, 1988
coll. « *L'Histoire immédiate* »

Voir ci-dessous : Amour
roman, 1991
et « *Points* », *n° 152*

Le Livre de la grammaire intérieure
roman, 1994
et « *Points* », *n° 2896*

Les Exilés de la Terre promise
Conversations avec des Palestiniens d'Israël
essai, 1995

Le Sourire de l'agneau
roman, 1995
et « *Points* », *n° 2806*

L'Enfant zigzag
roman, 1998
et « *Points* », *n° 1184*

Tu seras mon couteau
roman, 2000

Quelqu'un avec qui courir
roman, 2003
et « *Points* », *n° 1317*

Duel à Jérusalem
roman, 2003
Seuil Jeunesse

Chroniques d'une paix différée
essai, 2003

J'écoute avec mon corps
deux nouvelles, 2005

Dans la peau de Gisela
Politique et création littéraire
essai, 2008

Une femme fuyant l'annonce
roman, 2011
et « Points », n° 2895
prix Médicis étranger 2011
Grand Prix de l'héroïne Madame Figaro 2012

Tombé hors du temps
récit pour voix 2012
et « Points », n° 3137

RÉALISATION : NORD COMPO À VILLENEUVE-D'ASCQ
IMPRESSION : NORMANDIE ROTO IMPRESSION S.A.S À LONRAI
DÉPÔT LÉGAL : AOÛT 2015. N° 122480-2 (1503820)
IMPRIMÉ EN FRANCE